suhrkamp taschenbuch 1625

Gerlind Reinshagen, geboren 1926 in Königsberg, lebt in Berlin. Sie wurde bekannt als Dramatikerin und mit Filmen. Ihre Bücher im Suhrkamp Verlag: *Sonntagskinder.* 1981; *Rovinato oder die Seele des Geschäfts.* Roman. 1981; *Die flüchtige Braut.* Roman. 1984; *Die Clownin.* Ein Spiel. 1985 und *Gesammelte Stücke.* 1986.
1988 wurde Gerlind Reinshagen mit der Roswitha-Gedenkmedaille, dem Literaturpreis der Stadt Bad Gandersheim ausgezeichnet.
Gerlind Reinshagen hat einen Roman geschrieben, der Ende der siebziger Jahre in Berlin spielt, aber der Name der Stadt wird in ihrem Buch nicht genannt. Einige Personen vermeiden ihn, weil sie diese Ansammlung von Steinen nicht lieben, andere, weil ein anderes Berlin Gegenstand ihrer Erinnerungen und Wünsche ist, weil sie dieses »innere Berlin« nicht durch die gängigen Bezeichnungen einengen wollen.
Die Gestalten, die sich auf den Festen eines Professors treffen, bilden eine Gruppe, fast eine Welt für sich. Straup zum Beispiel, der seine Doktorarbeit über ein Thema aus der Romantik schreibt, spricht von den Salons. Dort, zu der Zeit, schlug das Herz der Stadt. Er arbeitet an einem Programm zur Wiederbelebung der damaligen Ideen.
Die Gegenposition nimmt der Journalist Robert ein. Ablehnend und voller Vorurteil ist er in die Stadt gekommen, um seinem Sender ein Porträt von ihr zu liefern. Er scheitert; die Stadt gibt sich nicht preis. Wohl aber hält sie ihn fest.
Auch Dora gehört zu dieser Gruppe. Sie berichtet in einer Reihe von Briefen von ihrer Ehe (zu dritt), von der Freundschaft mit Straup, dann später mit Robert ... Die Briefschreiberin – eine flüchtige Braut?

Gerlind Reinshagen
Die flüchtige Braut

Roman

Suhrkamp

Umschlagmotiv: Stefan Szczesny. Akt. Acryl und Kreide. 1984.

suhrkamp taschenbuch 1625
Erste Auflage 1989

Druck: Nomos Verlagsgesellschaft, Baden-Baden
Printed in Germany
Umschlag nach Entwürfen von
Willy Fleckhaus und Rolf Staudt

1 2 3 4 5 6 – 94 93 92 91 90 89

Die flüchtige Braut

I
Die Heimkehr

Er war froh, wieder zu Hause zu sein. Als er die Treppe zu seiner Wohnung hinaufstieg, als der Geruch des tatsächlich noch immer gebohnerten Holzes ihn wieder an die Flure seiner Kinderschule erinnerte, die abgegriffenen Löwenköpfe an dem geschnitzten Geländer blanker erschienen, als er sie im Gedächtnis hatte, überkam ihn ein seltsames Glücksgefühl – ja, tatsächlich hatte er »Glück« gedacht –, so daß er stehenbleiben mußte, um es in seiner ganzen Stärke wahrzunehmen. Schon vorher, in der Untergrundbahn, im Dämmerlicht der jetzt zum Feierabend überfüllten Wagen, war es ihm vorgekommen, als sei er plötzlich aus seinem eigenen Leben, seiner Existenz herausgetreten und in einen Zwischen-Raum geraten, in einen Zustand von Unbegrenztheit, von Leichtigkeit, der durch nichts, nicht einmal eine Katastrophe, wie er meinte, zu erschüttern gewesen wäre.

Er hatte lange eine alte Frau beobachtet, die aus einer Warenhaustüte ein Fläschchen hervorgrub, dessen Etikett sie mit Eifer studierte, als wäre sie blind, und dessen Inhalt sie in einer Art Verzückung prüfte, als gäbe es in ihrem Leben nichts, das wichtiger wäre oder das diesen einzigartigen, ganz und gar unwiederbringlichen Augenblick je würde übertreffen können. Wie sie da saß, in ihrer selbstgestrickten bunten Jacke, mit kleinen baumelnden sternförmigen Ohrringen, durch ihre Tätigkeit abgeschirmt von der Umwelt und hingegeben an etwas so Ungreifbares und doch so Wirkliches wie einen Geruch, war sie, klein und rund, eine uneinnehmbare Festung, und der Duft des Parfums, der sich ausbreitete und auch bis zu Straup herüberfloß, wie ein Schloßgraben um sie herum.

Nein, nicht »Glück«, dachte Straup. Er glaubte eher, nur seinen Zustand verändert zu haben, so wie ein Stoff bei gleicher chemischer Zusammensetzung von einer Kristallisa-

tionsart in eine andere übergehen kann, denn er sah alles plötzlich auf eine neue Weise, die Leute um sich herum wie Figuren, eingebettet in Leben, die ihm phantastisch, märchenhaft schienen, und er begann, ihnen Schicksale zuzuordnen, sie zu erweitern, so wie er selbst vor Jahren in den Geschichten seiner ersten selbstgelesenen Bücher aufgegangen war und sie sich über ihr Ende hinaus immer noch weiter vervollständigt hatte.
Er sah alles wie in Bildern auf einmal, er nahm die Dinge in Zusammenhängen wahr, die Figuren von einer Kraft gelenkt, die außerhalb ihrer selbst regierte, und er bemerkte, daß er sich schon seit geraumer Zeit in diesem seltsam gesteigerten Zustand befand, der ihn nur hier, in dieser Stadt überkam und den er immer wieder, selbst wenn er, entfernt von ihr, nur an sie dachte, in sich zu erzeugen imstande war.
Straup, in seiner Wohnung, begann die Fenster zu öffnen; sie waren wie immer verquollen. In seinem Arbeitszimmer, das zur Straße hin lag – er teilte die Wohnung mit einem Freund, der sich zu Studienzwecken in den USA befand –, blieb er länger. Er sog tief zufrieden den Benzingeruch zweier sich kreuzender Autos ein, die durch ihr Fahrgeräusch die Stille der Straße, eine der unzähligen Parkstraßen dieser Gegend, zu verdeutlichen schienen.
Das Haus war alt, wohl schon vor der Jahrhundertwende erbaut; ein dreistöckiges Doppelhaus mit einem Fachwerkgiebel, mit Marmorstufen vom Eingang hinauf bis zum Parterre, mit Gipsabgüssen von Schlachtenreliefs an den Wänden des Flurs und schönen, vielfach kanellierten Türen. Auf den Messinggriffen der Klinken, das sah Straup heute zum ersten Mal, waren Schwäne eingraviert; Schwäne, auf den Wellen schwimmend, und am Grund – er mußte lachen –, zwischen Seerosen und Schilfrohr hockend, kleine dicke, aufgeschreckte Frösche. Alles war abgenutzt, fast verkommen. Fenster und Türen schlossen nicht richtig, an den durchgerosteten Wasserrohren waren Schellen angebracht, die Zimmerdecken wiesen Flecken auf. Trotzdem kam

ihm das Ausmaß großartig vor, die alte Pracht schien noch hindurch, so daß er sich unwillkürlich reckte, um seiner Umgebung zu entsprechen.
Die Wohnung, von der Straup zwei Zimmer bewohnte, lag im dritten Stock unter einer Art Walmdach, und wenn er weit genug vom Fenster entfernt stand oder, wie eben jetzt, auf dem Sofa lag und hinaussah, glaubte er, in einem Nest zu hausen, mitten in einem Eichenwald, ein Eindruck, der allerdings nur von drei Bäumen – denjenigen, die in seinem Blickfeld lagen – ihm vermittelt wurde. Ihn erstaunte dieses »Wäldergefühl«, das ihn hier doch immer wieder überkam, wie auch die Tatsache, daß selbst die Luft dieser Stadt, deren Emissionen neuerdings, im Gegensatz zu früher, über dem Durchschnitt des in Großstädten Üblichen lagen, daß also diese von Zeit zu Zeit smogartig sich verdichtende Luft ihm zuträglicher schien als diejenige seines Heimatorts, aus dem er gerade zurückgekehrt war, einer betriebsamen westdeutschen Mittelstadt, die, von Wald und Feldern umgeben, am Rande eines Höhenzugs lag. Sein Vater dort, allein in seinem Einfamilienhaus, heizte elektrisch.
Straup lag auf dem Sofa, sah in die noch blattlosen Eichen, dachte an Brocksiepe in den USA, überlegte, ob er nicht längst dort drüben in einer Wüste, einem Reservat verschollen war, und berechnete nebenbei die Kilowattstunden, die sein Vater aller Wahrscheinlichkeit nach in seinem Haus zu verbrauchen hätte. Gleichzeitig aber sah er, als wären sie da aufgehängt, in den Wipfeln der Bäume die Schlappen seines Professors vor sich, die ausgetretenen uralten Hausschuhe, die jedermann ganz selbstverständlich an ihm kannte und die er auch in diesem Augenblick, glaubte Straup sicher, selbst jetzt, da die Party dort wohl schon im Gang war, keinesfalls abgelegt haben würde.
Noch immer herrschte der Zustand vor, in den er kurz vorher geraten war, der Zustand des Bildes oder des Zaubers, den er jedoch nicht zu benennen beschloß, um ihm nichts von seiner Verwandlungskraft zu nehmen. Durch diese nämlich wurde

Straup instand gesetzt, seine sonst übliche Unruhe heute ausnahmsweise auszuschalten, so daß die Überlegung keine Rolle spielte, ob er schon jetzt dort erscheinen sollte oder unbekümmert irgendwann gegen Ende des Abends.
Straup fühlte eine starke Zuneigung zu dem Mann, den er in Gedanken stets nur als »seinen« Professor bezeichnete, obwohl er nur ein Nebenfach bei ihm belegte und außerhalb der Arbeitsgespräche wenig mit ihm zu reden hatte. Seine Studenten nannten ihn, wenn sie unter sich von ihm sprachen, fast nie bei seinem Nachnamen »Ernst«; sie sagten: »Ernest«, auch »To-be-Ernest«, in den Jahren, in denen er über Ästhetik las, oder kaum sehr phantasievoll: »Bunbury«. Seine Freunde nannten ihn bei seinem Vornamen: »Ludwig«.
Straup war auf die Einladung stolz gewesen, zumal es schon die zweite war, die ihm der Professor, Straups Zurückhaltung ungeachtet, zukommen ließ, und er fühlte sich geschmeichelt.
Jetzt saß Emily in den Eichen draußen, Emily, die sich selbst so getauft hatte – ein bißchen anmaßend nach Emily Brontë – und die seit einigen Monaten, kurz nach dem Auszug von Ludwigs Frau, dessen Freundin geworden war. Emily, Ludwig und die Schlappen, das wurde jetzt zur geometrischen Figur, zur einzig möglichen Versinnbildlichung dessen, was dem Mann in seinem Leben zugestoßen war. Straup nahm sich vor, mit Emily zu sprechen, verbiß sich geradezu in den Gedanken, ihr, falls sie es nicht selbst herausgefunden haben sollte, das Phänomen der Schlappen zu erklären. Emily, dachte er, hatte es nicht entdeckt, so wie sie sich auch selbst noch nicht verstanden, ihre Rolle noch nicht gefunden hatte.
Emily, die echte, wollte Straup sagen, die schon vor einhundertfünfzig Jahren von unerhörter Unabhängigkeit gewesen war, bei aller Zurückgezogenheit von einer nahezu hochgestochenen Freiheit, sie würde es sofort verstehn, dieses Symbol für eine Art innerer Abgewetztheit oder sogar Beschädigung, die dennoch nicht verschämt verborgen, son-

dern ohne Resignation hier offenkundig eingestanden wurde. Und sie würde, dachte Straup, den Freund um dieses ungekränkten Stolzes willen lieben. Emily, die neue, die falsche, zögerte noch, ließ Zweifel zu, als müsse erst allerlei ausgemerzt werden: Dinge, wie die Schlappen zum Beispiel, und was mit ihnen zusammenhing. Der Gedanke daran gab ihm jetzt ein Überlegenheitsgefühl, ihn in dem Entschluß bestärkend, noch eine Weile abzuwarten und zu Hause zu bleiben.

Er ging nun auch durch die Nebenräume: dort, wo das Dach zur Schräge abfiel, waren kleine und größere Winkel entstanden, die man ebenfalls hätte einrichten können. Weder Straup noch Brocksiepe hatten jemals daran gedacht, ihnen eine Bestimmung zu geben, doch in jede einen Sessel, eine alte Couch oder sonst ein Liegemöbel gestellt; jede wurde, je nach Laune oder Lebenslage, als Erholungsraum, als Klosterzelle oder als Versteck benutzt. Er blieb länger in dem kleinen Verschlag, der zu den Gärten hinausging; er hatte früheren Bewohnern als Speisekammer gedient. Straup saß unbeweglich und sah jetzt von oben auf kleinere Bäume, auf bräunliche Grasflächen; für Augenblicke kam es ihm vor, als wären oben und unten vermengt, er selbst dort liegend unter den Schneebeerbüschen, schilpende Wintervögel über sich.

Die junge Katze fiel ihm ein, die im Garten des Vaters daheim in einem vergessenen Abflußrohr wohnte. Sie war eine der letzten in jenem Viertel, das, neu erbaut, inmitten seines immergrünen Tannenschmucks ihm doch verlassen und geheimnislos erschienen war. Ein Ort, in dem die Leute Gift auslegten, um ihre Häuser und Blumenbeete zu schützen.

Das kleine Tier, hatte Straup gesehen, fraß alles, was es finden konnte. Es nahm selbst mit Brot und Kuchen vorlieb und sogar mit Äpfeln, um zu überleben; manchmal gab ihm der Vater Milch; doch würde es nur so lange dort hausen können, bis das vergessene Rohr beseitigt und der von allen angestrebte Ordnungszustand endlich vollkommen hergestellt sein würde. Danach dann würde es wohnungslos sein,

eine Weile sich noch bei den Müllkübeln rumtreiben, hier und da versuchen, an Türen zu schnorren, um eines Tages, wenn es schon schwächer wäre und auch an Hoffnung verloren hätte, vor Hunger oder an einem Gift zu sterben.
Ihm gefiel der Gedanke, auch seine Wohnung als Kanalrohr anzusehn – die Renovierung des verfallenen, fast ruinösen Hauses würde ein Vermögen kosten –, als vorübergehende Behausung, die irgendwann gesünderen und zeitgemäßeren Gebäuden weichen würde. Doch hier in der Stadt standen Häuser lange, länger als irgend sonst in Deutschland. Die Leute liebten ihre blatternarbigen Gehäuse und fühlten sich darin geborgen. Die Jüngeren, zu denen Straup sich nicht mehr zählte, hatten seit längerem begonnen, sich allen lächerlichen Argumenten, die Hygiene betreffend, zu widersetzen und sinnlose Abbrüche zu verhindern. (Manchmal, wenn er davon las, bedauerte er, nicht mehr dabeizusein, nicht bei ihrer Arbeit, nicht bei ihren Kämpfen, doch er verfolgte, wenn nicht andere Ziele, so doch einen anderen Weg.) Wäre es also nicht dieses Haus, so würde es ein ähnliches sein; er war beruhigt in dem Gedanken, nicht wie die Katze sterben zu müssen, sondern in eine andere Bleibe überzuwechseln, die, das wußte er gewiß, von gleicher Unvollkommenheit und ebenso zufälliger Art sein würde.
Er wollte sein Herz an nichts hängen.
Ein leiser, kaum seiner Wahrnehmung zugänglicher Schmerz zog in diesem Augenblick durch seinen Körper, eine erste winzige Unruhe, vor der er sich nur dadurch retten konnte, daß er versuchte, sie in sein Bewußtsein zu holen und genau zu bestimmen, woher sie kam. Es hatte mit Erinnerung zu tun, wie überhaupt in letzter Zeit Erinnerung sich vorschob und mehr noch als alles Bevorstehende ihn zu beunruhigen begann. Die Tage von damals waren es, die ihn verstörten, die Zeit vor neun Jahren, als er hergekommen war. Es war Vorfrühling gewesen wie jetzt, es hatte ebenso schon nach Erde gerochen, und er war nie allein gewesen. Sie hatten geredet in den Nächten, die rauchig und warm gewesen

waren, und auch am Tage zusammengesessen. Sie hatten immer alles gemeinsam gemacht: die Semesterarbeiten, die politischen Studien, die Arbeit in den verschiedenen Ausschüssen. Straup glaubte, niemals des Nachts geschlafen zu haben. Es war die Zeit der Pläne gewesen, der schnellen Reden und Verfertigungen, eine arbeitsame und doch leichte Zeit. War sie *zu* leicht gewesen? Hatte die Leichtigkeit des Redens das Neue, wonach sie suchten, verhindert, die Erfindung einer anderen Sprache beispielsweise, über die sie sich oft Gedanken gemacht hatten? Es war zum ersten Mal, daß er so in aller Klarheit dachte; und obgleich er sich selber keine Schuld gab, obgleich die Umstände, aber auch *alle* Umstände gegen sie gewesen waren, blieb doch ein Rest, ein Gefühl von Versäumnis, das nicht wegzubringen war. Wie nach einem Besuch, bei dem man etwas zu sagen vergessen hat.

Also noch immer nicht, dachte Straup, als ob es je im Leben einen Zustand von Erinnerungslosigkeit geben könnte oder eines Gleichgewichts auf Dauer. Und übrigens, sagte er sich zum Trost, doch bald schon wieder seinen Gedankendialogen ausgeliefert, übrigens wäre er, Hans Straup, den sie einmal »Trotzki« genannt hatten, gar nicht der Mann dazu, ihn tatsächlich zu wollen.

Jetzt lief irgendwo Wasser. Jetzt die Stimmen der Hausmeisterkinder im Treppenhaus. Emily in den Wipfeln der Bäume. Die Victoria in den Wipfeln der Bäume. Der goldene Siegesengel, seit neuestem im frischen goldenen Kleid, in der Verlängerung seiner Gedanken, genau die Hälfte des Weges zu Ludwig markierend.

Nicht schlafen, nicht wachen. Nicht in sich bleiben, nicht hinausgehn. Nur ein Wort behalten, das Bild vielleicht: die alte Frau mit ihrem Fläschchen, dem Parfumduft; ein Mandala, das man nur evozieren müßte, um wieder das Ganze zu sehn, sich selber mit dem Ganzen im Zusammenhang, wie es ihm gerade eben bei der Heimkehr – er dachte wirklich »Heimkehr« – widerfahren war. Aber Straup war doch längst herausgefallen, schon wieder außerhalb, für sich. Sie würden jetzt dort, bei »seinem Professor«, schon gleich mit dem Essen fertig sein. Das Büfett aber würde noch stehenbleiben, für die Nachzügler, für ihn. Irgend jemand, wahrscheinlich Engler, würde Emily die Teller hinaustragen, ein anderer ihr in der Küche helfen, ein dritter vielleicht sich einen Spaß daraus machen, ihren verdreckten Teetopf auf Hochglanz zu schrubben. Die Katze zog sich in das Kanalrohr zurück. Er würde nun losgehen müssen.

2
Der erste Abend

Es war, wie Straup es vermutet hatte: das Essen war schon vorbei, als er kam. Er sollte sich aber doch drüber hermachen, sagte Emily, die heute wie illuminiert erschien und beinah das Original, nach dem sie sich nannte, erreichte.
Er sah sich um, es schien »zu laufen«. Es herrschte eine Atmosphäre, die er liebte, mit leisem, intensivem Gemurmel und stillem, unaufdringlichem Licht, und Emily, mit ihren riesigen Augen, erschien ihm kleiner als das Mädchen aus Yorkshire, ausdrucksvoller, schwärzer und wilder. Nichts, dachte Straup, was sich vordrängt heute, keine Gebärde, kein übertriebenes Kleid, kein plötzlich explodierendes Gelächter, das erschreckt; andererseits gab es auch keine Flauten wie bei anderen Festen – er erinnerte sich an solche zu Hause in der Provinz –, keine unfreiwillige Stille, die sich einschleicht und dazu neigt, wolkenhaft schnell sich auszubreiten, und einen Abend rasch ersticken und zur Strecke bringen kann.
Auch der Kreis der Leute schien angenehm; er sah nur wenige, die er kannte, dagegen eine Menge Fremder, so daß es keine Schwierigkeiten geben würde, den Unliebsamen aus dem Weg zu gehen und anderen sich in freier Wahl zu nähern. Er würde, wie es ihm gerade paßte, sich einer Gruppe zugesellen können, ohne peinliche Anfangsfloskeln in ein Gespräch tauchen und unbemerkt daraus verschwinden, sobald es ihn nicht mehr interessierte. Er konnte schweigen, wenn ihm danach zumute war, oder trinken. Er konnte in der Ecke sitzen und lesen oder – wie gerade jetzt – die Leute studieren; niemand käme auf den Gedanken, ihn im geringsten zu hindern.
Frans und Jens waren da, die Unzertrennlichen, wieder eines ihrer wort- und gestenreichen Schauduelle fechtend. Die Englers, »comme il faut« natürlich. Frau Engler im Stil der Fünfziger (die anscheinend gerade Mode waren), der dicke,

immerfort fressende Engler im neuen Anzug, Glencheck wie üblich, häßlicher Schlips. Chomentowski, das romanistische Monument. Ein Nachbar lehnte am Kachelofen, ein Steuerberater, der wie Jimmy Hendrix aussah. Ein anderer Nachbar, der wie ein Steuerberater aussah. Eine Malerin, noch jung, die wie eine Malerin aussah. Ein paar Assistenten von Ludwig mit ihren Frauen, stets ängstlich und gewissenhaft darauf bedacht, getrennt zu marschieren, ihr unzeitgemäßes Paar-Sein zu verbergen; außerdem eine Horde von Emilys Freunden, Arbeitskollegen, Reporter wie sie. Ein paar Studenten, abseits auf dem Teppich zusammengerottet, schienen entschlossen, sich jeglicher »Konversation« zu enthalten und das Fest auf ihre Art zu begehen.

Und dann, ja: Inez; Straup kannte sie schon vom letzten Mal. Er schaute lange zu ihr hinüber, und als sie zurücksah, wußte er gleich, daß es unnötig wäre, Worte zu wechseln. Die Frau sah Straup an, zog eine Augenbraue hoch und porträtierte ihm gleich alles: die Qualität des Weins, des Essens, der Leute, der Luft; die Atmosphäre dieses Abends lag in ihrem Blick beschlossen, Eingang und Ausgang, dachte Straup, wo ist das bloß her, es klang nach Bibel oder Kirche, nach einer Geschichte aus alter Zeit, so daß er für Sekunden glaubte, sich und den Abend schon wie aus der Erinnerung zu sehn; dann wieder, als sollte alles erst kommen; jedoch wie Inez' Augen ihm das Fest beschrieben, dachte er, daß es wohl gut heute ausgehen müßte. Woher Ludwig sie kannte, wußte er nicht, wahrscheinlich war sie aus der Nachbarschaft, von ihm beim Bäcker oder sonstwo aufgegabelt.

Der Mann schien eine Nase zu haben für Leute von ungewöhnlichem Charakter oder Schicksal; er wußte immer diejenigen herauszufinden, die zusammenpaßten, die sich etwas zu erzählen haben könnten oder aber auf besondere Weise im Widerspruch zueinander standen, so daß es nie langweilig auf seinen Gesellschaften zuging. Ein geheimnisvoller Strom schien dort ständig zu fließen; ob alle ebenso wie er ihn fühlten?

Emily hatte ihm Inez' Geschichte erzählt, die sie von Engler hatte, dem sie von einem Dritten zugetragen worden war, der wiederum ein Freund von Inez' Mann ... und so weiter; vielerlei war zusammengeflossen; kaum konnte man noch wissen, was Gerücht und was die Wahrheit war.

Doch seltsamerweise – je mehr an Gerede zusammenkam, desto deutlicher schälte sich der Kern heraus oder der Grundriß dieses Lebens, nachdem das Ornament verwittert war. Danach war Inez – so jedenfalls wurde es weitergegeben – eins dieser leisen, wortkargen Mädchen gewesen, wie man sie noch heute zu Tausenden finden kann, acht Stunden täglich hinter einer Glastür, einem Ladentisch; zwar ist es seinerzeit nicht *irgendein* Tisch, *irgendeine* Tür gewesen; sie hatte immerhin in einem der ersten Häuser die besten und ausgefallensten Kleider an die teuersten Frauen der Stadt verkauft. Sie hatte es in jungen Jahren mit Passion getan, später dann eher gedankenlos oder geistesabwesend, oder noch richtiger: hinter der Wand ihrer eigenen Gedanken; es war ihr aber von der Hand gegangen. Noch später, als sie vieles nicht mehr übersehen konnte, die Gier in den Augen der Käuferinnen, das zusammengeschnürte Fleisch, als ihr die parfumgeschwängerte Luft in den Kabinen häufig Übelkeit verursachte, tat sie es mit einem Abscheu ohnegleichen – man sah sie oft mit der Faust vor dem Mund –, aber da war sie schon geübt im Lächeln, in der falschen Bewunderung, hatte Blick und Gesten einer Schauspielerin sich angenommen, sogar einer, die von ihrem Publikum geliebt wird. Und dann, aber dann, als sie längst begonnen hatte, ihr Haar an den Schläfen nachzufärben, als sie schon wieder imstande war, alles mögliche wahrzunehmen, eine Schulterbewegung vielleicht, eine vollendete Linie, Gesten der Angst, der Verzweiflung, des Stolzes, ja, des Stolzes vor allem, da, eines Tages geschah das Wunder.

Die Tür tat sich auf und der Prinz trat ein. Ein alter Lebemann war der Prinz mit dem Profil eines hungrigen Wolfs und kranken Augen hinter einer Sonnenbrille. Einer von diesen Couturiers, deren Leben als wüste Legende umging, trat ein und legte die Hand auf Inez, auf die eine von vielen, auf die mit dem Gesicht einer Schauspielerin; natürlich hätte er – noch immer – eine richtige, echte haben können, hatte wohl auch manche von ihnen gekannt, und einige besser, als ihm lieb war, aber er wollte diese, diese einzige, die sich selber dazu ausgebildet hatte, er wollte Inez und keine andere. Kurz, sie heirateten richtig, steckten sich richtige Eheringe an die Finger wie ein junges Paar und gingen in aller Stille auf Reisen. Für die späte Inez tat sich die Welt auf. Der Alte aber, dem der Ekel und die Ausschweifung in seinem Wolfsgesicht geschrieben standen – vielleicht jedoch nur die Schlaflosigkeit oder der Schmerz überstandener Koliken oder die Anstrengung zu intensiven Fühlens, Schmeckens –, der alte Gauner wollte nun nichts als Ruhe, auf einer Piazza, in einem Bistro die eigene Gier und Unersättlichkeit vergessen.

Das waren wunderbare Jahre, fünf an der Zahl, die sie so verbrachten, an den berühmtesten Plätzen Europas, unbeweglich sitzend und die Welt an sich vorüberrauschen lassend. Sie waren still geworden und fast ohne Wünsche.

Was wäre noch zu berichten? Ein einverständlicher Blick vielleicht, kurz zueinander; das Rascheln von Seidengeorgette über Taft; Finger, rauchbraun, ungeschickt, eine Kette schließend an Inez' Hals? Das ist schon Arabeske.

Was jedermann wußte und worüber sich mancher das Maul zerriß: Als der Mann eines Tages gestorben war – Inez hatte viele Nächte nicht geschlafen, um, wenn es »soweit wäre«, ihm in die Augen sehen zu können –, als sie langsam begriff, daß das Märchen vorbei war, verfiel sie in Schweigen, eine Art Trance oder Agonie; sie hielt nicht mehr für nötig, sich zu schminken oder, wie früher, sich kunstvoll zu kämmen, sie ließ die weißen Haare einfach auf die Schultern fallen. Fortan schloß sie den Schmuck in den Schrank, warf die Kleider zum Sperrmüll und lief nur noch in Kittelschürzen herum. Ihre bevorzugte Farbe war Schwarz, mit grauem Streublumen-

muster darauf. Sie wünschte, lebendig tot zu sein. Ihre Eltern, hieß es in ihrer Familie – einer dieser sogenannten preußischen Familien, die niemals auszusterben scheinen –, würden sich bei ihrem Anblick im Grabe umdrehn.
Auch heute war sie so erschienen, in irgendeinem Sommerrock, obwohl es Februar war – Mißgünstige sprachen von einem Nachthemd –, mit einer Kittelschürze darüber, an der zu allem Überfluß zwei Knöpfe fehlten; man sah auch noch Spuren von Mehl daran. Tatsächlich hatte sie bei aller Trauer doch eine Leidenschaft beibehalten: die, gutes Essen herzustellen. So wie sie es sich einmal beigebracht hatte, in glücklichen Jahren, ihrem kränklichen Gourmet zuliebe; ihre Träume, ihre Liebe und jetzt auch noch ihre Einsamkeit rührte sie in den Töpfen zusammen. Jetzt kamen auch die Kolleginnen wieder, die »Mädchen« von früher, deren allmähliche und unaufhaltsame Verwesung sie zwar wahrnahm, jedoch nicht fürchtete; sie saßen einmal im Monat zusammen und aßen, und Inez schwieg, und »die Mädchen« lachten und sprachen von damals und wie das Glück zur Tür hereingekommen war.
Sie riecht nach Napfkuchen, dachte Straup, drückte sich einmal kurz an sie, dann ging er weiter.
Was hat Inez' Geschichte mit mir zu tun, was mit diesem Abend? Weshalb drängt sie sich vor? Wozu das Reflektieren über eine einzelne Person, ihren Lebenslauf, ihre Bilder, deren es viel zu viele gibt, die schon sich vervielfachen; und was ist mit den anderen, deren Geschichten du ebenfalls kennst, und mit den wieder anderen, die dir noch unbekannt sind, die aber bald von Fremden zu Bekannten werden und dir ebenfalls ihre Geschichten aufhalsen und ihre Bilder, während schon wieder neue Fremde die Bühne betreten und sich bekannt machen, wobei das Ganze sich ins Unausdenkliche verzweigt und ausdehnt und dir den Kopf spaltet, wenn du nicht freiwillig öffnest.
Straup suchte Ludwig, fand ihn mit Chomentowski in leisem Gespräch, verspürte aber nicht den Wunsch, sich einzumi-

schen. Er ahnte schon, sie würden nicht zusammenkommen diesen Abend, auch diesmal nicht. Selbst ein flüchtiger Gruß würde nicht gelingen, würde abprallen wie ein Ball oder abgeschmettert werden von dem, was Straup heimlich als *Chomentowskische Versteinerung* bezeichnete. Kaum daß er es bedauerte. Er kam nun einmal mit diesem auf eine rücksichtslose Art in sich versunkenen Menschen nicht zu Rande. Ludwig dagegen hielt Chomentowski für einen der begabtesten Kollegen an der Universität, eines der immer seltener werdenden Genies. Es hieß von ihm, daß er nie, wie eine Reihe anderer Professoren, darauf ausgewesen war, Veröffentlichungen auf den Markt zu werfen, die nur zusammenscharrten, was ohnehin längst in Umlauf war, verstreut zwar, doch schon in Ansätzen da, schon in Köpfen grassierend, was lediglich weiterentwickelt zu werden brauchte und ohne Anstrengung – ohne Verzweiflung, sagte Ludwig – zu denken war.

Chomentowski, in den wenigen Arbeiten, die man von ihm kannte, hatte eher gearbeitet wie ein Künstler, mit langen Phasen des Suchens vorab, hatte Umweg und Irrtum in Kauf genommen; er hatte sich der Entmutigung ausgesetzt, dem Versagensgefühl, um dann, sozusagen im letzten Moment, fast schon ohne Hoffnung, die einzig richtige Spur zu finden, die kürzeste, unumwundenste Bahn. Ihm genügt der Strahl aus einer Taschenlampe – so wiederum Ludwig –, ein kurzes Licht auf eine Randfigur, auf einen Nebensatz geworfen, und er trifft dir den Nerv, den zentralen Strang, den niemand vorher so wie er gesehen hat.

So hatte er über Stendhal geschrieben, über die Liebe, das Leiden der Seele, die der Dichter selbst manches Mal »Krankheit« nannte; Chomentowski jedoch, die Winkel der Vergangenheit ausleuchtend, das Leben des schüchternen Marie Henri Beyle, erlaubte sich, ihn zu ergänzen; selbst wenn es jener niemals ausgesprochen, ja, nicht einmal in aller Deutlichkeit gesehen hatte, Chomentowski fügte ihm, in einem später schnell berühmt gewordenen Essay, hinzu, was seiner

Meinung nach aus jedem Satz, aus jedem Wort herauszulesen war: er hatte die »Krankheit zum Leben« gemeint.
Chomentowski schien immer den Schlüssel zu finden. Straup wollte das neidlos anerkennen. Er glaubte, frei von Eifersucht zu sein; er ertappte sich aber, daß er den Mann, dessen Arbeitsmethode er eifrig studierte, im geheimen doch mit einer Art Geringschätzung betrachtete. Wie er aß, wie er trank, gewissenhaft kaute, wie knarrend gleichförmig er dozierte, Straup – den Helden seiner Jugendjahre noch zu nahe – fand ihn unbeweglich, beamtenhaft; und wie immer sich Ludwig anstrengen mochte, ihm diesen Menschen nahezubringen und ihn, Straup, über den Tisch hinweg in das Gespräch hereinzuziehen, er hätte sich ein Bein ausreißen können; Straup nahm ihm übel, daß er solche Bürokraten schätzte.
Straup fand sich plötzlich mitten im Raum, unter dem riesigen Stuckstern, unschlüssig, allein, ein ins Wasser gefallener Kiesel, von dem sich die Wellen in Kreisen entfernen. Die Wände begannen, noch immer höher zu wachsen, das Zimmer wurde wie leer auf einmal, und dann, als er sich schließlich zusammenriß, sich willentlich in eine Richtung wandte, als er das Haar hinters Ohr strich und ein paar Schritte vorwärts machte, geschah etwas, das er erst lange danach zu begreifen imstande war, um es von da an immer wieder, in unzähligen Wiederholungen, sich ins Gedächtnis zurückzurufen.
Er hatte, was er für gewöhnlich vermied, so direkt, ja geradezu unverhohlen in die spöttischen Augen einer Frau gesehn, daß er dachte, er wäre angeleimt, oder wie immer man das bezeichnen mochte. Er schaffte es dennoch, vorbeizukommen und sich – wie nicht betroffen – dem Tisch mit den Getränken zuzuwenden. Er trank lange und ausgiebig, als gälte es, sich in die Un-Beteiligung zurückzutrinken, in einen Zustand von künstlichem Gleichgewicht. Es gelang ihm nicht. Er bemerkte die Finten seiner Gedanken, die sich selbsttätig, ohne Rücksicht auf ihn, wieder zu dem Ausgangs-

punkt zurückbewegten. So kam die Überlegung in ihm auf, ob es in diesem Raum geheime Relationen gäbe, Anziehungskräfte wie in der Physik; es schien ihm bemerkenswert, daß die, an die er nicht denken wollte, nun ausgerechnet neben Inez stand, als wäre dort der einzig richtige Platz für sie; und er begann, wie früher als Junge, Spiele in seinem Kopf zu erfinden, die Karrees des Teppichs abzuzählen, Quersummen auszurechnen und sie sich als Glückszahlen auszulegen.

Er lief nun immerfort Emily nach, in die Küche, in den Keller, durchs ganze Haus. Eine Weile blieb er im Kinderzimmer, in dem das Jüngste von Ludwigs zweiter Frau – das sie in aller Freundschaft ihm zurückgelassen hatte – wie in einem zerbombten Spielzeugladen schlief. Er stand vor dem mit bunten Decken überhäuften Bettenberg und stellte sich vor, es gehöre ihm; ein brutwarmes atmendes Bündel, über das zu wachen wäre Tag und Nacht, das man keinen Moment allein lassen dürfte. Wodurch es, dachte Straup, selber zum Schutz für den Schützer würde. Er sah sich und das Kind; sah sich mit dem Kind auf dem Rücken durchs wilde Kurdistan ziehn und wollte gerade, mit diesem Gedanken befaßt, auf leisen Sohlen das Zimmer verlassen, als er Emily bemerkte, wie sie das Kind, das fest im Schlaf lag, aus eben diesem Schlaf herausriß, es unzart in ihrem Arm zurechtstieß und mit ihm die Treppe hinunterlief.

Und Emily kommt, den Kopf des noch nicht ganz erwachten Kindes an der Brust – fast wie wenn es trinkt – ganz unauffällig, lautlos zu den Gästen. Begibt sich langsam genau in die Mitte des Raums. Das Gespräch wird schon leiser, hört schließlich auf. Magnetisch wenden sich die Köpfe, einer nach dem anderen. Schnelleres Rauchen jetzt, Leuchtpunkte, sehr blauer Rauch. Und Emily steht im Zentrum der Welt, ist mächtig, das Gespräch in diesem einen Augenblick zu stoppen, sich Blicke zu greifen und festzuhalten, alle Fäden plötzlich in die Hand zu kriegen, allein durch etwas, das weder sie ist noch das Kind, das etwas Drittes ist und

eigentlich ganz un-faßbar, etwas, das wiederum nichts als ein Bild, eine Ein-Bildung ist. Es strahlt Wärme aus, gleichzeitig Einsamkeit; gibt es das Wort, mit dem es zu bezeichnen wäre? Selbstbeschlossenheit fiel Straup endlich ein; er sah: Emilys schwarzes gekräuseltes Haar neben dem federleichten des Kindes; ein silbriger Schimmer zog sich von dessen schlafbleicher Haut über Emilys braunes Gesicht hinauf; mondfarben, kam es ihm in den Sinn, während auf der Stelle alle Monde seiner Bilderbücher an einem blauen Horizont erschienen und ihn beruhigten und schützten, so wie eben Emily jetzt geschützt war durch das Kind, durch das mondfarbene, und niemand konnte ihr an diesem Abend etwas tun, niemand sie antasten, weder sie noch ihr Verhältnis zu Ludwig, noch ihre Vergangenheit, noch ihre Zukunft. Sie ist gefeit, noch lange über diesen Augenblick – der übrigens unendlich scheint – hinaus. (Und doch sah Straup, *mußte* es widerwillig sehn, wie ein Augenlid der Malerin sich plötzlich senkte, wie sie spöttisch einen Mundwinkel hochzog, als nähme sie etwas Verächtliches wahr; das Bild eines Konkurrenten etwa, den sie des Interesses nicht für wert erachtete.)
Ein Zelt, dachte Straup; ihm war, als sei er aus dem Kreis gestoßen, als sei die Form für ihn zu früh entfernt; nichts schlimmer jetzt, als aus dem Zusammenhang zu stürzen, aus der Komposition, die ihm doch seit der Heimkehr Halt gegeben hatte. Einen Balken finden, eine Wand; Fixpunkte, sich daran festzuhalten. Zum Beispiel: Ludwigs riesiger weißer Arbeitstisch, der Ohrensessel, der unvermeidliche Sekretär – wo ist das Geheimfach?–, dic Englers essen Fischpudding jetzt, ach nein, nur der dicke Engler ißt, seine Frau, wie um ihn zu ermuntern, nimmt ihm die Schüssel weg. Schiebt die Schale in Form eines Karpfens an das andere Ende des Tisches. Nimmt ihm die Weinflasche weg. Doktor Engler trinkt Weizenkorn. Wo ist Chomentowski? Ludwig in der Ecke spielt mit Inez Go. Die Frau, der Straup ausweicht, sieht ihnen zu. Sie hat die Hand auf Inez' Schulter gelegt, als wäre sie lange mit ihr bekannt. Aus einer zufälligen Bemerkung

entnimmt er, daß sie tatsächlich sogar verwandt sind. Weiter, weiter, die Dinge ordnen, daß nichts aus der Bahn gerät: Jimmy Hendrix und die schöne Germanistin aus den USA; Anglistin oder Germanistin? Texas oder Kentucky? Der Sekretär scheint Biedermeier zu sein. Doktor Engler kommt auf die Suppe zurück. Schöpft nach, haut rein. Referiert mit vollem Mund den Sozialismusbegriff des frühen Mao. Das Basis-Überbau-Problem: zur Abwechslung einmal: die »Priorität des Überbaus«. Der Mann schlürft ohne Hemmung. Als wäre er zu Hause hier. Tun Sie, als wären Sie zu Hause.
Was haben die Englers hier zu suchen? Man muß sich die Englers genauer ansehn. Welche Aufgabe haben sie? Wenn für das Gelingen eines Abends, eines ausgewogenen und geglückten Abends, jeder Platz richtig besetzt sein muß, so wie etwa zum Gelingen einer Kristallisation – Straup schloß an einen seiner früheren Gedanken an – kein Ion in der Lösung fehlen darf, was haben die Englers für eine Funktion? Was hätte Doktor Engler zu erfüllen, der nun nach dem Fischpudding gebackene Rippchen ißt, dazu Spargelsalat mit Ei, hinterher noch einmal Bohnensuppe (mexikanisch), dann noch das Mousse au chocolat nachschiebt, der dicke, zwar noch nicht alte, doch schon etwas schlagflüssig wirkende Engler, der auch noch von dem roten Kaviar nimmt am Ende, der wahrhaftig die ganze Dose verschlingt.
Was bedeutet in diesem Spiel Amy Engler mit ihren schweren, goldgetönten Lidern, den gewaltsam übermalten Lippen, die fremd in dem weißen Gesicht sich bewegen? Die Leute müssen eine Bedeutung haben, denn sie sind, wie Straup es von Sophie, der Malerin, erfährt, seit Jahren dabei. Seit Jahren führen sie sich so vor: er, großspurig, ungehemmt, gutmütig-tapsig; sie, in seinem Schatten, von seinen Blicken gegängelt, ihn dauernd mit Tricks an der Nase herumführend. Beide sind sklavisch modern gekleidet; sie kompromittieren sich gegenseitig, erregen bei den Neuankömmlingen Befremden und ... würden vermißt, wenn sie einmal nicht kämen; sie würden eine Lücke hinterlassen, die durch nichts

und niemanden zu schließen wäre. Sophie, die Malerin, ist eine, die auf Leder malt.
Straup mußte lachen, nahm sich im Angesicht der Englers nicht mehr wichtig und war unerwarteterweise imstande, das begonnene Geplänkel, nein, den Kampf, dachte er, wiederaufzunehmen.
Er drehte sich ohne weiteres um und sah, daß die Augen der Frau, die jetzt mit Chomentowski sprach, um keinen Millimeter von ihrer Richtung abgewichen waren, von dieser Bahn, die geradenwegs zu ihm hinführte, in das Zentrum seiner eigenen Augen. Zwar schienen sie ihm zurückhaltender jetzt, ein bißchen auf der Hut, doch nicht allzu sehr, wie er feststellen konnte, so daß es möglich war, die stumme Zwiesprache weiterzuführen.
Sie erfanden sich wortlos, fast im gleichen Augenblick, ein Spiel: indem Straup von einer Ecke des Zimmers zur anderen ging, sich hier ein Glas einschenkte, dort ein Bild besah, schienen die Augen – gleichzeitig doch Interesse für Chomentowskis Litaneien heuchelnd – ihm, wohin er ging, zu folgen, so daß, wann immer er unerwartet einen Blick hinüberwarf, ihm mit Ernsthaftigkeit geantwortet wurde; ganz schön in der Übung, Herzensschönste – sie waren zur Stelle, wenn er sie suchte.
Er sah durch das Fenster in den Garten; es regnete leicht in winzigen Tropfen, und Straup gefiel der Gedanke, daß hinter ihm die Frau wahrscheinlich in die gleiche Richtung sah, hinaus in den Regen, über das Wasser; ja, dachte er, Wasser, denn ihm war, als stünde er an einer Reling, das große Mädchen drüben am Kai, eine Matrosenbraut, näher kommend oder sich entfernend, Ankunft oder Abreise – er war sich nicht sicher. Trotzdem schien er gerettet, der Inszenierung dieses Abends wieder zugehörig. Es gelang ihm, sich unauffällig in den Kreis zurückzufädeln, den Chomentowski noch immer zusammenhielt, in die Nähe der Braut; doch während sie Schulter an Schulter lehnten, ohne daß sie sich ansehen mußten, während der dazugekommene Ludwig

langwierig, doch mit kleinen plötzlichen Pointen, Geschichten aus englischen Pubs erzählte, geschah schon wieder etwas, das die Ordnung störte.
Ein Mann betrat das Zimmer, kam auf die Bühne gestürzt, mit einer solchen Rücksichtslosigkeit und Vehemenz, daß alles, was sich während langer Stunden mit Sorgfalt zusammengeknüpft, was sich gefunden und geordnet hatte, in einem Augenblick zerriß. Ein wilder Mensch, der alles aus seinem Zusammenhang stieß und sofort in Straup die widerstreitendsten Gefühle weckte. Als sei in einem Raum mit warmem Dämmerschein plötzlich eine Neonröhre eingeschaltet worden. Ein scharfes Licht sprang Dinge und Leute an, so daß jedes in seiner ungünstigsten Verfassung, seiner häßlichsten und schwächsten Position erschien.
Der Typ trug ziemlich ausgefranste Jeans von der Sorte, die man gerade trug, natürlich, und ein zerknautschtes, keineswegs billiges Hemd, was beides seinen Leibesumfang kaum kaschieren konnte. Das Haar war rötlich, in Locken bis auf die Schultern drapiert. Er erinnerte an einen der angelsächsischen Literaten (widerlich stilisiert, dachte Straup), in denen sich das Feuer der Nation, sonst eher spärlich verteilt, in einer einzigen Person zu konzentrieren scheint. Er hieß Robert Hufschmied und wurde als Schriftsteller vorgestellt. Doch wies er die Bezeichnung zurück und bestand darauf, lediglich Journalist zu sein. Noch nie war Straup einem Menschen begegnet, der ihm gleicherweise schön wie häßlich erschien, der ihn in eben dem Maße abstieß, wie er ihn anzog. Er wollte fortgehen und blieb doch stehen. Hörte dem anderen, der schwärmerisch jetzt über Irland sprach, mit widerwilligem Interesse zu. Wahrscheinlich hat er sich dort herumgetrieben, vermutete Straup, während einer seiner Reportagen, schnell, stets in Eile, von Dublin nach Cork, nach Derry, nach Castletownbeere. Schnell, schnell ein paar Bücher durchgeblättert, im Flugzeug ein paar Karten studiert; ein paar Bilder, Schnappschüsse fabriziert von Straßen und Plätzen; Folklore: ein Priester, ein Penner, eine Second-Lady der

IRA, eine Straßensperre, ein zerbombtes Haus; für ein paar Wochen das im Munde geführt, ein paar Namen, Idiome, Anekdoten; dann alles wieder mit den alten Zeitungen zum Müll geworfen. Aus dem Kopf, aus dem Weg, aus dem Sinn. Was übrig bleibt, das ungekämmte Löwenhaupt zum Beispiel, wird heute und hier mit Stolz präsentiert und morgen in Paris, in Budapest durch Attraktiveres ersetzt, durch ein Bärtchen vielleicht, eine englische Weste, ein gefälteltes Hemd.

Natürlich sind nun die Englers im Vormarsch, drängen sich in den gesprungenen Kreis. Zwar noch immer ist Ludwigs Stimme zu hören, versucht Chomentowski auf verlorenem Posten, seine Argumente zu verteidigen, aber die anderen, die Schnellen gewinnen an Boden, Worte, Gelächter werden überlaut; es schmilzt, das Muster verliert seine Form, löst sich auf, wie in der Wärme des Frühjahrs das Eis auf Pfützen. Ludwigs Pantoffeln, die noch vor kurzem diesen Geist von Freiheit, von Vertraulichkeit und Unbekümmertsein verbreitet hatten, wirkten jetzt nachlässig, hausvaterhaft; sie zeigten nur mehr die Verlassenheit des Trägers. Ein müder Mann, den man mit einem mutterlosen Kind allein gelassen hat.

Und wie doch Emily mit ihren fremden Federn protzte! Wie Inez' Mundwinkel sich im Lauf des Abends senkten. Chomentowski mit seinen großen Händen saß, verstummt, plötzlich da wie ein Denkmal.

Die Augen wollte Straup nun nicht mehr ansehn, um sie vor seinem kaltgewordenen Blick zu schützen. Sie hieß übrigens Dora. Ein Name, der ihm nicht besonders gefiel.

Jemand neben ihm hatte gesprochen. »Weltreich«, hörte Straup, »hier ist ja ein Weltreich zugrunde gegangen.« Oder hatte es »großes Reich« geheißen?

Straup gesellte sich lustlos zu Frans und Jens. Die wenigstens waren nicht zu verstören, gegen Druckverschiebungen und jede Änderung der Atmosphäre unanfällig.

Sie waren in einem Disput befangen, der, wie sie glauben machen wollten, schon lange vor Beginn des Abends in ihrer großen, aufgeräumten und mit alten Möbeln vollgestopften Wohnung angefangen hatte. In einem dieser Räume (nicht Zimmer), die Straup auch kannte, mit symmetrisch aufgehängten Bildern über symmetrisch stehenden Sitzgarnituren mit zwei Apfelsinenbäumchen rechts und links auf stummen Dienern zwischen symmetrisch gehängten goldenen Portieren.

Es ging um »die Sprache«. Um welche aber? Die alte, die neue? Es ging, wie er sich zusammenreimte, um die unserer Zeit verlorene Sprache. Es ginge, sagte Frans, um das, was es einmal gegeben hatte, als es noch Gefühle gab oder als die Menschen noch an Gefühle glaubten; als sie lange Gedankengänge brauchten, um das, woran sie glaubten, auszudrücken; um das, sagte er, an das sie vorgeben, heute nicht mehr zu glauben, an das sie nichtsdestotrotz und immer noch Gedanken über Gedanken wenden, das es folglich nach wie vor, wie eh und je noch geben müßte. Frans, der Schauspieler, war wütend darauf aus, die Sprache, wie sie einst auf den Bühnen (auf den Straßen?) lebendig gewesen war, zu verteidigen; Jens, der Maler, wünschte sie vollends zum Teufel. Sophie, übrigens die Schwester der Matrosenbraut, gab letzterem recht. Sie hatte, wie er, früher Bühnenbilder entworfen.

Straup, in einer fast kindlichen Bewunderung für alle Erscheinungen des Kunstbetriebs befangen, enthielt sich der Meinung. Er gestand sich ein, daß sie laienhaft wäre und es wahrscheinlich immer bleiben würde.

Ihn faszinierte aber der Disput. Beide Männer besaßen die Fähigkeit, nach außen wie nach innen zu agieren. Das heißt, sie sprachen – scheinbar ausschließlich miteinander befaßt – für die Zuhörer mit. Sie saßen sich zugeneigt, in der Haltung entrücktester Intimität, und gleichzeitig doch wie auf einer Bühne. Sie sprachen beinahe flüsternd, die Worte verschlüsselnd, doch mit einer Schärfe, die weiterdrang; jeder ihrer Sätze sprang nach mehreren Seiten hin auf, man wußte nie vorher, wohin es zielte.

Straup, der stets gründlich und ohne Gefühl von sich selbst an allem herumzudenken pflegte – auch seine Dissertation zog sich nun schon lange, zu lange hin–, war denn auch von Bewunderung für das Kunststück erfaßt und blieb für länger von der Geschicklichkeit der beiden eingefangen.

Frans hatte sein »Grashüpferdasein«, wie er es nannte, gründlich satt. Er wollte endlich wieder sprechen wie ein Mensch, wie beispielsweise Shakespeare, Calderon gesprochen hatten, das heißt: langsam, einem Gedanken folgend, im Sprechen den Gedanken erweiternd, ansprechend gegen die Verstümmelung der Sprache, gegen die Ungeduld der Welt, die Wendigkeit des Kulturbetriebs. Jens dagegen forderte lauthals, die Alten ebenfalls zu entrümpeln, die Klassiker aller Länder zu stutzen, Geschichten auf den Grundkonflikt zurückzuführen; am liebsten hätte er die Bühne als Environment gesehn, das er unumschränkt beherrschen könnte. Straup hörte Worte, schnell wie Maschinengewehrfeuer hin und her; er hätte sie gern für sich selbst noch einmal gedacht und noch einmal entdeckt, um sie in seine eigene Ordnung einzureihen. Aber da war das Gespräch schon weiter.

Ich bin Purist, sagte Jens, und die Malerin gab ihm zum zweitenmal recht.

Zu seinem Erstaunen stellte Straup fest, daß fast jede Behauptung, so überzeugt sie auch vertreten wurde, nach kurzer Zeit der Verteidigung, kaum daß man es bemerkte, in ihrem Sinn verändert wurde. Es schien sich keineswegs darum zu handeln, hier einen Standpunkt einzunehmen, im Gegenteil, es kam darauf an, stets und um jeden Preis im Widerspruch zu dem des Gegners aufzutreten, sich schnell seiner Richtung zu vergewissern und sich ebenso schnell davon abzusetzen; es ging um diesen Gegensatz, der Frans und Jens beschäftigte, den sie um ihres Spiels, ihrer Freundschaft, ihrer Neigung willen unbedingt aufrechterhalten mußten.

Auch das eine Inszenierung, dachte Straup. Doch lag es denn im Ermessen der beiden, waren sie Herren ihrer Bewegungen, Tanzschritte, Ausbrüche? Wer griff hier außerdem noch ein, feuerte an, dämpfte, zog Fäden? War überhaupt je ein menschliches Wesen imstande, alle Enden seines Schicksals dauernd festzuhalten? Seine vernachlässigte Dissertation, an die er heute nicht hatte denken wollen, zog schon wieder herauf; »Die ironische Bedeutung des Fragments in Schlegels progressiver Universalpoesie« ging wie ein Kindervers in ihm um, wurde ihm – obgleich ihn die Sache interessierte – zunehmend unüberschaubarer, und wie immer, wenn er daran dachte, fühlte er ein Unbehagen, sowohl an dem Thema, das ihm zu akademisch, zu begrenzt erschien, wie auch an sich selbst; daß er nicht imstande war, an irgendeiner Stelle es zu überschreiten.

In einer plötzlichen Ernüchterung hielt Straup jeden anderen schon wieder für stärker, in überlegener Position, als hätten alle außer ihm die Kraft, sich ohne Hilfen selbst zu dirigieren, jeder ein Meister und Beherrscher seines Lebensspiels. Er sah sie alle beieinander. Niemand stand mehr allein. Selbst Inez in ihrem verkommenen Zustand, die sich um nichts zu bemühen schien, war selbstverständlich eingeschlossen. Und also auch Dora und ihre Schwester Sophie. Waren denn hier alle verwandt? Es herrschte eine fraglose Vertrautheit, an der er allein nicht teilnehmen konnte. So, dachte Straup, hochfahrend plötzlich und im Wunsch sich zu verschließen, wollte er es auch nicht mehr zwingen, wollte er stolz und für sich bleiben; und doch, wie um die eigene Verzweiflung immer noch voranzutreiben, gab er wieder nach, trudelte ab in die falsche Richtung, dorthin, wo alles sich zusammenrottete um diesen Pfau, der sein Gefieder spreizte, der, obgleich zum ersten Mal in diesem Kreis, eine Mitte zu bilden imstande war.

Was war sein Geheimnis, wie schaffte er es, die Leute in den Griff zu kriegen, Ludwig wie sogar Frans und Jens, daß sie ihm zuhörten, daß sie an seinen seltsam schmalen Lippen hingen, die zu dem schweren Mann nicht zu gehören schienen. Hatte er den K2 bestiegen, war er als Einhandsegler um die Welt gefahren, hatte er die Rallye Monte Carlo gewonnen?

Der Mensch gab sich umfassend gebildet, beschlagen auf jedem Gebiet, betonte auch seine Anglophilie – womit er höchstwahrscheinlich sich bei Ludwig eingeschlichen hatte –, und er entblödete sich nicht einmal (was Straup besonders erboste), das alte Großmaul Hemingway in einem Atemzug mit Sherwood Anderson zu nennen.
Schon zum zweiten Mal an diesem Abend ärgerte Straup die Auswahl der Leute; er, der insgeheim stolz auf seine Einladung in diesem Haus gewesen war, hätte sich »seinen Professor« anspruchsvoller, delikater in seinem Umgang gewünscht. Der Fremde zeigte jetzt Fotos herum, die selbst Straup in ihrer Einfachheit für kunstvoll hielt; sie schienen ausnahmslos hier aus der Stadt zu stammen, und die Leute drängten sich, sie zu sehen, auch die, die am Rande gestanden hatten, o Herr, Straup sah die Matrosenbraut sich von Chomentowski abseilen und hinübersegeln, nahe, zu nahe heran an den anderen, der unerträglich wurde in seinem Schulterwiegen und Lockenschütteln; Straup sah seinen Goldzahn, wenn er lachte, blitzen. Zwar schien es ihm manchmal zwischendurch, als träfe ihn wieder einer dieser Blicke, doch hielt er es jetzt für Einbildung.
Es klingelte Sturm. Ein Buntgekleideter, filzhaarig, zerrissen, in übergroßen Schuhen, ein Schützling von Emily, trat ein, trieb quer zur Strömung der Gesellschaft, die sich diskret und unverwundert gab, scharf auf das Büfett zu und bediente sich. Sein vollkommen unbewegtes Gesicht erschien bleich, fast opak, als ob die Lumpen seine Zartheit noch verstärkten. Eine Zeitlang flüsterte er aufgeregt mit Emily. Nein, keine Spur von Polizei bis jetzt, es hatte niemand nach ihm gefragt. Enttäuscht trank er sein Ginger Ale. Alkohol lehnte er ab, es bekam seiner Bauchspeicheldrüse nicht. Als er zu betteln begann, stand Emily mit verschränkten Armen, spöttisch die Szene beobachtend. Straup, zum Abschied, gab ihm, was er an Zigaretten bei sich hatte.
Durch das Erscheinen des Jungen, der ihm seltsam vertraut, fast wie sein kleiner Bruder vorgekommen war – höchst-

wahrscheinlich kam er aus Detmold, aus Neheim-Hüsten oder einer von diesen Städten–, gelang es Straup, seine verstreuten Sinne wieder zu sammeln. Er fand einen Ruhepunkt: das war Inez, die jetzt in ihrer Kittelschürze still in einer Ecke saß und las. Als ob er leichter würde, beinahe schwerelos; bald war auch er imstande, wie die anderen so dahinzureden, schnell von Thema zu Thema zu wechseln, sogar sich ein bißchen darzustellen; auch, was ihn interessierte, die literarischen Salons zum Beispiel, ins Gespräch zu bringen und schließlich einen der Steuerberater (den, der wie Jimmy Hendrix aussah) für längere Zeit damit zu fesseln.
Und ebenfalls zum zweiten Mal an diesem Tag geschah es, daß ihm das Wort »Glück« durch den Kopf fuhr. Er griff sich Ludwigs Kind, das ganz allein auf dem Teppich saß, und begann, ihm Geschichten zu erzählen, haarsträubende Märchen, die allen pädagogischen Prinzipien widersprachen und die, wie er wußte, Emily über die Maßen verärgern würden.
Und während er bei seiner Ehre in die erschrockenen Augen des Kindes schwor, erst kürzlich dem Teufel begegnet zu sein, hier, ja, ausgerechnet in diesem Haus, während er das schwarze Fell, die Hörner, den Pferdefuß anschaulich zu machen sich bemühte, wurde es stiller im Raum, und er hörte Ludwigs heisere Stimme ruhig und eintönig wie stets herüberdringen. »Devoted«, hörte er sagen, etwas, das klang wie: »devoted man«; und obgleich er den Zusammenhang nicht kannte, schienen ihm die Worte angemessen, wie für den Abend, für seinen Zustand erfunden.
Es war, was so selten geschieht, das rechte Wort zur rechten Zeit, ein Zauberspruch, dachte Straup; er spürte, ohne daß er sich umsehen mußte, das Mädchen jetzt an seiner Seite, neben ihm auf dem Boden sitzend. Sie saß da, ohne sich zu rühren, und hörte Straups Geschichte zu. Er hob den Kopf, horchte im Erzählen auf die leisen Atemzüge und fand einen unvermutet heiteren Schluß. Auch gelang es ihm wie nebenbei, Zettel und Bleistift aus einer seiner Taschen zu fingern. Sie

schrieb ohne Zögern und Ziererei eine siebenstellige Zahl darauf, lachte und zog sich – selbstvergessen, wie es schien – wieder zur Gruppe der Schwätzer zurück.
Straup mit seinem nun ganz und gar veränderten Gefühl von sich schwor noch einmal. Er erzählte dem mondscheinfarbenen Kind, daß er den Stein der Weisen besäße, mit welchem man Gold machen könnte, wenn man wollte, oder Schnee oder sich selbst in die Lüfte erheben oder ... sagte er gerade, als Emily dazukam und ihn wütend in den Rücken stieß.
Straup grinste, schnitt sich ein Stück Kuchen für den Weg ab und ging ohne Abschiedsgruß, noch immer Ludwigs Stimme im Ohr. »Devoted«, es gab kein Wort in der Welt, das bezeichnender gewesen wäre; es war *das* Wort, das einzig mögliche.
Er lehnte dann vor dem Haus an dem eisernen Zaun, schloß die Augen und sah in der Ferne ein Mädchen stehn, neben einem Denkmal, darauf Chomentowski saß; es war dunkel und windstill, und irgend jemand schien auf ihn zu warten.

3
Dora, nach dem Fest, im Taxi

Etwas fängt an. Beiläufig, verkappt, wie hinter dem Rücken. Als ob ich nicht damit gerechnet hätte. Es war aber in *mir,* in mir selbst fing es an.

Habe ich nicht damit gerechnet?

Wie Eisensplitter waren wir gerichtet, wurden wir hierhin und dorthin geworfen heute nacht. Aber daß ich das Feld betrat, war meine Entscheidung. Man hätte sich heraushalten können.

Wann genau, in welchem Moment fing es an? Es begann doch wie sonst, wie immer an diesen Abenden, ein bißchen langweilig alles, absehbar, ohne besondere Aufschwünge – doch dann ... Es war wie früher im Karussell, wenn es unerwartet seine Richtung wechselte. Das Karussell hieß »Der fliegende Teppich«. Alle klammerten sich aneinander und schrien. Jemand sagte: Wenn du ganz laut schreist, ist es nicht so schlimm. Es war schon leiser zu der Zeit bei Ludwig, aber mir war, als müßten alle gleich laut herausschrein. Dann plötzlich ist das Licht ganz warm geworden. Hatte es zu der Zeit schon geregnet? Jetzt auf der Windschutzscheibe liegt Schnee.

»Wir standen und sahen hinaus in den Regen.« So fingen früher Geschichten an. Die Kindergeschichten. Die Liebesgeschichten. Fängt wieder einmal etwas an, was ich nicht will? Was ich längst wie alte Bilderbücher aus meinem Leben aussortierte?

Als ich ins Auto stieg eben, roch es einen Augenblick nach Erde draußen. Ein Geruch von Rauch und Erde aus dem U-Bahnschacht, eine Spur Eisen; das ist nicht anders als voriges Jahr. Und das Jahr davor. Es ist wie immer um diese Jahreszeit. Früher dachte ich mir dann den Sommer aus.

Ich sähe mich gern ein einziges Mal von außen.

4
Robert, nach dem Fest, zu Fuß

Er hatte schon einen ganzen Stadtteil durchquert und kam sich fast wie ein Wanderer vor. Endlich Luft, endlich Ruhe; und Gottseidank entlassen aus dem Zwang der Gesten, dem Arrangement des verfluchten Abends. Endlich entkommen auf ein Terrain, auf dem er sicher war.

In Ludwigs Gegend, in der es nur Einzelhäuser gab, allenfalls Mietvillen für vier oder höchstens sechs Familien, schön von alteingewachsenen Gärten gerahmt, war es menschenleer und dunkel gewesen – der Professor wohnte standesgemäß –, jetzt gelangte Robert in ein Viertel mit höheren Häusern, sie waren eng, ohne Zwischenraum aneinandergebaut, und ein paar Fenster, billige, kleine Kippkonstruktionen, noch immer oder schon wieder erleuchtet. Dann schon die ersten Läden wieder, in den untersten Stockwerken Handwerksbetriebe: Fußpflege, Schlüsseldienst, Dekorationen. Er ging in der Schlucht, in diesem Gebirge von Menschensilos, und er stellte sich Kammern hinter den Mauern vor, die Bewohner dort in kleinen abgetrennten Kästen stumm und ohne Leben liegend.

Tumuli, dachte er; es war das falsche Wort und doch behielt er es im Sinn – wie er es häufig mit irgendwelchen zufällig gefundenen Worten tat – als eine Kurzschrift oder Formel für eine lange, komplizierte Wahrnehmung. Es war seine Erfahrung: sowie er später sich das Kürzel wiederholte, war augenblicklich auch der Raum präsent, die dazugehörige Situation – ein Schalter, das schnell sich trübende Gedächtnis zu erhellen.

Irgend jemand hatte es heute abend gesagt, in eine Stille hinein den Satz gesagt: »Hier ging ein großes Reich zugrunde ...«, und Robert hatte, fast ohne nachzudenken, ergänzt: »Wenn du den Halys überschreitest, wird ein großes Reich zugrunde gehen.« Obgleich er sich nicht mehr erinnern konnte, an welchen König einst die Prophezeiung gerichtet war, noch auch, was sie zu bedeuten hatte, er brauchte lediglich den Namen »Halys« auszusprechen, und jede Einzelheit des Abends kam ihm wie in einem Protokoll zurück.

Als er jetzt einen Platz überquerte und im Gehen die Bäume über sich sah, die Lampen wie zwischen den Bäumen aufgehängt, die Zweige der Bäume im Sturm sich verlängernd, fürchtete er plötzlich, ewig so weitergehen zu müssen, ohne je ins Zentrum dieser Stadt zu kommen, und er fand, mit einem ganz tief vergrabenen Schrecken, jetzt auch den Namen für all diese Nachtwege, diese Straßen, die sich alle ähnlich waren, er sprach ihn leise vor sich hin: »Landsend«.

Es war schon belebter. Er sah jüngere Paare, Greise mit Hunden, auch einen Trupp junger Ausländer wie selbstverständlich, als wäre es Tag, durch den Regen spazieren, der allmählich zu Schnee wurde und schon auf den Gehwegen liegenblieb. Lachend, ungedämpft die Stimmen, schienen sie für immer schlaflos, trieben vorbei ohne Mitleid mit ihm, der hier allein ging, doch sein Alleinsein nicht benennen wollte; und aus den Fenstern der noch geöffneten Kneipen glaubte er geheime Zeichen wahrzunehmen, Botschaften, die er nicht verstand, die er jedoch binnen kürzester Zeit entschlüsseln würde.

Binnen kürzester Zeit? Immer hatte er sich doch bisher geschmeichelt, schnell ein Gespür für Orte, über die er zu berichten hatte, zu entwickeln, für ihre Geheimnisse, ihre winzigen Abwegigkeiten. Wo beispielsweise bricht der Frühling in Florenz aus? In den Knospen der jungen Mandelbäume hügelaufwärts? Falsch! Er erscheint, bevor man ihn noch ahnt, in den Posamentenläden, in den leuchtenden unechten Sträußchen und Steinen, in den schillernden Knöpfen der Bijouterien.

Und so, wie er bisher noch immer den Schlüssel gefunden hatte, so dachte er, auch dieser Stadt bald beizukommen, wenn auch vielleicht nicht im ersten Anlauf, wenn auch – wie er sich nach den vier ersten unfruchtbaren Wochen hier

immerhin zugab – nicht kampflos, nicht ohne daß er sich mehrmals verliefe; aufgegeben hatte er bisher noch nie.
Sollte er also länger bleiben müssen, würde er in dieser Gegend eine Wohnung nehmen. Aber er wollte nicht bleiben, nicht länger als nötig. Er würde seine Arbeit machen, wofür er drei Monate rechnete, sie seinem Sender drüben schicken – was heißt »drüben«, dachte Robert, ist Westdeutschland »drüben«, bin ich im Ausland? –, er würde ein, zwei Wochen zugeben zum Überarbeiten der Sache, für ein paar Abschiedsrunden vielleicht, und dann good bye, auf Nimmerwiedersehn.
Durst, wie immer bei Schnee, Schneedurst, Nachtdurst, dachte er, und dachte nichts als trinken, trinken, fühlte seine Kehle rauh, entzündet, Schmerz die Speiseröhre aufwärts, Durst, unheilbar, heillos. Doch obgleich er wußte, daß *er* es war, der ihn stets von neuem in sich selbst erzeugte, ihn durch scharfe Getränke immer noch anstachelnd, schob er jetzt alles auf seine Verstimmung und den Ort, an den er geraten war. Er stöhnte auf, unbeherrscht, mit einem wie fremden Laut, und zwei ältere Frauen, zusammengehakt, aneinandergewachsen, drückten sich ängstlich an ihm vorbei. Ein paar Schritte weiter, in Sicherheit, zischten sie ihm ein Schimpfwort nach.
An drei Ecken, als er sich umsah, entdeckte er Kneipen; er lief auf die nächste beste zu; ein Lokal mit schmutzigen gelbgrauen Vorhängen, dessen Türen sich von selbst zu öffnen schienen. Steifbeinige stockerten heraus, knöpften eilig Jackenknöpfe zu, mühten sich, im Dunkeln unversehens ohne Halt, nicht zu stolpern. Schwankten abwesend grinsend vorbei, als hätten sie etwas Unrechtes an sich, irgend etwas Ekelhaftes zu verstecken.
Er lief wie ertappt zwischen Tischen durch, unsicher unter den Blicken der Gäste. Sie schauten, als hätten sie ihn erwartet. Als wüßte man schon über ihn Bescheid.
Er erwischte noch den letzten Tisch, gleich neben der Türe – ihm fiel das Wort »Abtritt« ein –; er ließ sich nieder, nein

flezte sich; lag, die Beine ausgestreckt, auf der äußersten Kante des Stuhls mit dem Rücken zur Wand. Er kam sich erfahren und weltmännisch vor, er kam sich abgeklärt und leidend vor, fremd, unverstanden und grenzenlos einsam. Dabei war ihm, als sei er plötzlich gewachsen.

»Pygmäenwelt«; er hatte kaum nach dem Wort gesucht. Vom Kilimandscharo sah er herab auf zwergenhafte Bewegungen, hörte Fetzen ihres Geschwätzes, versuchte aber, seine Ohren zu verschließen. Er wollte von ihren Geschäften nichts wissen, von ihren kleinen, schmierigen Händeln, ihren unbedeutenden, sentimentalen Konflikten. Und natürlich wollte er alles wissen. Sowie er einen Auftrag in der Tasche hatte, wurde er von Unruhe ergriffen. Er las nicht, wie die Kollegen, zunächst alles Wissenswerte über die Gegend, sondern er begann zuerst, sie sich zu erlaufen, sie zu erfahren, sich Informationen zu er-trinken.

Was ihn sofort verärgerte, war, daß er auch hier (wie überall in der Stadt), keinen der Gäste einstufen konnte. Es mochten Arbeiter sein, Handwerker, auch Angestellte, doch weder Anzug noch Benehmen gaben Auskunft, ließen irgendeine Bestimmung zu.

Mehrere hatten Hunde mit. Die Älteren scharfnasige Schäferhunde, die unter Tischtüchern auf der Lauer lagen. Die Jüngeren fette verhätschelte Köter; sie schauten mißgelaunt und beleidigt herum, manche wurden auf Schößen gehalten.

Die Wochenenden fielen ihm ein, diese Stadtsonntage, an denen er sie beobachtet hatte: Heerzüge kleiner beleibter Gestalten, Hundeübungsplätze und Grillplätze ansteuernd, Müll auf Waldwege streuend, an Buden giftige, gefärbte Nahrung kauend, mit Taschenmessern in Stämme schneidend, vor Bierständen sich versammelnd, Flaschen öffnend, trinkend, trinkend; Robert, der ein Vermögen für ein Bier gegeben hätte, bestellte sich knurrend Selters mit Rum.

Mehlgesichter, Schwammgesichter, dasjenige des Wirtes durchscheinend wie Fleisch von zu schnell gemästeten

Schweinen. Der betastet die Biergläser, macht sie klebrig. Alles sieht aus, als ob es klebt. Bald wird er die Gicht an den Fingern haben. Bei dem Wort Gicht hielt Robert sein Denken an und trank sein Glas leer, ohne abzusetzen. Er registrierte ein Ziehen im Innern, ein Zurückschrecken vor dem Wort, das ihm sein Arzt als Warnung zum Abschied auf den Weg gegeben hatte. Mit dem er – da er Robert kannte – fast drohend ihn entlassen hatte. Unwillkürlich zog er den Bauch ein.

Im Nebenraum spielten sie Pool-Billard. Ein Deutscher, zwei Fremde, er tippte auf Griechen, in kurzen Lederjacken alle drei, noch schmal, noch sich ähnlich, mit Haaren, die weich auf die Schultern fielen und sich bei jeder Wendung bewegten. Noch nicht versehrt ... verheert, sagte er laut vor sich hin, und ein Alter schaute erschrocken her. Noch nicht vom Alkohol »verheert«, wie all diese Nachtvögel, vom gewohnheitsmäßigen Trinken, mit dem sie vor dem Feierabend schon begannen, oder früher noch, in der Mittagspause; »Hier ist das Klima rauh, mein Sohn. Hier ist Sibirien nicht weit. Hier kriegst du die Prozente mit der Muttermilch ...« Man schien mehr zu vertragen als anderswo, oder schnitt man nur auf, zeigte dem Zugereisten, was man konnte? Denn unterschieden sie sich überhaupt von den Bewohnern anderer Städte, von denen in Frankfurt, in Dublin, in Rom? Waren nicht sogar die Jungs zu Hause in seinem Dorf, mit denen er getrunken hatte, in jungen Jahren schon gedunsen, aufgeschwemmt vom Alkohol, ältlich, steifgliedrig, schwadronierend und ohne ein anderes Ziel am Abend als die Theke im »Husareneck«?

Gab es einen anderen Unterschied außer dem einen, daß alles hier wie ausgestellt erschien, als eine persönliche Leistung, ein Rekord, der zu halten wäre und den der Zugereiste zu bewundern hätte? Hier sollte alles in Erstaunen setzen. Heere von Journalisten zerbrachen sich ihre fixen Köpfe, für jedes neue Bauwerk auf der Stelle einen Namen zu erfinden, bemühten sich, Outsider oder Originale aufzuspüren, die allerdings immer rarer wurden, dachten sich Witze und Anekdoten aus und waren stolz, sie später als Fremde wiederzutreffen, ausgewanderte, zu Ruhm gekommene Kinder. Man schrieb den Bewohnern dieser Stadt die erstaunlichsten Fähigkeiten zu (die Hugenotten, Kaschuben, Holländer, Böhmen, es ist die Mischung – wenn Sie verstehn), so daß jeder Fremde, dachte Robert, dagegen unbedarft und wie ein Dummkopf dastehn mußte. Doch mit den Dummköpfen rechnete man. Die hatte man nötig wies liebe Brot. Der Blick des Fremden erst gab Sicherheit, erzeugte Selbstbewußtsein und Kraft. Er war der Kleber, der die Figuren zusammenhielt; er umgab sie mit dieser Aureole von Schicksal.

Das Schicksal – ein Wort, das nirgendwo häufiger umging als hier. Noch der letzte Eckensitzer in der Kneipe führte es – nie ohne Stolz – im Munde. Das Schicksal, das einstmals den Krieg geschickt hatte, die Bomben, die Russen, die Mauer, die Türken, durch dessen Tücke einst die eigene Schwester vor den Augen des verschreckten Kindes vergewaltigt worden, die Braut zur lebenden Fackel gemacht, die Mutter nur ein paar Straßen weiter, drüben, allein und ohne einen letzten Blick verschieden war.

Sie saßen und tranken; sie schauten ihn an und beflissen weg, Erwartung hinter indiskreten Stirnen. Die Häuser in der Gegend waren um Höfe zusammengebaut und alle kannten sich untereinander. Man wußte übereinander Bescheid. Fühlte mit. Trug Verständnis, zur Maske erstarrt, im Gesicht. Gab sich väterlich, onkelhaft, familiär. Eine Gemeinschaft mit festen Riten. Doch Robert fühlte die Abwehr heraus. Ein böses Einverständnis stellte sich her; Beurteilung, grinsende Einkreisung.

Er hatte ihr schon seit geraumer Zeit, doch ohne Gedanken, zugesehen, auf einmal drang sie doch in sein Bewußtsein. Es war das Widersprüchliche an ihr, das ihn beschäftigte: schmales, angestrengtes Gesicht, alterslos, ein Maschinengesicht; nein, besser: ein Maschinenüberwachungsgesicht; der Blick aber aufmerksam, ernsthaft, wie manchmal bei Kindern noch, ohne Spuren von Resignation. Knochige Hände, schon verarbeitet, die spielerisch ein Streichholz anrissen. Das Haar kurz, gut geschnitten; der Kopf eines Knaben über einem Seidenfähnchen. Kein Schmuck, keine Schminke; aber die Augen harlekinartig, er dachte, »wie zum Schutz« umrandet.

Die Frau sprach, ohne auf ihre Umgebung zu achten, mit dem älteren Paar an ihrem Tisch, blieb aber gleichzeitig ganz bei sich. In »freundlicher Entfernung«, dachte Robert. Er schloß die Augen. Das Bild der Frau vermischte sich mit dem der anderen, der einzigen, die ihm an diesem Fest bei dem Professor aufgefallen war. Die, obgleich er gern mit ihr gesprochen hätte, ganz ebenso entfernt geblieben war.

Er lehnte sich zurück, und es gelang ihm seit langem zum ersten Mal, tief und anhaltend durchzuatmen. Er trank jetzt den Rum pur. Er sah eine Straße im Gegenlicht. Er sah die Frau in der Straße gehn. Es war ein Nachmittagslicht, ein Sonnennebellicht, und sie kam ganz allein direkt auf ihn zu. Er spürte dann die Geräusche ringsum sich formieren und war eben dabei, sich in die Lautmuster einzuordnen, als jemand dicht hinter ihm vorbeiging und ziemlich rücksichtslos an seinen Stuhl stieß.

Er bemerkte erst jetzt das Mädchen, das neben ihm stand und sich nach einem ruckhaften Umsehen, ohne sich die Mühe eines Worts zu machen, an ausgerechnet seiner Seite niederließ. Sie riß dabei Roberts Jacke vom Stuhl, unterließ es jedoch, sie aufzuheben. Das Gefühl der Fremdheit brach wieder durch. Zwar versuchte er, sich weiterhin der Frau am Nebentisch zu widmen, versuchte verzweifelt, das Interesse zu verlängern, diesen Augenblick euphorischen Erkennens und Vergrößerns – das zuzeiten sogar an Anbetung grenzte –, es gelang ihm nicht mehr.

Gelassen bleiben, halb die Augen schließen, gleichgültig einen Punkt anpeilen, über die Köpfe, die schmutzigblonden Ponyfransen neben ihm hinwegsehen, nicht auffällig schlukken, nicht räuspern; keinesfalls mit den Fingern trommeln.

– Hey, sagte das Mädchen plötzlich und lachte.
Oder den Bleistift herausziehn, das kleine Heft, sich Notizen zu machen; wenn alles versagt, ein wirksames Mittel: Achtung, Freunde, da ist einer, der schreibt uns auf, der ist vom Film oder so, reißt euch zusammen, zieht euch den Schlips fest. Dir würden wir was zu erzählen haben.
– Woher kommst du, hörte er neben sich sagen, von hier bist du nicht. Ich täusch mich nicht ... oder?
Guter alter I. H. Schulz, klügster Sohn dieser Stadt, mach mich taub, versetz mich in Trance, laß meine Arme schwer werden, meine Gedanken, entferne mich freundlich, über den Halys ...
– Den Finger am Puls des Volkes, eh? Möchtest du Stichworte?
Robert sah angestrengt an die Decke, sah abwesend in die Ferne und schwieg.
– Du bist nicht von hier, ich könnte wetten.
– Und Sie? fragte Robert, steile Hieroglyphen in sein Heftchen malend. Er fühlte, wie sich Blut in seinem Kopf bemerkbar machte.
Aus einem Nest im Niedersächsischen stammend, einem Ort, der weder Dorf noch Stadt war, aus einem dieser Siedlungshäuschen, wo man vorsichtig gehen muß, um nicht an allen Enden anzustoßen, hatte Robert sich von Kindheit an bemüht, diese seine unsagbare Herkunft zu vertuschen. Sie hatten zu Hause noch Hühner gehabt, und seine Mutter band sich, ging sie in die Küche, eine Schürze um. Erst nach Jahren, als er, endlich am Ziel seiner Wünsche, in die Großstadt übergesiedelt war, auch dort »sein Geld machte«, wie sein Großvater sich auszudrücken pflegte, wurde er fähig, über sich selber zu lachen, zeigte er manchmal beinahe Anflüge von Selbstkritik; doch blieb er immer etwas argwöhnisch und gegenüber Einschätzungen empfindlich.
Das Mädchen – eine Studentin offenbar – schien keine zu sein, die kampflos aufgab; eine von der Sorte, die niemals die Augen verdeckte und die er noch nie hatte leiden können.

– Wie kommen *wir* dir vor: »exotisch«, »verkommen«, »skurril«, »ruiniert«?
Es war vorbei. Jedes Wort seiner Nachbarin bestätigte ihm das Bild, das er gleich zu Anfang bekommen hatte, diesen Eindruck der Aufdringlichkeit, einer durch nichts begründbaren Hoffärtigkeit. Robert richtete sich auf und steckte sein Notizbuch ein.
– Hör zu, ich werde dir etwas erzählen, er rückte mit seinem Stuhl von ihr ab, ich werde Ihnen meinen Abend schildern...
– Wo warst du? fragte die Studentin.
– Ah, der Abend, die Leute, dort auf dieser... Er hatte beiläufig sprechen wollen, mißtraute aber dann dem Wort »Gesellschaft«, dem Wort »Party« nicht minder; er fürchtete den Hohn des Mädchens und verstummte.
Sie schwieg, was ihn verwunderte, und lächelte mehrdeutig.
Robert glaubte zu fühlen, wie sich ihm die Sätze im Kopf verhakten und mit den Sätzen die Gedanken. Dann, wie um seinen Zustand zu verschleiern, brach er in einen Schwall von Worten aus; er redete gegen das Grinsen an, redete, ohne zu Ende zu kommen, als machte ein anderer als er die Sprache, ein wildgewordenes Maschinengehirn, das er nicht anzuhalten wußte. So oder ähnlich erging es ihm, wenn der Durst ihn ergriff, die Sucht zu trinken, er war niemals imstande, an irgendeiner Stelle einzuhalten...
– Die Gesellschaft, der Abend, lieber Gott, ich dachte beinahe, wissen Sie, es ist kaum zu beschreiben ... ich fragte mich, wohin ich da geraten sei, an welchen außerterrestrischen Ort, nein, das ist nicht richtig, in welche abgespulte, längst entschwundene Zeit, fragte ich mich, als ich die Gäste sah, in dieser Wohnung, diesem Museum, sie sahen aus, tatsächlich, kamen mir vor, wie irgendwie ... auf der Strecke geblieben, wenn Sie verstehen, was ich meine, nicht äußerlich, nicht auf den ersten Blick, doch sowie sie nur den Mund aufmachten, die Männer vor allem, wie ... dreißig Jahre

eingefroren, wenn Sie sich mal die alten Zeitungen ansehen, die Zeitungsfotos aus den Fünfzigern, die Gesichter von Studenten aus den Fünfzigern, der Nachkriegszeit, diese treuherzig arroganten Gesichter, die ganze Gesellschaft merkwürdig ... wandervogelhaft, ich wunderte mich fast, daß sie nicht kurzgeschorene Haare hatten, einen Scheitel, mit Wasser glattgestriegelt, anthrazitgraue, zweireihig geknöpfte Jacketts ...

Er stockte, da seine Nachbarin noch immer schwieg und lächelte; er griff die Kante des Tischs und sprach weiter ...

– Könnte ich Ihnen das bloß beschreiben, die Konversation, diese Diskussionen ohne Ende, ausführlich bis zur Pedanterie, ein Mensch, der aussah wie Rasputin, dozierte endlos über literarische Salons, traktierte uns mit Angelesenem über die diversen Carolinen, Dorotheen, Varnhagen van Ense, mein Gott, die »Schlegelsche Universalpoesie« ... unterbrach damit jeden, schnitt jedem das Wort ab, man hatte Mühe, überhaupt zu Wort zu kommen, bei uns zu Hause übrigens ist der Komplex, ist diese Diskussion erledigt, längst ... ja, alles und jedes aufgetischt mit federfuchserischer Ernsthaftigkeit, als würden dauernd Staatsgeschäfte abgeschlossen, Welträtsel gelöst, ich hatte mir das anders vorgestellt, ehrlich gesagt, war irgendwie mit einer ... Hoffnung hingegangen, handelte es sich doch immerhin um ... wieder fand er das Wort nicht, das rechte, dasjenige, das unangreifbar bliebe ...

– Um Leute immerhin, nunja, aus dem Kulturleben oder wie nennt sich das, aus dem Dunstkreis der Hochschule, dem – Pardon – gehobenen Bürgertum, um Künstler, sogenannte ...

– Oho, sagte das Mädchen und lächelte.

– Um *sogenannte* Geisteswissenschaftler, ich denke, wo bin ich hingeraten, das wirft mit Worten herum, die allenfalls in Parenthese auszusprechen wären, wärmt längst überwundene Begriffe auf, mit einer ... Selbstsicherheit, um es noch freundlich zu sagen, als wartete die Menschheit auf den schwarzen Rauch, als säße man hier am Hebel der Welt und nicht an diesem zugeschneiten Ort, wo man, wie es scheint, gezwungen ist, sich seine Umwelt selbst zurechtzubasteln, was sich tatsächlich überall, in den Möbeln, den Meinungen manifestiert, in der Mode der Frauen, ja, das springt nachgerade ins Auge, diese Mode, die es nirgendwo gibt, die nirgendwo anschließt, doch zur Schau gestellt wird, als wäre sie richtungweisend...

– Man hält sich hier nicht sklavisch an die Diktatur der Trends, nicht wie die Spießer, sagte die Studentin lächelnd. Du bist in einem Freistaat ... sozusagen.

– Hören Sie, er wollte sie niederschreien, fangen Sie nicht mit Parolen an, von denen hatte ich genug den Abend über, ja, auch solche waren noch da, von der Gattung der Schneemenschen, die immer noch nicht ausgestorben ist, das sitzt, mit dem Rotweinglas in der Hand, und schreibt dir noch das Kapitel zu Ende, doziert in Fertigsätzen über Sozialismus, das ist doch zum Totlachen, den Sozialismus des Oscar Wilde! In diesem längst überwundenen Voluntarismus...

– Vorsicht, ein Fertigsatz!

– Gut, gut! Ein Fertigsatz? Und Robert fühlte wieder den Ruck, dieses eigenmächtige Schalten im Kopf, das alles, was sich eben schließen, sich in ihm zusperren wollte, mit Gewalt wieder aufriß.

– Halten wir uns also an das Greifbare.

– Die Frauen? fragte das Mädchen grinsend.

Natürlich mußte er sich auf den Köder stürzen.

– Ich will mich des Urteils enthalten. Jedenfalls war nicht eine dabei...

– Eine wird schon dabeigewesen sein. So einer wie du geht doch nicht nach Hause...

Wer war er? Was war an ihm, das es ihr erlaubte, ihn in dieser Weise abzuschätzen? Das Bild seiner Mutter flackerte auf, sekundenlang zwanghaft vor seinen Augen: wie sie in ihrer Schürze aus dem Haus und über die Straße läuft, um mit ihrer Freundin im Elektroladen Platt zu snacken.

Mundtot, ich müßte sie mundtot machen.

– Oho.
Hatte er etwas gesagt? Antwortete sie selbst schon auf seine Gedanken? Sie hätte nichts Schlimmeres vorbringen können als dieses Oho, das mehr als Begreifen, das ein Über-Verständnis signalisierte; ein maliziöses Wort, in welchem eine lange, wilde, gemeinsame Vergangenheit zu wuchern schien, mit Wort und Widerwort, mit Haß und Liebe, Streit und Schlägen.
Sie griff über den Tisch.
– Kann ich mal deine Lebenslinie sehn?
Er riß die Hand weg.
– Entschuldigen Sie.
Er sprang auf, wollte hinausstürzen, kam noch einmal zurück und warf Geld auf den Tisch. Ihm war noch, als hörte er ein Gelächter, ein mitleidiges »ach du lieber Gott«, das ihm nachsetzte bis auf die Straße hinaus. Das letzte Stück Weg ging er schnell atmend, erregt, so daß er kaum merkte, wie es zu schneien begann; nur einmal kam ihm vor, als ob es wärmer würde, als ob der Schnee ganz sacht die Luft erwärmte.

5
Dora an Ludwig (1)

Heute nacht hatte ich einen seltsamen Traum: ich ging eine lange Treppe – freiwillig – hinunter. Ganz unten traf ich einen kleinen, bunten Hund, mit dem ich spielte. Dann stieg ich getröstet wieder hinauf. Franziska kam mir entgegen, von Amy ausgeschickt, mich zu holen. Sie lief aber gleich zu ihr zurück und sagte: »Sie kommt schon von allein herauf.«
Etwas später träumte ich, nein, »es träumte mir« von einem goldenen Ring, der Ähnlichkeit mit demjenigen hatte, den Inez mir aus dem »Familienschmuck« schenkte. Er war (im Traum) so weich geworden, daß der Stein herausfiel. Ich warf ihn weg; fand aber gleich darauf vier (!) Ringe von früher aus der Kinderzeit, die alle noch paßten.
Hängen die beiden Träume zusammen? Bedeuten sie etwas? Haben sie mit meinem Leben zu tun? Viele Fragen. Aber ich weiß schon, Du wirst mir nicht antworten. Allenfalls wirst Du mir, wie ich Dich kenne, wenn wir irgendwo zusammentreffen, wieder mit einer Deiner Storys kommen, von Emily Dickinson vielleicht, wie sie ein Körbchen zum Fenster herausläßt an einer Schnur, um Abstand zu halten von der Welt, oder auch mit einer Anekdote von Lord Byron, und ich werde Deine Antwort mir da herausklauben, und das ist vielleicht gut so.

Lieber Ludwig, ich möchte seit langem etwas erklären, möchte mich selber jemandem erklären oder auch nur mich verständlich machen, einem einzigen Menschen etwas verdeutlichen, das vielleicht nicht einmal ich selber bin, und womöglich nicht einmal mit den Mitteln, mit denen zu erklären wir gewohnt sind, also auf die vorschnelle psychologische Tour, denn das, der Erfahrung nach, führt nicht weit. Nämlich es verdeutlicht nicht, es erklärt nichts und niemanden. Und noch niemals hat es mir geholfen.

Allewelt scheint sich neuerdings für Korrespondenzen zu interessieren. Als neulich die Rede darauf kam, auf Eurem Fest (das übrigens schön war), als ich von meiner Schreiberei an Dich erzählte, baten mich gleich zwei Deiner Gäste um Briefe. Vor allem dieser Germanist, Straup, den sie, was merkwürdig ist, alle nur bei seinem Nachnamen nennen.
Ich werde ihm nicht schreiben. Solange eine Sache läuft, und etwas in der Richtung zeichnet sich ab (ja, es zeichnet sich ab, und ich sehe Deine Mundwinkel beim Lesen, sehe sie sich langsam hochziehen), ist das Schreiben unmöglich. Zwischen uns, zwischen Dir und mir, ist nie »eine Sache« gewesen, es sei denn, wir nähmen unsere Telefongespräche dafür, die in letzter Zeit immer grund-loser zu werden schienen oder kreisförmiger, oder eben meine Briefe an Dich, wenn Du sie überhaupt als Briefe ansiehst. Im Überlesen finde ich nichts als Fetzen. Setz sie mir wieder zusammen, Ludwig, auf daß etwas herauskommt; wenn schon nichts Ganzes, so doch etwas Zusammenhängendes, Überprüfbares, etwas irgendwie Haltbareres. Du bist der einzige, den ich kenne, der die Geduld dazu aufbringen könnte. Nein, der einzige, der sie aufbringen *will*.

Ein Hund bellt mitten in der Nacht und bekommt keine Antwort. Er wartet. Dann setzt er wieder an.
Das hört sich traurig an im Dunkeln, nachts, in einer so großen Stadt.
Ich gehe im Zimmer herum, in der Werkstatt. Drüben im Vorderhaus ist noch ein Fenster hell. Ich warte ... ungefähr so wie der bellende Hund.

IRGEND ETWAS, denk ich, IRGEND ETWAS GEHT NICHT MEHR SO WEITER.

Die Angst, deren Grund nie zu finden ist – wenn ich das Wort groß an die Wände schriebe und dann mit schwarzer Farbe überstriche?

Und warum sich nicht beschränken auf das, was ich das ganze letzte Jahr versuchte: allein die ungefährlichen Gedanken zuzulassen, an einfache, ungefährliche Dinge? Die Werkstatt, die Vorstellung von ihrer Einrichtung zum Beispiel: Wo soll der Zuschneidetisch stehn, die Fräse oder die Schleifmaschine? Wo die Kreissäge? Die Heizleiste? Wäre es praktisch, den Boden mit Linoleum zu bedecken?

Ich höre die erste Amsel im Hof. So etwas hat früher in Briefen gestanden. Warum stand es da? Es hört sich schön an. Es lenkt ab, es leitet auf anderes über. Und so gehört es hierher vielleicht. Also die Amsel – es wird bald Morgen sein.

Ich denke an Amy, die um die Zeit mit dem Trinken aufhört. Die sich, um schlafen zu können, ihr letztes, allerletztes Glas einschenkt, das dann immer noch nicht das letzte sein wird.
Ach, eine lustige Begebenheit aus meinem Leben: Im Bemühen, Amy da herauszuziehen, meiner »Nebenbuhlerin« aus dem Sumpf zu helfen, wurde ich selber hineingezogen. Auch das gehört vermutlich in einen Brief, das Bekenntnis und die endliche Bekehrung. Es gab Phasen, da wagte ich mich schon am Vormittag nicht mehr hinaus. Ich schämte mich, bei Freunden Zigaretten anzuzünden, aus Angst, daß sie das Zittern meiner Finger sehen könnten. Es war die Zeit, da ich Euch alle schwer ertragen konnte. Ich sagte Verabredungen ab aus gar keinem Grund. Gab es Meinungsverschiedenheiten, pflegte ich unerwartet loszuschrein. Oder ich zog mich abrupt zurück.

Eines Abends, auf der Höhe dieser Karriere, zeichnete ich vor dem Spiegel ein Porträt. Obgleich ich glaubte, mir ähnlich zu sein, erkannte ich mich nicht. Ich sah eine Fremde. Mich befiel Todesangst (so wie ich sie mir vorstelle).
Es war seit Jahren – seit wir, Sophie und ich, zusammen auf der Hochschule waren – das erste Mal, daß ich wieder etwas

gezeichnet hatte. Meine Schwester ist ja dann berühmt geworden, in Westdeutschland drüben. Aber das wirst Du aus ihr herausgefragt haben neulich abend. Ihr habt ja länger zusammen gesprochen.

»Jeder kleine Umstand bildet sich mir auf *seine* Weise dar, ganz fertig, und wenn ich ihn nur anfassen will, tue ich mir an der Hand schon weh; und muß ihn gut nennen, günstig; wenn ich nicht gar, mein Weh aufrührend, viel explizieren will, was niemand versteht.« Das ist ein Zitat, das Straup mir abschrieb, schön säuberlich und mit der Hand. Er schreibt mir oft solche Sachen ab, vornehmlich von seinen Romantikern. Die Schrift wie früher, ein wenig schräg.

Er soll mir wegbleiben mit seinen Literaturgespenstern, die mir staubtrocken direkt aus seiner Dissertation entsprungen scheinen. In deren Spuren er mich hineinschieben möchte, besonders seit er von unserem Briefwechsel weiß. Ich will nicht in anderer Leuts Schuhen laufen!

Obgleich sie gut sind natürlich, o ja, seine Rahel Varnhagen ist gut. Gleich als ich es gelesen hatte, ging ich hin und schrieb es ganz klein in eine Ecke an die Wand der Werkstatt. Es könnten schlechte Zeiten kommen, in denen man solche Zusprüche braucht.

Ihre Freunde übrigens nannten sie: Rahe.

Die Wahrheit ist, daß mir die Frau über die Maßen gefällt. Und einige ihrer Briefpartner auch. Ich lese jetzt, was ich erwischen kann.

Und dennoch scheint mir, daß sie – alle diese Varnhagens, Brentanos, Humboldts, Marwitzens, Schlegels, Gentz – daß sie mit gespaltener Zunge reden. Denn sie »explizieren« und analysieren ja unentwegt und nicht einmal schlecht. In ihren Briefen an Freunde und Liebhaber sind sie manchen von denen, die heutzutage an den Kopfenden unserer Couchen sitzen, weit voraus.

Im Erklären aber verschleiern sie sich. Wenn sie meinen, einer Sache auf den Grund zu kommen, ist es – selbst wenn sie

schon weiter gelangen als wir mit all unseren wissenschaftlichen Krücken – doch allemal noch nicht das Letzte, denk ich.
Aber wenn sie phantasieren, Ludwig! Wenn sie Vermutungen für Tatsachen nehmen, Worte für Berührungen, wenn sie Stimmungen simulieren, sich an ihren Kirschholzsekretären Helden und Geliebte fabrizieren, wenn sie eigentlich *lügen*, dann...
Wenn sie lügen, kommen sie ganz groß heraus, sie werden mir deutlich, ich kann sie sehn. Sie schwindeln sich dann eine Existenz zurecht, die unendlich ausdehnbar, frei und beinahe unbegrenzt erscheint.

»Es muß ein jeder überschätzt werden, sonst wird er gar nicht geschätzt: da das Schätzenswerte von Menschen und Natur geheimgehalten wird; wie auch die größten Opfer nur von dem gewußt werden, der sie bringt: und sonst auch keine sind.« Ich, die das lese, könnte vor Neid vergehn. Sollten nicht auch wir uns überschätzen, auf daß wir so – als Un-Berechnete – endlich wieder ein Vertrauen in uns fassen können?

Ich laufe auf so schwachen Füßen seit dem Bruch mit Alfred Engler (seit ich von ihm und Amy fort bin), daß ich denke, ich wäre davongeweht und müßte mich in ein neues Erdreich krallen.

DASS DOCH IRGENDWAS AUFTAUCHTE UNVERMUTET!

Ich schreibe Dir wieder, auf bald.

Es ist wolkenlos draußen, über den Dächern schon hell.

6
Der Besuch

Gleich früh war ihm unbehaglich zumute. Fast noch in seinen letzten Traum hinein drängten sich wieder die Phantasien, die vorweggedachten Bilder des Tags, mit ihrem Anspruch auf Nachahmung, auf eine doch heimlich erhoffte Erfüllung, so daß er sich schwach fühlte, ohne Mut.

Seine Beziehung zu diesem Mädchen hatte bis jetzt aus nichts als Blicken und Briefen – nein, aus lediglich einem von ihm geschriebenen Brief, aus Blicken und Monologen – bestanden, war aber, wie er sich einzubilden begann, von einer Intensität gewesen, daß Straup, im Reden ungeübt, nicht wußte, wie weiter, und am Fortbestand der Sache überhaupt zu zweifeln begann. Er fürchtete, da er sich kannte, daß jetzt, im schnellen Gespräch, mit einem einzigen falschen oder unterlassenen Wort sich alles wieder zerstreuen könnte. Was für eine ganz unvorstellbare Konzentration würde er aufbringen müssen, nun Worte und Blicke zu koordinieren, die eigene Haltung zu kontrollieren, Absichten und Gefühle gleichzeitig zu verbergen und zu offenbaren, in einem Augenblick sich zu verschanzen, um doch im nächsten offensiv zu werden.

Er schob es hinaus. Trank lange Kaffee, räumte umständlich das Geschirr zusammen. Trödelte beim Rasieren herum. Erfragte telefonisch die Zeit. Stellte die Armbanduhr nach, obwohl sie kaum vorging. Las in den Varnhagenschen Briefen wieder, machte sich zerstreut Notizen, legte sie zu den Stößen von anderen, die Schreibtisch und Stühle überschwemmten, verlor sofort, was er geschrieben hatte. Zählte mehrmals sein Geld und vergaß die Summe. Schon auf der Treppe, kehrte er nochmals um, seinen Schal zu holen. In der U-Bahn später sah er sich mit eben diesem Schal grün und kraftlos im Fenster kauern. Zu schnell fuhr die Bahn, zu früh stieg er aus.

Er beschloß, noch ein Weilchen herumzubummeln. Während er den U-Bahnschacht verließ, langsam Stufe für Stufe ins Licht aufstieg, an Gestalten vorbei, die, sich verdunkelnd, hinunterstrebten, während ihm vorkam, als würde er leichter, wie von poröserer Substanz, fühlte er sich zunehmend gelöster, bar aller Verpflichtung, Verantwortung, besonders aber – das nahm er fast mit Dankbarkeit wahr – frei von seinen selbstentworfenen und bisher ehrgeizig verfolgten Plänen. Er stieg aufwärts in sein wunderbares Leben, während alle anderen treppenabwärts in ein hoffnungsloses Schicksal trieben. Er konnte, zumindest an diesem anonymen Tag, zu dieser unbekannten Zeit gehen, wohin es ihm gefiel; er konnte zu Dora gehen, wenn er wollte, oder er konnte so weiter schlendern, kreuz und quer sich treiben lassen, inmitten vagen sonntäglichen Geschwätzes, eines, wie es wohl früher geheißen hätte: »preußischen Frühlingstags«. Es war die Zeit, in der die Krähen die Stadt verließen – sie fanden ihre Nahrung nun schon außerhalb der Stadt, ringsum auf den Feldern der Mark.
Er lief, die beiden unsäglichen Kirchen im Rücken. Niemals, auch wenn er von der anderen Seite auf sie zuging, sah er sie an. Die alte ruinöse war immerhin jetzt von einiger Würde, der traurigen Würde einer Witwe, was Straup zwar gefiel, ihm aber doch das Bild verstellte, oder besser, die Bilder, die er aus seinen Büchern kannte: die Bilder von einer Stadt, die grün und heiter und längst zerstäubt war, die er aber nicht verlieren wollte.
Der Doktorand Straup war, auf der Suche nach Literatur, nach Materialien für seine Arbeit, von seinem Wege abgekommen. Er hatte sich in die Vergangenheit der Stadt, in ihre abertausend Geschichten hineingelesen, hatte gesammelt, was er finden konnte, alte Stiche, Lithographien, die ersten Daguerreotypien; und was er anfangs nur als Beiwerk angesehen hatte, als allenfalls historisches Rahmenwerk, war ihm, fast gegen seinen Willen, immer wesentlicher geworden, er selber – womit er sich nicht selten brüstete – zum Kenner,

zum Liebhaber avanciert; so kam es, daß er, wo immer er ging, durch die jetzigen hindurch die frühen Bilder sah. Daß er eine andere Stadt in seinem Kopf mittrug mit breiteren, wie mit dem Lineal gezogenen Straßen, mit Marmorstandbildern, Eisenbrücken, Kolonnaden; oder noch eine andere mit Reiterei, mit Kanonen und Paraden; eine mit Berlinen, Krinolinen und Zylindern; eine mit Allongeperücken, Dreispitzen, Tabakspfeifen; eine mit Festungen und Zitadellen und wieder eine andere mit Stadtmauern, Zollhäuschen, Holzbrücken, Grachten; oder überhaupt unzählige Städte, eine neben oder auch über der anderen, die nicht selten wie bei den Schichtaufnahmen in der Praxis seines Vaters sich durchdrangen.

Der Wind kam in Böen, er spürte ihn scharf im Genick. Es waren schon ein paar Touristen unterwegs; buntgekleidete Überseevögel; eine Erscheinung, die ihn daran erinnerte, daß Ostern früh lag in diesem Jahr.

Es ging nun schon auf Mittag zu, und er saß im Café und trank Cappucino, und danach saß er beim Chinesen und aß chinesische Nudelsuppe und trank zwei Kräuterschnäpse »Wukapi«, und er saß im Bistro und dachte an andere Besuche bei anderen Frauen und erinnerte sich nicht, je so ziel- und mutlos hin und her geirrt zu sein; ja, und dann war er im Kino und sah den altgewordenen Mastroiani angestrengt gleichgültig über die Schulter seines Mädchens in die Ferne schauen, und noch später, in diesem Coffeeshop, sah er tatsächlich aus der Seitenstraße schon die ersten Nutten kommen, die echten und die Seminutten, und auch ein paar von den alten, die es nur noch in dieser Gegend gab, mit Augen, die wie Fenster von geräumten Häusern unauslotbar schienen; diese ungebeugten und in ihren Röcken raschelnden Skelette, die marschierten großartig durch, und eine Fahne exotischer Düfte, ein langer Schleier wehte hinter ihnen her. Straup, der oft in dieser Gegend unterwegs war, wußte, wie sie am Morgen aussahen, bevor sie ihre Rüstung anlegten. Er hatte sie ohne Perücken gesehen, totenbleich,

und manch eine ohne Zahnprothese; er wußte, daß sie lieber Innereien aßen, Herz und Lunge, wie sie die Schlachter für Hunde abgaben, doch dafür ihre Schuhe, ihre Kleider, ihre Cremes nur in den teuersten Geschäften kauften. Die hübschen, nuttigen Hausfrauen, die sonst hier herumschwebten, fehlten heute am Sonntag, die trieben sich mit Mann und Kindern in den Wäldern rum.
Als er, nun schon zum vierten Mal, an dem Buchgeschäft vorbeigekommen war und Newtons Prachtband, an verschiedenen Stellen aufgeschlagen, eingehend sich betrachtet hatte und gleich daneben Claudia Cardinale, die auf der Kinoreklame über seinem Kopf lang ausgebreitet und wie eine Landschaft lag, sah er, daß es zu dämmern begann; er war ermattet vom langen Laufen, jedoch von einer angenehmen Schläfrigkeit erfüllt, und ihm war nun gänzlich unverständlich, was es gewesen sein sollte, das ihn so lange von seinem Vorhaben abgehalten hatte.
Als er aus der Tür des ersten Flurs auf den Hof hinaustrat, über den man zu Doras Haus gelangte, kam es ihm windstill vor auf einmal; das Licht war rauchartig und stieg auf, es schien leichter als Luft und so, als wiche es unmerklich aus dem Schacht.
Die Stille hier war ihm unheimlich; er stellte sich vor, daß hinter den geschlossenen Fenstern Leute standen, stumme Beobachter, die jede Bewegung registrierten und sich untereinander verständigten. Zu Doras Fenster, das sich im Erdgeschoß befinden mußte, sah er nicht hinüber; er ging, sich gewaltsam verlangsamend; in seiner Steifheit kam er sich lächerlich vor. Auch glaubte er, von irgendwoher Pfiffe zu vernehmen, und bemühte sich, nicht zusammenzuzucken.
Nur wer über Jahre, dachte er, hier ein und aus gegangen war, würde imstande sein, im richtigen Hofschritt sich zu bewegen, die richtige Hofhaltung einzunehmen, in der passenden Hofkleidung, mit der passenden Hofmiene, in stiller Selbstverständlichkeit und niemals aus der Rolle fallend aufzutreten.

Er hörte seine Schritte auf dem Pflaster, als würde er im Stechschritt gehen.
Keine Zeit mehr, das Zittern niederzukämpfen, keine Sekunde mehr, sich zu fassen. Klingeln automatisch, Stille hören, Schreck über Stille, Furcht vor Stille; endlich Erleichterung: niemand zu Hause, kein Zwang zu reden, sich erkennen zu geben, und – Gott seis gedankt – die Möglichkeit wieder, die wunderbare, umzukehren, zurück in die Freiheit, der Abend gerettet, der Friede der Nacht ... doch dann, erbarmungslos, Schritte, sich nähernd hinter der Türe, Gelächter aus einem Innenraum, fremde Stimmen, und Doras Gesicht von sehr weit auf ihn zutreibend, stillstehend schließlich und kaum erstaunt. Die Dunkelheit im Flur war angenehm, und auch in dem riesigen Hinterzimmer, in dem er die Frauen beisammen sah – die Wohnung schien aus nichts als Hinterzimmern zu bestehen –, herrschte ein tröstliches Zwielicht vor. Es sah wie eine Art Werkstatt aus, Maschinen und Apparaturen standen herum.
Was für ein Dickicht, dachte Straup, der sich sogleich in den geschütztesten Teil verkroch. Da stand ein altes Sofa neben einem Kohleofen mit einem schön bemalten Eisenschirm davor. Vor sich, als Scherenschnitt gegen das Fenster, sah er die Köpfe der Frauen, drei, wie er zählte, ein vierter, der einem Mädchen (Kind?) gehörte, in einer Ecke über irgendwas gebeugt; nicht einmal das Profil war mehr zu sehen.
Die Frau, die an der Schleifmaschine stand, erkannte er schnell; es war Inez, die seit dem Abend bei Ludwig ihr Aussehen nicht verändert hatte; in der Dämmerung versuchte er, die Spuren Mehl an ihrem Kittel wiederzufinden. Die andere neben ihr kannte er nicht; erst später, als er ihr Bild mit dem viel klareren in seinem Kopf verglichen hatte, begriff er sie als Amy Engler. Sie sah jetzt – wie sie eifrig in ihrer Ecke an etwas herumfeilte – älter und doch gelöster aus; mit der riesigen Brille auf ihrem runden Gesicht, ihrem Haar, das, frischgewaschen, schlingpflanzenartig sich schlängelte, ähnelte sie einer Clownsfigur aus einer Kinderzeichnung.

Dora sah er nur im Profil, sie stand an einem Tisch und schnitt sich Muster aus Papier zurecht. Das Ganze sah halb provisorisch, halb professionell aus; er hatte auch etwas reden gehört von einem Geschäft, das Dora eröffnet haben sollte, eine Lampenfabrikation oder ähnliches; ein winziger Verkaufsraum mußte sich im Vorderhaus befinden.
Die vier Frauen, er zählte das stumme Mädchen, das Ähnlichkeit mit Dora hatte, nun schon dazu, schienen wortlos miteinander verbunden, oder nein, dachte Straup, auf eine eher wortverflochtene, hinter den Worten versteckte Art, denn es wurde allerdings ja immerfort gesprochen, aber so, als wäre die nichtssagende, leicht dahinfließende Konversation nur die Oberfläche einer anderen tiefergängigen und wichtigeren.
Straup war einmal vor Jahren, als seine Eltern noch zusammenlebten und ihn auf ihre Reisen mitgenommen hatten, in einem spanischen Dorf eine weiße Treppe hinaufgestiegen. Auf jedem Absatz hatten schwarze, strickende Frauen gesessen, die ihm – er war ein Junge von vierzehn gewesen – märchenhaft alt erschienen waren. Mit jedem Schritt, mit dem er sich näherte, waren die Frauen größer geworden, unnahbarer, schwerer und mächtiger, und Straup war es schließlich so vorgekommen, als wüßten sie alles über ihn. Auch, als hätte die Treppe kein Ende genommen.
Er hatte dann später, wieder zu Hause, keine Vorstellung mehr, wie lange er in Doras Haus geblieben war. Zu irgendeinem Zeitpunkt war Licht angemacht worden, irgendwann hatte Amy Flaschen geöffnet, hatte Inez aufgehört zu arbeiten. Es war dann immer schneller, ungezwungener geredet worden; allein das Mädchen war stumm geblieben. Es hatte sich Kopfhörer aufgesetzt und, nach einem langen Blick auf den Fremden, sich in seine Ecke zurückverkrochen. Die drei Frauen hatten zu Straup gesprochen, wie man vielleicht zu einem Unbekannten spricht oder auch zu einem verschreckten Tier; zu einem Wesen, das man fürchtet und doch auch an sich locken möchte; er hätte aber für sein

Leben gern gewußt, was sie sich heimlich dabei über ihn erzählten.

Die Unterhaltung war dann hin und her gegangen, über Gott und die Welt, über die Stadt insbesondere und wie es ihm darin gefiele, über das Festlandtief, das Azorenhoch, überhaupt das Klima hierherum, und ob er, Straup, es gut vertrüge, über den Einfluß des Seewinds, der, wenn er aus Nordwesten käme, durch die Norddeutsche Tiefebene einfach so durchwutschte, ob er ihn auch spürte, über die Luft der Stadt, die Wirtschaft der Stadt, die Industrie der Stadt, die abnehme, nein, Unsinn, die immer noch zunehme, wenn man den Zeitungen glauben wollte, und über die Müßigkeit aller Orakel; ob er gern hier lebe oder eher furchtsam; über Leute, die die Stadt verlassen hätten, über andere, die zurückgekommen waren, ach, sie kämen ja immer zurück, oder stürben an gebrochenem Herzen in der Fremde; und ob denn er jemals fortlaufen würde, wenn es einmal kritisch werden sollte, ob er, Straup, auch einer von denen wäre, die überall Gespenster sähen oder Resignation, was wieder einmal Mode wäre, oder Schwierigkeiten, ja ob er Schwierigkeiten haben würde, drüben zu leben, drüben, doch kam lange nicht heraus, welches »drüben« es war, bis er allmählich erst begriff, daß sie nicht das meinten, wo er herkäme, sondern das andere ... als ob man nicht *überall* leben könne, ach, und wie ihnen bloß die Augen weh täten.

Sie hatten kaum noch etwas sehen können, doch es war bei der spärlichen Funzel geblieben. Die Frauen hatten aber gänzlich aufgehört, die Hände zu bewegen.

So war es lange weitergegangen, vielleicht über Stunden; Straup war es vorgekommen, als würden alle Zwischenräume kleiner mit der Zeit. Es waren ihm ähnliche Gespräche an vielen Plätzen aufgefallen, oft sogar unter Fremden, unter Spaziergängern in den Wäldern und Parks, an den Ufern von Seen – als ob es die Worte allein nicht machten. Und um wie vieles weiser waren doch immer die Frauen; Straup dachte an ihre männlichen Partner, die neulich an diesem Abend bei

Ludwig, diesen Besserwisser beispielsweise, Journalist seines Zeichens, der über Stunden die eigenen festgezurrten Fäden zu entwirren suchte und einem dauernd in die Parade fuhr. Der vorgab, hier zu recherchieren, für eine Sendung über die Stadt, und der, wenn sein Gedächtnis ihn nicht täuschte, Robert hieß.

Straup war überzeugt, daß hier manch eine mehr wußte, als sie sagte. Was Amy Engler betraf, so erschien sie ihm jetzt, ohne Engler und sozusagen in ihrem Naturzustand, in einem völlig neuen Licht. Er erfuhr, daß sie vor Jahren, also vor des Doktors Ära (und der ihrer Trunksucht), einmal Volkswirtschaft studiert und für eine Zeitung gearbeitet hatte.

Übereinstimmung ohne Erwartung: »Ein Abend im Hause Schleiermacher«, doch gerade als ihm das Bild in den Sinn kam, als er sich darin einrichten wollte, hatte das Telefon geklingelt, und alles war im Augenblick gestört.

Zwar hatte Dora ziemlich einsilbig geantwortet und ohne besonderes Engagement eine Verabredung ausgemacht, doch Straup war schon aus der Ruhe gebracht und fühlte es in seiner Schläfenader pochen. Er hatte versucht, aus der Wahl des Treffpunkts, aus Datum und Tageszeit Rückschlüsse auf den Anrufer zu ziehen, blieb aber auf Vermutung angewiesen. Er hatte Ludwig im Verdacht gehabt, später auch Chomentowski; als er schließlich mühsam herausgehört hatte, daß es Alfred Engler war, der allerdings nicht Amy, sondern Dora sprechen wollte (nur Dora, nicht Amy!), war keine Zeit, darüber nachzudenken; da hatte Amy schon die neue Flasche aufgemacht, hatte Inez schon die Schüsseln auf dem Tisch, mit irgend etwas Zusammengekochtem, was er wie einen Vertrauensbeweis empfunden hatte, und so war es ihm aus dem Kopf gekommen. Auch zum Essen hatte es Wein gegeben und noch hinterher, und Amy hatte mächtig aufgedreht und angefangen, Leute nachzumachen, Frans und Jens zum Beispiel, und sie waren »vor Lachen fast von den Stühlen gekippt«. Ganz ebenso wie weiland Caroline Schlegel, dachte Straup, einmal in einem Brief geschrieben hatte, und sein

Gefühl für diesen Augenblick vertiefte sich; als ob er in dem verdoppelten Bild, im Erinnern und Vergleichen, doppelt sicher wäre.
Sie hatten dann immer weiter getrunken, bis Amy so hinüber war, daß ihr die Nudeln aus dem Mund gefallen waren; sie hatte die kalten Nudeln gegessen, und sie waren ihr wieder herausgefallen, so daß es, wie in einem Trickfilm, ausgesehen hatte, als ob sie die Nudeln rückwärts äße.
Wie er dann hinausgekommen war, bekam er später nicht mehr zusammen. Das einzige, was er noch in Erinnerung hatte, war das Lachen Doras zum Schluß, sie waren beide so betrunken, daß sie nur noch lachen konnten, sich nur durch Lachen unterhielten; dann noch ein rasches Aneinanderlehnen, ein Tasten im Dunkeln die Treppe hinab – Dora hatte vergessen, den Lichtknopf zu drücken –, dann die Schwere der Hoftür, die kalte Klinke. Es war, nach einer kurzen Frühlingsphase, wieder Kälte eingebrochen, doch Straup, soweit er sich erinnerte, hatte auf dem Nachhauseweg kein Gefühl mehr für die Jahreszeit gehabt. Sie hatten sich am Ende aber noch verabredet, für einen der nächsten Tage bei Straup.
Daß er einen Schatten gesehen hatte oder den Schatten einer Person, die sich aus der Toreinfahrt löste, die auf weichen Sohlen schnell an ihm vorbeigeschlichen war und die ihn, aber nur sekundenlang, an den Journalisten erinnerte (der an einen englischen Dichter erinnerte), vergaß er oder wollte er vergessen.

7
Dora an Ludwig (2)

Es ist früh, 8 Uhr, und ich bin müde, als wäre es Nacht.

Dieser Geruch nach Aceton in der Werkstatt, warum ist er mir widerwärtig, kann ich ihn je länger, desto weniger ertragen? Ist es, weil er mich erinnert an diese Ödnis der langen Tage, das endlos in die Arbeit Eingeschlossensein, an den Zwang der ewig sich wiederholenden Handgriffe...
Mir scheint er eher wie ein Zukunfts-Angstgeruch: die schon allein bei seiner Vorstellung sich verstärkende Furcht, daß, während ich hier sitze, etwas Wichtiges vorbeigehen könnte, etwas, das für mich bestimmt gewesen wäre, wäre ich nur zur Stelle gewesen.

Aber: »Du sollst nie dem Schicksal in die Speichen greifen...« Dies eine stehende Redensart unseres Vaters, der mit ein paar Kugeln oder Splittern im Leib aus dem Krieg zurückgekommen ist und im Frühsommer 53 starb. Sophie, die älter ist als ich, glaubt, es noch selbst gehört zu haben.
Ich war zu klein, um mich an Worte zu erinnern. Ich wurde erst drei Jahre nach dem Krieg, ein paar Straßen von hier, in einem Belegkrankenhaus geboren. Die Klinik wurde bald darauf, zum Segen für spätere Krankengenerationen, aus Hygienegründen geschlossen.
Was mir noch deutlich ist, wie ein Bild aus einem unserer Märchenbücher: Der Vater sitzt riesengroß und bleich, sitzt sterbenskrank im Schneidersitz auf dem Sofa und lacht.

Das Lachen eines bis auf die Knochen Abgezehrten, todesgewiß, bar aller Verstellung oder Verdrängung, für uns Kinder, zu uns Kindern herüber – mein Freiheitsbild.

Letzte Nacht hat unser Nachbar seine Wohnung angezündet. In einem Anfall von Raserei goß er Benzin auf den hölzernen Boden und steckte es an. Zum Glück war eine alte Frau im Haus noch wach. Sie ist immer wach in den Nächten. Sie hat den Rauch bemerkt, der durch den Dielenboden aufgestiegen war. Der Hausmeister hat dann mit einer Axt die Türe eingeschlagen. Der Nachbar ist abgeholt worden heute morgen. Seine Frau, die er verbrennen wollte, lehnte am Pfosten der Türe und weinte. Später, wenn die Polizei nach Zeugen suchen wird, wird niemand etwas gesehen haben. Dies gegen das andere: mein Verzweiflungsbild.

Natürlich mache ich Versuche – täglich –, mich dem Freiheitsbild zu nähern.

– Ich kann nicht verstehen, warum du nichts machst, sagt meine Schwester Sophie.
Es war bei ihrem letzten Besuch, und fast kam so etwas wie Mißtrauen auf. Wir sind als Kinder aufeinander losgegangen, wir haben uns die Haare ausgerissen, aber wir haben uns niemals mißtraut. Jetzt plötzlich, und wir erschraken darüber, war es da. Denn es hieß ja auf deutsch: das, was ich tue, meine Arbeit, ist nichts. Aber sie sagte auch, und fast im gleichen Atemzug: ich beneide dich. In meinem Beruf ist niemand mehr frei.
– Warum, fragte ich, versuchst du nicht, das Tempo selber zu bestimmen?
– Niemand heutzutage kann nur allein für sich selber laufen, kann es sich leisten, gemächlich an sich selber anzuschließen. Du wärest unweigerlich aus dem Rennen.
– Es ist das, worum ich mich nicht kümmern möchte, sagte ich.
– Ach, du verstehst nichts, sagte Sophie, hören wir auf.
Ich antwortete nicht.

Kannst Du mir noch folgen, Ludwig? Willst Du es noch? Warum hast Du mich ermuntert, Dir zu schreiben?

Warum fange ich etwas so Langsames an, das langsamste Alphabet, das es gibt, wie ein Schulkind noch einmal; dabei nicht an die anschließend, die *ich* bin, sondern an eine Gewesene oder Spätere, eine vielleicht überhaupt erst Mögliche – was mir beinah aussieht wie im Kreis gehn?

Doch keinesfalls, wovon ich übrigens auch Straup zu überzeugen suchte, als er wieder mit seinen Idolen anfing, wird die Beschäftigung romantischer Natur sein. Derartiges ist mir wohl längst über der Arbeit, dem täglichen Ärger vergangen.

Ich betreibe ein Lampengeschäft.
Aber das *ist* romantisch, sagte Straup, jedenfalls was die Fabrikation betrifft. Du bist in gewisser Weise noch frei. Du kannst etwas – deine Art zu denken, sehen, fühlen – sichtbar machen. Deine Arbeit ist, angesichts der sonstigen Erzeugnisse der Branche – ich fing an zu lachen –, also angesichts der stil- und geschmacklosen Produktion doch geradezu kulturpolitischer Art. Jeder Handwerksbetrieb, der sich heute auftut, jede nichtindustrielle Unternehmung hat sozusagen soziale Funktion. »Gesichte ins Leben verflössen«, zitierte Straup ... und ich lachte. Die »Poesie ins Leben« oder so ähnlich. Straup war schließlich über mein Lachen beleidigt. Er wußte aber nicht, wovon er redet.

Ein Geschäft heute, das bedeutet: härteste Kalkulation, eine schwarze Kasse, eine Buchführung am äußersten Rande der Legalität; es bedeutet, von den Einzelstücken weg so schnell als möglich in Serie zu gehen, es heißt, den eigenen Geschmack, die eigenen Vorlieben zu vergessen und Konzessionen an das Publikum zu machen. Es gilt, sich anzubiedern, oft das Billigste, das Häßlichste zu akzeptieren. Das ist die Wahrheit, und sie ist traurig: wir haben die Herstellung

unserer besten Stücke, unserer Paradestücke, der arbeitsintensiven nämlich, eingeschränkt zugunsten der kleinen kitschigen Fächerlampen, der zeltförmigen Tischleuchten aus Acryl, die wir schnell in Massen fabrizieren können. Wir schaffen zu zweit etwa sechzig am Tag.
Ist es das, was ich wollte ... mein Lebenskonzept?

Leicht wäre es, hier jetzt romantisch und ohne Skrupel Dir einen schöneren Brief zusammenzulügen.
Soll ich Dir einen Lügenroman in Fortsetzungen schreiben? Würdest Du nicht auch daraus Schlüsse ziehen, ich mich besser verständlich machen können? Wäre es möglich, aus falschen Prämissen ein richtiges Ergebnis abzuleiten?

Was ich sagen wollte, was ich wirklich nicht vergessen sollte: Obgleich es, sogar in unserer »Branche«, gute industrielle Sachen gibt, Erzeugnisse von ausgewogener Form, die nahezu vollkommen sind und selbst den Anspruchsvollsten in Begeisterung versetzen, versuchen doch auch wir es immer wieder selbst. Von Zeit zu Zeit, wenn eine Idee sich festhakt, rechnen wir nicht mehr nach Stunden oder wie wir über den Monat kommen – wir lassen uns in einen zahlenlosen Zustand fallen und leben diesen Augenblick, und diesen ... wir arbeiten.
Sowie es jedoch Kunsthandwerk zu werden droht (das heißt reproduzierte, wiedererkennbare Form, die aber der veränderten Funktion nicht mehr entspricht), wird es sofort zum Müll geworfen. Es muß eine völlig neue Idee sein, etwas noch nirgendwo Verwirklichtes. Doch bis du einmal imstande bist, ein *gutes* Industrieprodukt zu übertreffen, braucht es Erfahrung und Geduld, es kostet Konzentration und Willenskraft, und du mußt Glück haben. Du mußt mit einer Absicht arbeiten und mit einer Unabsicht; das wiederum bedeutet: Zeit, vergebliche Zeit, Massen vergeudeten Materials; oft hat es Zweifel zur Folge und Schwund von Kraft durch Bezweifeln. Ja, wir versuchen es, wenn auch selten, noch immer.

Wir sind die letzten Christen, behauptet Jens, wenn er eine seiner guten Stunden hat. Er hilft mir von Zeit zu Zeit aus.

Jens, als er Frans noch nicht kannte, ist einmal auf einem Pferd kreuz und quer durch Spanien geritten.

Zu unserem Unglück sind die meisten Kunden blind. Einmal in zwei Jahren kommt einer, der zu unterscheiden weiß. Oder sogar einer, der dich an deinen Fehlern erkennt. Wie es sonst nur im Zustand großer Zuneigung geschieht: Der Mangel wird unversehens zur Verheißung, zur Antizipation von Fähigkeiten, die du selbst nicht kennst. Danach dann glaubst du dir eine Weile, hast große Gedanken, fängst Neues an, doch das dauert nicht.

Alfred Engler, nach unserer Trennung, lag tagelang im abgedunkelten Zimmer, die Augen mit einem Tuch verdeckt.

Jens wünscht, für ein paar Wochen auszusetzen, einer »wichtigeren Sache« wegen, einer Theaterproduktion wahrscheinlich. Ich bringe halbe Nächte in der Werkstatt zu, mit einer Serie, die wir gerade angefangen hatten; versuche die Termine einzuhalten. Ich sitze da mit fast der gesamten Montage, das Verleimen und Polieren eingeschlossen.

Das Furchtbare: die Versteppung der Zeit. Über endlose Strecken, sagt Straup, der ewig gleiche Bewuchs. Er schrieb mir wieder einen Brief und sprach mich mit Dora-Rahel an; es gefiel mir nicht. Da ich ihm nicht schriftlich antworten wollte, ging ich zu ihm. Er redete seltsam, als hätte er Jahre mit niemand gesprochen. Ich hörte lange zu. Wir überlegten, zusammen eine Wohnung zu nehmen; Straup bat mich am Ende, öfters zu kommen.

Das war ein langer Brief; und immer wieder denke ich, daß es ganz andere Geschichten sind, die ich erzählen möchte ...

8
Alfred Engler als Cicerone

Robert, allein in Englers Wartezimmer, sah aus dem Fenster und ärgerte sich. Amy Engler hatte ihm die Adresse gegeben:
– Wenn einer sich auskennt in der Stadt...
– Vorsicht, hatte Dora dazwischengerufen.
– Er ist der Beschlagenste, den ich kenne, Sie werden sehen ... ein Cicerone oder wie nannte man das?
Sie waren auf Engler zu sprechen gekommen an diesem Abend vor zwei Wochen, als Robert zu Dora gegangen war. Er war zum ersten Mal dort gewesen; doch obgleich es schon spät war, als er ankam, und sie zu viert gleich mit dem Trinken angefangen hatten, war ihm doch einiges noch in Erinnerung geblieben. Merkwürdig scharfgestochene Konturen, schwarzweiß, die sich, wenn er daran dachte, in das ziemlich ebene Gelände seines Tages eingravierten: Immer wieder im Licht der Sparbeleuchtung des Hofs: das struppige Buschwerk, die schwarze, frostgesprungene Erde vor dem weißen Rand der Beeteinfassung. Der Akazienstamm mit dem geborstenen Ast. Eine dunkle Figur aus der Einfahrt sich lösend, dieser Rasputin, der ihm bekannt vorkam und wie ein Wandermönch vorüberwehte. Er mußte vor ihm dagewesen sein. Robert fiel sogar der Name ein: Hans Straup. Später: die Frauen am Ende des Zimmers, zusammengekrochen, hügelartig gegen das Fenster. Amy Engler, schon von Anfang an betrunken, ißt kichernd kaltgewordene Nudeln aus dem Topf, spuckt sie dann auf den Teller zurück. Diese Funzel vom Hof erhellt das Zimmer. Oder war Licht angemacht worden? Dann Dora allein im helleren Fenster, das Haar an der Seite zum Zopf geflochten. Ein klarer Schattenriß, daneben der zerzauste Amys. Das Mädchen am Boden – das Ähnlichkeit mit Dora hatte – die ganze Zeit in fast tierischer Ruhe mit ihren Kopfhörern auf den Ohren.

Robert, in diesem Wartezimmer auf dem Sofa, auf diesem Sockel aus quadratischen Klötzen, auf kaltem Leder, das echt ist natürlich, schluckte trocken eine Schmerztablette. Nicht daß er Schmerzen zu betäuben hatte, er nahm sie wegen ihres Coffeingehalts und einer anderen Substanz, die ihn gleichzeitig wieder beruhigte. Die Tablette blieb ihm im Halse stecken, und er würde für längere Zeit den bitteren Geschmack nicht los.

Was hatte ihn hergetrieben? Zu diesem Schwadroneur, der ihm schon auf dem Fest bei Emily und ihrem Professorenfreund als zumindest doppeldeutige Erscheinung aufgefallen war. Trotzdem wurde er den Eindruck nicht los, daß vieles auf diesen Mann zentriert war, als wäre er der Leib, zu dem sie alle gehörten: Inez, aber auch Dora und Amy; er hatte einmal eine Andeutung gehört von so etwas wie einer Ehe zu dritt, sie aber nicht weiter für wichtig erachtet. Er hatte es nicht denken *wollen*.

Ein eigenartiger Zeitgenosse. Laut wie alles hier in der Stadt, aber auf die rücksichtslose Art. Ungezwungen, aber durch Entschluß. Von einer Maßlosigkeit, die auszuufern pflegte und in Gier umschlug. Dabei schien, was er tat, doch immer auf ein anderes hingedacht zu sein, auf ein Ziel, auf einen verborgenen Zweck. Doch war er geschickt genug, seine wahren Absichten zu verstecken. Wie die meisten Leute, wurde Robert heikel, sowie er nur vermuten mußte, daß irgend jemand ihm Paroli bot, ihm an Spitzfindigkeit gewachsen wäre.

Was konnte ihm der Mensch, von dem er während eines ganzen Abends kaum mehr als Phrasen vernommen hatte, zu sagen haben über die Stadt; was an Geheimnissen von ihr wissen, das Robert nicht binnen kurzem selbst herausfinden oder in sie hineindichten könnte?

Er sah sich um. Verglichen mit anderen Wohnungen, die er kannte, war diese überdimensional. Durch die offenen Türen sah er einerseits in den Flur, der einem Tanzsaal glich, andererseits in ein zweites Wartezimmer, das wie zu Reprä-

sentationszwecken ausstaffiert schien. Was für eine Auskunft gab die Wohnung? Ein chinesischer Teppich, bunt, teuer, neu. Samtportieren, weinrot, an den Fenstern und dahinter Jalousetten. Ein gewaltiger Empire-Schreibtisch mit Säulen, darauf eine Lampe mit schwedischem Glasfuß. Eine kindergroße Bodenvase, goldene Pferde, einziseliert in schwarze Glasur. Drei Storchschnabelblumen, spitz und gewalttätig.
Der Anblick einer hölzernen Plastik von kalkulierter Modernität wurde Robert derart unerträglich, daß er seine Zeitung nahm und leise hinausschlich. Klammheimlich dabei, sich aus der Türe zu drücken, hörte er plötzlich aus dem entfernter liegenden Behandlungsraum ein Splittern. Gleich darauf ein Schaben oder Sägen; jetzt Schmerzenslaute hinter der Tür. An der weißen Wand des Flurs glaubte er den Schlächter leibhaftig vor sich zu sehn. Er hatte einen Meißel bei sich, beugte sich über den Patienten und stemmte mit seinem ganzen Gewicht. Der Kiefer des Mannes brach ein. Das Wehgeschrei ging in Röcheln über.
Robert konnte nun nicht mehr hinaus. Als er sich zur Seite wandte, sah er auf dem Schreibtisch nebenan das Bild einer Frau, die ihn an Dora erinnerte. Es mußte eine Täuschung sein. Er betrachtete das Foto lange. Was hatten der Doktor und sie miteinander zu schaffen? Wie hätte es Doras Bild sein sollen?
Er stand und lauschte, es war wieder still geworden; nur ein leises Schnipseln war vernehmbar, Laute einer tödlich regelmäßigen Beschäftigung.
Als Engler herauskam, den Patienten vergnügt aus der Türe stoßend, verkleinerte sich alles. Der Gepeinigte kroch, obgleich plötzlich Hitze ausgebrochen war, mit einem noch immer devoten Lächeln in seinen Mantel und entwischte ohne ein weiteres Wort. Engler, der Folterer, rieb sich die Hände.
– Nun also, mein Lieber, wir sind frei. Auf in den Kampf oder ins Vergnügen, je nachdem.
Es gibt Tage, Wochen, manchmal Jahre, in denen läuft alles

falsch. Schreib es dir selber zu! Wo, wann hatte Robert den ersten falschen Schritt getan? Wann zum ersten Mal nachgegeben, wo er sich gegen den zu schnellen Zugriff hätte stemmen sollen? War es schon gleich bei der Ankunft gewesen? Oder erst später bei diesem Professor, zu dem ihn Emily hingeschleift hatte? War er den falschen Leuten aufgesessen, in unzumutbare Gesellschaft geraten? Aber wer, wo waren die richtigen Leute, die ihm genehmen Gesellschaften?
Robert hatte Emily zufällig kennengelernt im Paternoster des hiesigen Senders, als sie sich beide immer wieder in demselben Stockwerk vorgefunden hatten; sie waren hinauf und hinunter gefahren und wieder hinauf; sie hatten sich so lange gegenseitig hin und her begleitet, bis jeder im richtigen Studio war. Er hatte sie dann häufiger besucht. Sie war fast täglich mit dem Tonband unterwegs und wußte in der Stadt Bescheid; auch war sie nicht kleinlich wie die meisten anderen Journalisten; sie gab ihre Erfahrungen und Tips uneigennützig an andere weiter.
Die Frauen, nein, dachte Robert, sie waren es nicht. Frauen sind nützlich in einer neuen Stadt. Sowohl Emily als auch die drei anderen, die sich ihm ungefragt in einer wie selbstverständlichen Bewegung – »pflanzenhaft«, fiel ihm ein – zugewandt hatten. Er wußte fast sicher: die Frauen würden ihm manches verraten, ohne Lob oder Lohn dafür zu erwarten, ohne Aufschneiderei vor allem.
– Zu Ihrer Verfügung, schrie Engler, nun schon auf der Straße, was wollen Sie sehen?
Robert wollte nichts »sehen«. Als ob man loslaufen könnte wie ein Tourist und abhaken, was auf der Liste stand; auch war er noch niemals imstande gewesen, Gesehenes, Gelesenes direkt zu übernehmen, es schnell zu ordnen und als geschickt arrangierte Collage, deren Muster allerdings bekannt war, zu verkaufen; zwar empfand er es manchmal als Schwäche, als eine Schwerfälligkeit seines Gehirns, doch auch gleichzeitig als besondere Kraft; und er war sicher, daß er sich nicht ändern wollte.

Zu Hause bei seinem Sender wußte man: Robert war mit Abstand der phantasievollste unter den Mitarbeitern. Er war aber auch störbarer und empfindlicher, eine Mimose, und deshalb in der Arbeit nicht sehr zuverlässig. Er hatte Rücksichtnahme beansprucht, schon als er noch Reporter war. Sonderbedingungen wurden ihm eingeräumt, manche nannten es »Extrawürste«. Zu seinem Glück war der Chef der Abteilung mit der Zeit zu seinem Freund geworden und hielt große Stücke auf ihn.
Obgleich er langsam war, »langsamer als je ein Schreiber seit Erschaffung der Welt«, wie Wolffberg sich auszudrücken beliebte, konnte er aussuchen, was ihm gefiel, bekam die großen und begehrten Sachen, hatte Zeit, soviel er wollte, und reiste in der Welt herum. Auch fand der Redakteur fast immer einen Dreh, ihm für die unproduktive Anfangszeit, er nannte es die »Graviditätszeit«, kleinere Aufträge zuzuschanzen, die Robert schnell zwischendurch zusammenhaute.
Das allerdings war auch die Zeit, die er fürchtete, in der ihm alle Fäden durcheinanderliefen, in der er keinen Ansatzpunkt fand, nichts von Wert zu Papier brachte; es waren die Tage, in denen er verzweifelt herumlief, die Nächte, in denen er auffuhr im Schlaf; es waren die Nacht- und Tageszeiten, in denen er, bleich und um Zuspruch bettelnd, plötzlich bei seinen Freunden aufzutauchen pflegte, bei Nichtfreunden desgleichen, in denen er hoffnungslos lächerlich war, seine Lächerlichkeit geradezu körperlich spürte, sie dennoch zur Schau stellte und sich an seiner eigenen Verächtlichkeit zu weiden schien. Robert schlief schlecht, seit er in der Stadt war, doch im Gegensatz zu anderen Orten veränderte sich mit den Wochen nichts, nicht das geringste, er fand keinen Ansatz, kein »erstes Wort«, einmal nachts versuchte er eine Wand zu durchbrechen, aus einer undurchdringlichen Substanz; im Traum hatte er das Wort »Mondlehm« gehört.
Ein Kiefernschlächter kennt das alles nicht. Er bestellt sein

Opfer auf den Punkt, schärft das Messer, setzt an, vollendet sein Werk am lebenden Objekt, als hätte er mit Fleisch zu tun, und läßt seine Mädchen die Rechnung schreiben. In den Nächten, wie ein Seitenblick auf Englers Gesicht bestätigte, schlief er traumlos den Schlaf der Gerechten. Robert im Gehen versuchte durchzuatmen; etwas hatte sich in ihm festgebissen, das ihn seit Stunden behinderte. Er versuchte sich einzureden, daß es allein diese grundlose Furcht war, die er allmählich zu fürchten begann. Er war nun schon acht Wochen hier am Ort und trudelte immer noch so herum, zog mit Leuten wie Engler durch die Gegend, mit Figuren, die er zu anderer Zeit gemieden hätte, denen er sich dennoch ohne Interesse, beinahe willenlos überließ.

Je deutlicher sich ihm sein Zustand enthüllte, desto weniger wagte er sich aber vorzustellen, daß er die Arbeit aufgeben könnte. War es denn nicht oft schon vorgekommen, nein, beinahe immer, daß er suchen mußte, bis er die Nahtstelle fand zwischen sich selbst und seinem Objekt, die er lediglich aufzutrennen hatte, nicht um durch sie zu seinem Gegenstand zu kommen, sondern daß dieser zu ihm, in ihn hineingelangen könnte, daß er ihn, Robert, berühren oder etwas in ihm aus der Ordnung bringen könnte oder ihn sogar verletzen. Und bis er begänne, dachte Robert, dagegen anzurennen, bis er sich wehren müßte.

Waren denn nicht alle Gefechte schließlich doch zu seinen Gunsten ausgegangen? Tauchten nicht seine Arbeiten außer in Deutschland auch in Warschau, in Sidney, ja selbst schon in Tokio auf? Erschrocken und plötzlich angewidert, ertappte er sich in der traurigen Verfassung eines Mannes, der sich an eigenen längst vergessenen Erfolgen aufzurichten sucht.

Engler zog seinen Rock aus. Es wurde schon dunkler. Die Wärme, die, zu früh für das Jahr, tagsüber geherrscht hatte, war jetzt am Abend nur noch angenehm. Eine weiche, fast fühl- und berührbare Hülle; es waren schon Frühlingsgerüche in der Luft.

Engler atmete hörbar; sie saßen in einem dieser kleinen Restaurants, die wie verborgene Nester sind und in die man sich vor den Lichtern der Straße, vor ihren Blicken und Anträgen flüchten kann. Er schlug Robert jetzt Lokalitäten vor, die, wie er wohl meinte, für Provinzler von Interesse wären: Versammlungsorte seltener Sekten; die Kriminellen, die Outdrops, die Perversitäten; alle ihm bekannten Exzentrizitäten der Stadt. Robert sah die Enttäuschung in Englers Gesicht. Er hätte wenigstens Interesse mimen sollen. Das seine schien dem Doktor vage, unentschieden.
Die Originale vielleicht? Sie sind ausgestorben. Oder wirken im stillen. Ein Freund zum Beispiel, der Groschenadvokat: der führt Prozesse um die von Automaten nicht herausgegebenen Münzen; gewinnt sie ausnahmslos, natürlich.
– Soll ich Sie bekannt machen? Wollen Sie?
Ein anderer läuft die Straßen ab, alle Stadtteile, er sammelt Inschriften, Graffiti. Hunderte, Tausende, erstaunliche Produkte eines anonymen Geistesschaffens, er hat ein Haus für seine Graffiti gebaut; natürlich auch dieser ein guter Freund. Wie überhaupt überall Freunde saßen, in den Bezirksämtern, im Senat; Puppen, die nach Englers Pfeife tanzten, wenn er wollte, wenn er nicht darauf verzichtete, er, die graue Eminenz der Stadt.
Robert drehte eine Zigarette nach der anderen, teilnahmslos; prüfte, nicht ohne hinterhältiges Vergnügen die Wirkung auf seinen allerdings kaum irritierbaren Begleiter. Gleichzeitig versuchte er, den Eindruck abzuschätzen, den sie auf ihre Umgebung machten. Zwei dicke Männer, dachte er, die sich belauern. Die im Bemühen, sich zu imponieren, Fühler ausstreckten und wieder einzogen, die, äußerlich ruhig, doch mit den Lidern zuckten, empfindsam, feindselig, schwer gepeinigt, beide in diesem hochgespannten Zustand, in den zu geraten nur Dicke fähig sind. Allmählich begann ihn Englers Anblick wirklich zu beleidigen, als eine Zukunftsvision seiner selbst, so daß er sich mühsam beherrschen mußte.

Der Mann war etwa zehn Jahre älter als er, Robert schätzte ihn auf Mitte Vierzig. Er sah aus sich heraus wie aus einem anderen – ein winziges Tier in einer zugeklappten Falle. Keine Chance, Füchslein, Robert unterdrückte nur knapp ein Grinsen, als er sah, wie der andere, endlich die Absicht hinter Roberts Indolenz begreifend, nicht den Mut aufbrachte, sich zu verabschieden, sondern statt dessen begann, ihn auf das albernste zu imitieren. Engler also saß ebenfalls stumm, nachlässig mit drei Fingern seiner seltsam zarten Hand auf der Platte des Caféhaustisches trommelnd und den Versunkenen spielend. Er betrachtete eingehend die Passanten, die, posierend wie Nummerngirls, an der geöffneten Türe vorbeidefilierten.

– Erzählen Sie mir Ihr Leben, ließ Robert sich herab zu sagen. Die Auftritte wurden zahlreicher jetzt, als sei ein unsichtbarer Regisseur auf Steigerung, auf Tempo aus.

– Mein lieber Mann, Engler grinste und schwieg, nun seinerseits störrisch.

Viele einzelne saßen an Tischen, ein Einzelgänger-Lokal, wie es schien. Beneidenswerte einzelne, rauchend, Zeitung lesend, nachlässig ihre Unabhängigkeit und Freiheit demonstrierend. Geschäftsleute, Geldleute, Studenten, gutsituiert; alles Gewinnler, dachte Robert, aber der Krieg war vorbei, selbst wenn man hier wie nirgends sonst noch immer an ihn erinnert wurde, also Friedensgewinnler – er wünschte seinen Begleiter zum Teufel.

Ein Paar, an die Theke gelehnt, aneinander geschmiegt, bewegte sich wie von außen gewiegt. Niemand schaute hinüber, doch jedermann wartete, selbst unbeweglich, auf etwas wie eine Naturerscheinung. Muskeln, die angehalten schienen, ein Fingernagel, ausgestellt auf einer Schulter, ein halbgeschlossenes Auge auftauchend hinter einem selbstgewissen Rücken, abtauchend wieder: eine silbrige Haarsträhne, unzugehörig, wie zur Erinnerung abgeschnitten.

– Wußten Sie, hörte er Engler neben sich sagen, daß sie es niemals zugeben, nie, ums Verrecken nicht? Erzählen dir, was

du hören willst, niemand scheint zutraulicher als diese Kinder ... doch ihre Loddels halten sie heraus. Es gibt sie nicht. Sie wissen einfach nicht, wovon du sprichst.
Der Doktor, natürlich, kannte sie alle; er war der Eingeweihte, nahm ihnen die Beichte ab. Seine Praxis lag in nächster Nähe des Kiez – er war der Mann mit der richtigen Sprache.
– Eine Nibelungentreue ohnegleichen, und diese Kerle haben manchmal fünf auf einmal laufen. Wußten Sie ... ein Ausdruck erschien auf Englers Gesicht oder wurde sorgsam produziert – die Demonstration tiefsten, unverschuldeten Leidens. Robert ahnte, was er dachte. Sollte doch der Fremde selber zusehn, es sich selbst erobern, was er, Engler, in Jahrzehnten immerwährender Beobachtung, mit der allerfeinsten Witterung, dem empfindlichsten Gespür sich mit Mühe und Geduld erworben hatte. Die zu zarten Finger Englers pochten River Kwai. Sollte der Fremde doch die Sprache selbst erlernen.
Aber verstand Alfred Engler sie denn? Als sie gingen, sah das Mädchen an ihm vorbei. Hatten sie einen Geheimcode? Oder war alles nur Aufschneiderei?
Denn auch am nächsten Ort, in diesem Skylab, schien die Verbindung gestört. Weiß und Silber herrschten vor und ein weltfernes Mondlicht – die kurzen weißen Jacken der Männer erinnerten an Raumanzüge. Das ist die erste wirkliche Raumbar. Sie kreiselt schwerelos im Universum; Robert glaubte sekundenlang, jenseits aller Zeit zu sein. Ice-mountains, coolness. Mädchen kamen und gingen, schwammen durch luftleere Landschaften. Kleider in der Farbe des Eises, Körper unberührbar, die teuerste Unschuld der Welt, dachte Robert; hier war nichts zu entdecken von Geben und Nehmen, von Lockung, Versprechen, nichts von Tauschgeschäften, wie sie sonst bekannt und auf unserem Planeten gebräuchlich sind. Eine neue Spezies war entstanden; Priesterinnen, für unbekannte Zeremonien ausgestattet.

Als Marianna den Raum betrat, als sie in den Raum tauchte, das Haar knielang, mit ihrem Hund in der Farbe des Mantels, verlor Robert minutenlang seine Widerstandskraft; er starrte hinüber.
– Willst du mit ihr sprechen? flüsterte Engler. Dann schau nicht hin, vorerst noch nicht.
Man muß ihn loswerden, dachte Robert. Er glaubte zu bemerken, daß die Mädchen, die leise, auf Abstand bedacht, mit den Männern sprachen, sich belästigt fühlten. Nicht durch Englers Blicke, viel eher durch das offensichtliche Verbergen, durch seine ungeschickten Assimilationsversuche. Die Unbeteiligung – sie muß gekonnt vorgeführt sein oder gar nicht.
Als Robert wieder fähig war zu sprechen, das Angebot des Doktors abzulehnen, hatte der schon gehandelt. Robert sah die Karte in der Hand des Obers, sah den daran angehefteten Schein eine Weile noch im Raum zirkulieren, dann später auf Mariannas Tisch; er sah sie gleichgültig zur Bar hinübergehn, mit einem dieser Herrenreiter etwas trinken, das wie im Schmelzen begriffenes Eis aussah, und seelenruhig das Lokal verlassen.
– Sie kommt zurück, murmelte Engler, der Abend hat gerade angefangen. Doch so lange sie auch warteten, Marianna betrat die Szene nicht mehr; der Schein blieb unberührt an seinem Platz. Sie tranken lange und viel. Als sie endlich die Bar verließen, als Robert sich noch einmal umsah, sich nicht beherrschen konnte, nach dem Geld zurückzusehn, saß die Gesellschaft erstarrt, kein Augenlid zuckte, der Tisch war leer. Doch niemand hatte sich bewegt.
Engler, im Bestreben, seinen Abgang eindrucksvoll zu gestalten, verlor für Augenblicke die Balance und riß ein halbvolles Glas vom Tresen. Es klirrte rücksichtslos in die Stille. Auf der Straße begann er, laut und unbeherrscht zu lachen.
Robert fügte sich ins Unabwendbare, ging als Tourist und sah mit dummen Augen – was ihm fast gefiel – herum. Auch Engler, die Ärmel seines weißen Hemdes aufgekrempelt, sah

wie ein Tourist aus. Sie trotteten hintereinander, blickten an Hausfassaden empor, kleine Putten, leicht beschädigt, schütteten Füllhörner über sie aus, steinerne Frauen mit hüftlangem Haar lächelten auf sie herunter, Mädchen in Sandalen, täuschend ähnlich, wie von den Häusern herabgestiegen, wischten vorbei, erinnerten an Wassernixen, die auf alten Bildern Lilien in den Händen trugen. Roberts Mutter lief plötzlich dazwischen, als junge Frau; war aus dem Foto, das er in der Jackentasche mit sich trug, herausgesprungen: ein schönes, kitschiges Mädchen von damals, ein Kriegsmädchen, in der Pose von damals, mit dem Gesicht von damals, dem Blick von damals, in dieser Stadt, wie sie damals war; aber auch sie nicht mehr einzigartig, auch sie mit ihren hohen Schultern, ihren Knöchelbändern schon wieder von den Späteren, den Jetzigen imitiert. Er sah sie aufrecht vor einem Schuttberg stehn (es war ihre einzige Reise hierher gewesen), doch hinter ihr noch Bäume wie in einem Park; alles so dicht, so grün wie heute, wie damals, daß er wiederum augenblickslang nicht wußte, wo, in welcher Zeit er sich befand. An einer Hausecke roch es nach Wein, und er dachte an Dora.

Engler, der sich nur langsam gefaßt hatte, spielte nun wieder den Abwesenden; er schien es aufgegeben zu haben, Robert den brandheißen Tip zu liefern. Von Zeit zu Zeit wies er nur lässig mit dem Daumen über die Schulter auf die Fenster eines Nachtclubs ohne Namen, auf eine spärlich erleuchtete Türe; einmal lief er unverschämt zwischen zwei Männern hindurch; sie waren, sich in der Dunkelheit verfolgend, in einem Ringkampf befangen, der in Umarmungen überging. Frauen, die vorüberstrichen, murmelte er Vertraulichkeiten zu, beiläufig, als wären sie ihm seit langem bekannt.

– Nur dem Wunschlosen, sagte er plötzlich, begegnet das Glück.

Von der Ecke des Platzes, den sie überquerten, drangen Musik und Lärm.

Eine schwarze Menge auf dem Trottoir. Weißgraues Licht, aus dem Lokal durch die verdreckte Scheibe fallend, das innen wie pulverisiert erschien. Es ließ das Leder der Jacken glänzen, das gelbgespitzte Haar; Robert sah in einer Sinnestäuschung plötzlich Rüstungen und Pickelhauben.
Sie saßen in Reihen, die Füße im Rinnstein, zwischen Flaschen und Abfällen, aus dem Lokal herausgekehrten Scherben. Sie schwiegen, drehten die Metallarmbänder und sahen die sich Nähernden nicht an. Sie stellten die Transistorradios leiser. Etwas wurde erwartet.
– Sehen Sie, sagte Engler. Endlich wurde wirklich etwas erwartet.
– Wissen Sie, kennen Sie diesen Schmerz, bei den rheumatischen Erkrankungen zum Beispiel ... es strahlt aus in die Glieder, taucht an den extremsten Punkten auf, aber irgendwo sitzt der Herd... Ich bin seit dreißig Jahren in der Stadt, ich kenne sie wie einen kranken Körper, wie meinen, ich spüre augenblicklich, wo sich was zusammenbraut, manchmal sogar im vorhinein, die Mauer beispielsweise träumte ich voraus, als kein Mensch dieses Machwerk noch für möglich hielt, ich schrieb den Traum in mein Notizbuch... Engler war tief befriedigt, als die Einsatzwagen kamen.
– Das ist für Sie, auf Bestellung. Sie werden sehen ... dann ging er, die Ermittlung aufzunehmen, angestrengt ernst, wie zur Lagebesprechung.
Das Folgende nahm Robert als Stummfilm wahr, zu dem Alfred Engler die Texte sprach. Eine geschlossene und sich steigernde Handlung: die Einsatzwagen blockierten die Straßen, ein Kessel entstand. Motoren im Leerlauf, Befehle einer Robert fremden Sprache, beide Seiten, sich formierend, zwei Blöcke, Schulter an Schulter geschlossen...
– Siehst du, flüsterte Engler, sie sind importiert, von drüben, aus deiner Heimat, mein Junge. Kommen von überall her, im Konvoi. Sind immer zur Stelle, wenn etwas ansteht. Sammeln sich vor der Grenze schon. Stimmen sich langsam ein. Aber

hier, hier wird die Schlacht geschlagen, immer hier. Morgen, sag ich dir, gibts Zunder. Razzia ist für die Katz. Schon in der nächsten Stunde haben alle wieder Messer. Der Wärmeeinbruch: ein gutes Omen.

– Aber warum denn Schlagstöcke, so ein Unfug... Engler entfernte sich seitwärts, trudelte ab auf die Seite der Gesetzesbrecher, hielt sich an eine Rothaarige, die trug einen Fuchskragen um den Hals und einen Unterrock und kunstvoll zerrissene Strümpfe drunter. Er begütigt, trumpft auf, zeigt seine breite Brust. Die Polizisten lassen ihre Schlagstöcke rotieren, spielerisch.

Und jetzt wird es zur Szene. Zwei lösen sich aus der Phalanx der Heere, treten ins Scheinwerferlicht. Hie Uniform – da Lederrüstung; ein Helm – ein grünschwarz bemaltes Gesicht; zweimal zwei Augen, in einer Strombahn geschlossen; und eine Einzelheit vergrößert sich: auf dem Rücken der Jacke des Jungen in Großbuchstaben der Name: POL POT.

Der eine rückt vor, einen Schritt, der andere – sie kennen ihre Rolle genau –; der eine, der andere, und dann ... ein beiderseitiges Verharren, wie ein Gebet auf beiden Seiten, zu einem im Augenblick erfundenen Gott, auf daß der andere drüben nicht den Mut verlieren möge, daß er näher rücken, daß er endlich zu nahe rücken möge.

– Sehen Sie, der Junge, murmelte Engler, an Roberts Seite wieder, fast begeistert ... er macht die Vorhut, sehen Sie sich das an, es geht um die Ehre, er ist der Freiwillige, der Held. Ich las die Kriegsbücher meines Vaters ... immer sind es die Jüngsten, die Stolzesten, die sich ins Feuer werfen, aber eigentlich sollten sie alle noch spielen. Wenn sie wenigstens einen Dschungel hätten oder eine Prärie.

Pol Pot geht tastend vorwärts wie auf Eis. Er ist unter der Farbe leichenblaß; der Uniformierte, der auffällig klein ist, zeigt die Zähne. Das Lächeln des kleinen Schießhundes wird blendend, etwas zischt durch die Luft. Dann sickert Blut aus der Nase Pol Pots, ganz sanftes Filmblut, ein Auge tränt.

Ohne Vorwarnung ist der Ton wieder da und alles weitere geht unter in Scheppern und Pfeifen, in hohem tierähnlichem Geheul.
Die Kinder, obgleich zur Seite weichend, werden auseinandergehackt, stürzen oder lassen sich zur Erde fallen; werden vereinzelt und in die Wagen gestoßen; an die Wände der Häuser gedrückt.
Und überall Engler, der dicke Engler dazwischen, antreibend, abwiegelnd, beiden Seiten gut zuredend, ein Richter, ein Feldherr; für Robert momentlang ein Bühnenheld – Figur mit vielfacher Bedeutung. Er fühlte Englers Finger auf der Schulter, in seine Schulter hineingekrallt, wieder diese seltsam dünnen Finger...
– Kommen Sie, ich versprach Ihnen etwas. Triumph jetzt in des Doktors Stimme. Sie werden sehn. Er zog Robert seitwärts an den Rand der Schlacht.
Pol Pot, der sich ein altes Kleenex aus dem Rinnstein an die Nase preßte, und der kleine Schießhund saßen beieinander, friedlich.
– Was willst du für das Halfter, Sheriff?
Gleich wurde Engler wieder störend: – Das wollen Sie sehen, zischelte er, das müßte Sie interessieren, nicht wahr? Möglicherweise tauschen sie die Rollen eines schönen Tages. Der kleine Kapo wirft die Mütze weg, reißt sich ein Loch in die Uniform...
Robert stöhnte; er wandte sich ab. Engler begann, enttäuscht und ungeschickt, etwas aus seiner Tasche zu graben.
– Zigarette? sagte er zu Pol Pot. Der fuhr zusammen, tödlich erschreckt. Robert sah etwas blitzen. Er hörte ein Geräusch, wie wenn ein Messer aufsprang, dann sah er Engler rückwärts gehen, am Rand einer Baugrube balancieren, während die Masse vorwärts trieb, sich immer schneller auf den Doktor zubewegte. Engler brüllte auf, in einem ebenfalls tierhaften Laut, was seine einzige Rettung war; er sprang zur Seite, Robert mit sich reißend, fort von der Bühne und aus dem Licht, in schützende Dunkelheit zurück. Sekunden

später hörte Robert ein Geräusch, sah er von fern den kleinen Polizisten auf einen der Gestürzten niederknüppeln. Die weiße Inschrift auf der Jacke war zerfetzt und kaum mehr zu erkennen.

Danach fühlte Robert eine Zeitlang nichts als seinen Atem, spürte allein dieses Pumpen und Keuchen, das schwere Saugen bis an die Grenze, bis es irgendwo anstieß und nicht mehr weiterging; es kam ihm später vor, als wäre er in einem Albtraum durch die Stadt gehetzt. An einem schwarzgestrichenen Bartisch fand er Engler, von der ungewohnten Anstrengung verfärbt, an seiner Seite; endlich still geworden, endlich kleinlaut; aus seinen winzigen Augen schoß er, wenn er sich unbeobachtet glaubte, schnelle Blicke auf seinen Begleiter ab. »Parvenu«, ungerufen kam Robert das Wort in den Kopf, das er mit »hergelaufen« übersetzte, und er sah Engler, wenn er an ihn dachte, von nun an immer weiterlaufen und immer auf halbdunkler Bühne, von einer Menschengruppe zur anderen, einer Gesellschaft zur anderen, ja, dachte er, ein Hergelaufener.

Das Mädchen an der Bar war mager, bewegte sich steif, wie die eben geborenen Lämmer zu Hause. Kleine durchsichtige Perlonbluse, durch die man den mageren Brustkorb sah, Schmetterlingsärmel, goldene Schuhe, hoch wie Kothurne, ein changierender Gürtel, die Taille einschnürend. Sie tuschelte länger mit einem Gast, der abgewendet an der Theke saß und trotz der Wärme sein Jackett nicht abzulegen wagte.

Es gibt zweierlei Ärmlichkeit, dachte Robert. Eine pittoreske, für die die Leute lange Reisen auf sich nehmen, und eine solche wie hier, trübselig, häßlich, niederdrückend. Niemand poetisiert sie. Nie würde das Mädchen Loretta jemandes Gedanken beschäftigen über die Spanne einer Nacht hinaus und niemals in der Art, die ihrer Vorstellung von sich entsprach; selbst im Bewußtsein des armen Schluckers, der in sein Jackett geklemmt dort an der Bar saß, war sie nichts als ein flüchtiger Take, danach würde sie nicht mehr existieren. Wußte sie es? Verletzte es sie? Wie sie den Mixbecher hielt, nach Art der Filmmixer fast in der flachen Hand und nahe an das Gelenk gedrückt, sah Robert ein spielendes Kind.

Hinter seinem Daiquiri sicher, versuchte Engler wieder, sich ins Spiel zu mogeln. Auch hier war ihm die Szene bekannt. In den Barraum mündete der Notausgang des Pornokinos nebenan. Wer hier clever war, hatte, wenn er es nicht völlig dumm anstellte, die Chance, für den Preis eines Drinks sich unauffällig dorthin abzusetzen und einen langen und befriedigenden Abend zu verleben. Er mußte lediglich den Augenblick abpassen, da Loretta, die vorsichtshalber immer gleich kassierte, mit anderen Gästen beschäftigt war. So hatten sich Unzählige schon gerettet und durch schlimme, das Leben gefährdende Nächte gebracht. Es war dies allerdings ein geduldeter Trick, der ins Programm gehörte und für den Loretta zu bezahlen hatte. Ein anderer, riskanterer war jenseits der Nottüre anwendbar.

Das Kino, weißt du, ist nämlich eigentlich ein Doppelkino. Da ist ein Raum, in dem du siehst, wie kleine, nette Mädchen kleine, nette Sachen machen, im Intercity oder vorm Kamin, wobei du aber kaum auf deine Kosten kommst. Daneben liegt ein großer Raum, in dem die langen, heißen Sachen laufen, die ganz schön scharf ansetzen, die sich schon gleich zu Anfang und dann wieder und dann immer noch einmal steigern.

Dazwischen liegt die Kinobar, an der du für dein unerhörtes Eintrittsgeld (das du natürlich nicht bezahlt hast) noch zwei Fläschchen Rotwein gratis kriegst oder zwei Bier oder einen Cognac ohne nähere Bezeichnung. Beherrschst du den Trick, trittst du ganz einfach aus dem Kurzfilmraum, wo du dich piano angewärmt hast, heraus, nimmst lächelnd dein Deputat in Empfang und gehst gedankenverloren, noch ganz im Banne des Erlebten, in den Raum mit den besseren Sachen hinüber.

Der Barkeeper, ein Schwarzer in einem roten Frack, hat

manchmal länger am Eisschrank zu tun, leidet auch von Zeit zu Zeit unter einer Art Absence und schlägt nur alle Jubeljahre einmal, eigentlich nur der Demonstration halber zu.

– Wissen Sie, sagte Engler zum zwanzigsten Mal, es ist ein Sport, nichts weiter ... ich weiß wahrhaftig nicht, warum ich es erzähle. Ich muß telefonieren, verzeihen Sie.

Robert sah die Uhr an Lorettas Handgelenk. Er sah das Uhrarmbändchen. Als sie sie aufzog, langsam, gesammelt, als hätte sie mit einer Kostbarkeit zu tun, sah er ihre steile, kleine Brust, zwei winzige, gestutzte Flügel durch die Bluse; er verspürte den Wunsch, sie anzufassen oder sie zu schützen oder beides zugleich vielleicht.

Und ihm fiel die Geschichte, nach der er kürzlich gesucht hatte, ein: Es war der König Krösus gewesen, der einst den Fluß überschritten hatte. Er hatte das Orakel befragt und eine Antwort erhalten, die er zu seinen Gunsten sich gedeutet hatte. »Wenn du den Halys überschreitest, wird ein großes Reich zugrunde gehn.« Die Prophezeiung jedoch erfüllte sich anders: nicht das Reich des Feindes Kyros ging zugrunde, sondern sein eigenes. Gefangen und zum Feuertod verurteilt, wurde er im letzten Augenblick begnadigt.

Alles wurde ganz groß auf einmal. Der Barkeeper erschien schwarzrot und brennend in der Türe, sah ein paar Sekunden lächelnd über ihn hinweg ins Leere und verschwand. Loretta horchte hochaufgerichtet an ihrer Uhr und begann zu glitzern wie angestrahlt. Selbst Engler, noch immer am Telefon, nahm einen traumverlorenen Ausdruck an, als entdeckte er ein ihm verborgenes Licht. In seiner Tasche fand Robert einen alten Kassenzettel; er schrieb darauf die Worte: »Loretta, Feuer, Uhrarmband.« Und er schrieb: »Scheiterhaufen, Halys, halleluja.« Wie Engler neben ihm telefonierte, hörte er flüchtig den Namen »Dora«. Er erschien ihm sehr schön.

Als Engler wiederkam, war er verwandelt und begann ohne Umschweife, nun endlich sein Leben zu erzählen. Natürlich schnitt er schon wieder auf, doch schien es Robert, als ob er alles doch mit einem Augenzwinkern präsentierte; ein ande-

rer Engler kam jetzt heraus, ein augenzwinkernder Don Quichotte, sich seiner Attitüden bewußt.
Eine Zeitlang also hatte er in Häusern spekuliert. Da war er jung gewesen, hatte noch Kräfte gehabt, wollte seine Fähigkeiten ausprobieren. Da hatte die Praxis ihm nicht genügt. Ein Baugeschäft war gegründet worden zur Renovierung der alten Kästen, das ein Jahrzehnt hindurch florierte und (durch die Schuld des Kompagnons selbstredend) dann leidergottes baden ging.
Danach hatte er sich aufs Lifting geworfen, machte Schönheitsoperationen am laufenden Band. Das bot sich an in seinem Beruf, das hatte Geld gebracht; aber mehr noch hatte es Befriedigung verschafft, ja, sagte Engler, beinahe Glück. Er zeigte Robert Bilder von Patienten, ein Doppelkinn, Nasen im Profil; Gesichter von Frauen vorher und nachher; sie hatten uneingeschränkt an ihn geglaubt und ausnahmslos war ihm alles geglückt. Selbst Männer, einen Modemenschen beispielsweise, hatte er verwandelt, auch dies Bild trug er in der Tasche mit; ob Robert sich noch an die Frau erinnere, so eine Weißhaarige mit Kittelschürze, die er vielleicht gesehen habe, bei seinem Freund, den er im Scherz »Professor Ernest« zu betiteln pflege.
Und dann? Nun ... dies und das – er wartete niemals die Frage ab –, das Allerneueste jedoch wird nicht verraten; das sei noch nicht gar gekocht; aber er, Alfred Engler, wird weitermachen, er ist nun eben so eine Natur, nicht direkt ein Spieler, das möchte er nicht von sich behaupten – bedeutungsvoller Blick und Fingertrommeln wieder –, wissen Sie ... er schwieg einen Moment, legte die Hände vors Gesicht, als ob er etwas verwahren müsse, das Geheimnis gewaltsam in sich verschließen ... umsonst.
– Ich, wissen Sie, ich baue ein Imperium auf. Ja, hier in der Stadt. Nicht lange, und Sie werden sehn! Eine Kette von, wie soll ich sagen, Herbergen ... mehr als Hotels, mit höherer Bestimmung sozusagen; es wird ganz groß geplant, mehr kann ich nicht andeuten, doch wird man mich stützen, meine

Freunde, die Burschen auf den Senatsschemeln, in den Banken, habe sie an der Leine, alle; das geht ins Politische sozusagen... Sehen Sie, das ist meine Theorie: nur aus der Schwäche, aus der Unvollkommenheit heraus entsteht die Stärke, wenn Sie sich mit Adler beschäftigt haben ... diese einzigartige Situation der Stadt, sollte man ihr nicht Rechnung tragen? Sprach ich etwa von der Mauer vorhin? Ich sage Ihnen: *Es gibt sie nicht.* Oder *falls* es sie geben sollte, ist gerade sie es, die den freien Raum bedingt. Aus der Bedrängnis wird die Idee geboren. Ich betreibe Genieforschung, wie weiland der Dr. Gottfried Benn – ein Sohn der Stadt, ein Arzt wie ich; ich studiere ihn, ich teile nicht seine Melancholie – auf dem Kompost gedeihen die stärksten Pflanzen. Was mir da kürzlich dieser junge Mensch von den Romantikern erzählte – es war mir aus dem Herzen gesprochen! All die verlorengegangenen Kräfte, müßte man sie nicht zusammensuchen, sie versammeln wieder...?

Und jeder beginne bei sich selber. Sehen Sie mich an, bin ich nicht frei, schaffe ich mir nicht Möglichkeiten? Nehmen Sie meine Ehe zum Beispiel. Lebten wir nicht in einer Symbiose zusammen, jahrelang, die zwei Frauen und ich, das Kind dazu, in einer Verbindung, die der Normalmensch nicht für möglich hält? War das nicht Freiheit? Was sagen Sie? Ein Mediziner mit Ideen, wie? Dennoch bleibe ich Arzt. Das ist meine Berufung, das Blei an meinen Füßen ebenfalls... Wissen Sie, Sie sind gut dran, sagte Alfred Engler; er sah eingefallen und plötzlich verarmt aus. Sie haben sich das Richtige erwählt. Kein Blut, kein Eiter, kein Hautkontakt mit der Verwesung. Schöne Stille allenthalben. Sie brauchen nie vor Anstrengung Ihr Gesicht zu verziehn. Ihr Gesicht wird immer klarer, immer durchgeistigter werden. Ich lese, verfolge gern Biographien, die Entwicklung der Großen, wissen Sie... Nun, so einer sind Sie nicht. Aber etwas wird selbst an Ihnen schon noch sichtbar werden. Ich rede Unsinn. Muß auch weiter. Ich jedenfalls, wenn ich schriebe, ich würde das Zimmer verdunkeln. Leben Sie wohl.

Er nahm seine Jacke und ging, ohne Robert die Hand zu geben. Sekunden später kam er noch einmal zurück.
– Was ich Ihnen verraten wollte, Sie sind noch jung: Immer, wissen Sie, ist der Betrogene der Held, er ist es, der geachtet wird, der Betrogene – der Geliebte ... Darauf ging er wirklich. Robert verstand nicht, worauf er hinausgewollt hatte.
Der Mann an der Bar, der noch immer sein Jackett nicht ausgezogen hatte, stand auf und kam auf Robert zu. Es war Chomentowski. Warum war er hier? Ausgerechnet an diesem Ort? Was war sein Geheimnis, was suchte er womöglich zu verbergen, in seinem billigen Anzug, hinter dem Habitus des unscheinbaren Bürgers; kaum unterschied er sich von denen, die das Kino nebenan bevölkerten.
Unser Freund ist gegangen? fragte er. Robert, dem eben ein komplizenhaftes Lächeln unterlaufen wollte, nahm es im letzten Augenblick zurück. Chomentowski sprach ernsthaft, mit einer Art von Bedauern sogar, ohne jegliche Arglist.
– Schade, sagte er mit seiner knarrenden Stimme, ich hätte gern mit ihm gesprochen. Was folgte, war eine einzige Hommage an den nun Abwesenden, an diese umgetriebene Existenz, die am Ende des Abends Robert nur immer noch verirrter, wegloser erschienen war; an diesen Doktor, der jedoch nach Chomentowskis Meinung mehr vom Leben verstünde als irgendwer sonst. Der dem Leben nicht auswiche. Der bis zur Selbstaufgabe sich ihm ausliefere. Der herumliefe in den Nächten, aufs höchste gereizt; vor jedem Eingriff jede Einzelheit – die Möglichkeiten, die Unmöglichkeiten, selbst das Scheitern – sich im voraus simuliere. Dessen Nächte Chomentowski niemandem wünsche. Den Chomentowski schätze wie keinen anderen. Dem nachzueifern Chomentowski, der Berühmte, sich bemühe. Der ihm ein Vorbild sei, schon allein aus dem Grund, und das betonte Chomentowski immer wieder, weil er *standhalte*. Seinen Anfechtungen, seinen Passionen. Robert blieben die Worte im Ohr: »standhalten«, »aushalten«; war nicht irgendwann sogar das Wort »Bewunderung« gefallen?

Als Robert die Treppen zu seiner Wohnung hinaufstieg, es wurde schon hell, wußte er, daß er wie immer nichts über die Stadt erfahren hatte. Trotzdem hatte er – zum allerersten Mal – den Wunsch, etwas aufzuschreiben. Doch anstatt sich der Schlägerei zu erinnern, Ursachen, Bezüge auszumachen, die sozialen Hintergründe der Vergnügungsindustrie, beschrieb er Lorettas Uhrarmband und – zu seinem eigenen Erstaunen – vor allem die Hände seines Begleiters.

9
Dora an Ludwig (3)

...Ein junges Paar kam gestern nach Feierabend, fast Halbwüchsige noch, die eine »Schlafzimmerleuchte« wollten. Sie suchten endlos herum, nach einem Stück, das etwas hermacht, das billig ist und teuer aussieht; entschieden sich schließlich für eine der farbigen Kunststoffampeln, eins der letzten Modelle von Jens, das er in einer Abendlaune, einer zynischen natürlich, zusammengehauen hat. Ich denke mir aus, wo die Lampe hängen wird: zwischen nachgemachten Bauernmöbeln irgendwo, neben falschen Barockschränken; sie wird sie an einen Saloon erinnern oder an Moulin Rouge, wie sie es sich vorstellen, oder an Liz Taylors Livingroom. Das Mädchen holte dann Scheine heraus aus einem kleinen, roten Woolworth-Portemonnaie, prüfte sorgfältig, ob sie nicht zusammenklebten, glättete sie auf dem Kassentisch. Glücklich, die Lampe wie ein Kleinod tragend, gingen sie hinaus. Ich beobachtete beide noch durch die Tür. Das Mädchen lächelte zu mir zurück, als hätte ich ihm ein Geschenk gemacht. Ich vergaß Jens und war froh.
Diese winzigen Tröstungen – ein Lächeln, eine Geste, ein Blick –, Schmeicheleien, unverdient und anscheinend lebenswichtig. So kannst du dich von einem Tag zum anderen hangeln, glücklich und abgeschirmt von der Welt.
Doch habe ich Alfred (und Amy) nicht verlassen, um gleich in eine andere Sicherheit zu fallen.

Denn wenn Du, wie allewelt, meinst, ich wäre auf und davon, weil das Verhältnis unsicher geworden war, so hast Du, wie allewelt recht *und* unrecht. Es war gestört und es war dennoch sicher. Plötzlich – und das ist beinah zum Lachen – kommen nämlich Mutationen vor, Gefühlsmutationen; in dem verschlungenen Dickicht kann eine vollkommen neue Art entstehen: so, unerwartet, zwischen Engler und mir, als wir entdeckten, daß wir beide Amy nicht entbehren konnten.

Übrigens: in keiner Verbindung, soweit ich sehe, kommen die *wahren* Störungen je ans Licht.

Wir stritten häufig über Kindererziehung oder Geld, um die tieferen Verletzungen zu verbergen. Und sie werden verborgen bleiben für alle Zeit, sogar vor Dir und vielleicht vor mir selbst. Doch sie sind da und wollen so, als unbezeichenbare, ausgehalten werden.

Nein, niemals können Menschen »sich verstehen«. Was unbeweisbar ist, doch immer wiederkehrende Erfahrung: es gibt die Suche nach dem *anderen* Unverständnis. Die Faszination, die aus Mißverstehen entspringt.

Zum ersten Mal erlebte ich es so – oder müßte ich schreiben »widerfuhr« es mir? –, kurz nachdem Franziska geboren war. Und zwar ausgerechnet in der romantischsten aller Situationen, in diesem Stadium erster, äußerster Verzauberung. Aber nicht etwa die Liebe war romantisch, die wir – ein Mitstudent und ich – uns erfunden hatten, sondern allein die Umstände ihrer Nicht-Realisation. Der kleine »Caravaggio« – er schwor bei allem, was ihm heilig war (also bei seinem zukünftigen Ruhm), bei mir und seinem Kind zu bleiben, und ich schickte ihn zum Teufel. Es war die Zeit der großen Befreiung – wir waren allein in die Freiheit verliebt. Er war dann schnell über alle Berge, schnorrte sich durch Europa, raufte herum, fast hätte ich geschrieben: hatte Händel ... ein paarmal klingelte das Telefon, ich hörte seine Stimme weit entfernt; er schrieb ein paar Briefe, ich nahm sie nicht an. Worauf ich hinauswollte: solange ich mich so, in dieser Genoveva-Rolle sehen konnte, das heißt sie *ganz* denken, Tag und Nacht, war alles gut. Doch war es bald nicht mehr möglich, dauernd in einer solchen Denkspirale sich zu halten, *mir* war es nicht möglich. Ich vermute, die Leute in früheren Jahrhunderten konnten es besser. Sie lebten verlassen in einer Höhle, tranken Milch von einer Hirschkuh und aßen das Herz des Rehs. Ich statt dessen verfiel in Angst und geriet an einen, der sie ebenso kannte, sie aus dem Effeff kannte, wie er sagte, an den Dr. Dr. Alfred Engler nämlich.

Nein, obgleich ich es noch immer bei dem alten Namen nenne, war es vielleicht noch Schlimmeres als Angst: eine greisenhafte, wie in einer langen Ehe altgewordene Empfindung; sie läßt dich ganz fühllos und kalt zurück.
Was ich gern wüßte: Ist die »Sache mit Straup« ein neuer Entwurf oder nur die Wiederholung der altbekannten Figur: Einsamkeit – Angst – Flucht-in-die-Bindung?

Oder, wie ebenfalls bekannt, das Aufeinandertreffen zweier Wunschvorstellungen – Achtung, daß es nicht Kurzschluß gibt!

Aber es ist doch gut, wie es gerade ist! Anstatt im Spiegel nach dem Bild zu suchen, das wir selber sind, geht alles augenblicklich in die Gegenrichtung: wir finden uns darin als solche, die wir *nicht* sind, Gewünschte, sorgfältig Verkleidete. Das ist ein schönes Spiel, mit dem wir jetzt beschäftigt sind. Wie lange werden wir es spielen können, Straup und ich? Denn es ist ja auch schwer – wie lange wird uns Neues einfallen?

Ich bin nicht sicher. Werde ich in Zukunft nie mehr sicher sein? Bin ich schon aus dem Alter heraus? Nie mehr zweifellos irgendwo mich hineinstürzen? Angst vor Verletzung? Traurige Vorstellung!

Warum dann immer wieder zwischendurch der paradoxe Wunsch, in immer kleinere Zellen sich zurückzuziehen; vielleicht werden wir beide, Franziska und ich, eines Tages im Kloster landen.

Sich drehende Feuer in meinem Kopf... Sollte ich Dir ein Bild davon geben – der Brief würde noch konfuser, als er schon ist, ich müßte ihn kreuz, quer und krumm schreiben; an allen vier Ecken auf einmal anfangen!

Eine Tages-Träumerei, die immer wiederkommt: Eines schönen Morgens die Haustür verriegeln und nur die unbekannten Freunde zu einem Fest um sich versammeln, die, die man von ihren Bildern, ihren Büchern, ihren Filmen her liebt. Sie miteinander auf die Stühle plazieren; abwarten, was passiert... Wer würde sich mit wem zusammensetzen? Wer mit wem streiten? Wen würden wir einladen?
(Charlie Chaplin, sagt sofort Franziska.)
Morandi, der tot ist.
Isaak Babel, der tot ist.
Lino Ventura, der manchmal an Robert erinnert. (Verbissen der Mißgunst der Götter trotzend.)
Tania Blixen, wenn sie noch lebte.

Versuche nicht, Ludwig, anhand des Obigen den alten Freud doch wieder zu verteidigen. Ich habe mein eigenes Traumalphabet.
O Schluß, und schnell den Brief auf den Weg. Vermutlich werde ich, sowie er im Kasten ist, nach Hause rennen, um Dich anzurufen. Um alles wieder zurückzunehmen. Um alles richtig zu erklären...

Gerade stelle ich mir vor, wie es sich früher abgespielt haben muß, im echten Briefzeitalter. Drei Wochen unterwegs so ein Geschriebenes mit der Pferdepost, und die Antwort ebenso lang oder länger. Und währenddessen sitzt der Schreiber da, den Strauß der eigenen Formulierungen im Kopf, und schlägt sich mit jeder einzeln herum, mit einem abgedroschenen Wort, mit einer doppeldeutigen Erklärung, einem indezenten Adjektiv. Nichts mehr, nie wieder zurückzuholen. Und dann, wohin gerät er, so ein Brief, vielleicht nach einem Abschied geschrieben, aus einer Unruhe, einer Bewegung heraus, in welche Hände fällt er nach so langer Zeit? Wie wird er aufgenommen, in welcher Stimmung, von welchem Kopf, mit was für Morgenaugen gelesen? Und jedes Wort darin kann so, am fremden Ort, im fremden Licht, schon seine Bedeutung verändert haben...

Und warum möchte ich dennoch schreiben? Was für Geheimnisse gäbe es denn, die nur als Zeichen, schwarz auf weiß, Gestalt erlangten oder die sich so verstecken, daß sie nur mühsam, nur durch so ein Gitter hindurch zu entdecken wären?

Warum schreibe ich?

Denke ich, dadurch, daß ich es in Sätze bringe, Klarheit in mein Leben zu bekommen? Aber sind es nicht gerade die Sätze gewesen, die gesprochenen allerdings, die mir zunehmend verdächtig wurden? Kann ich, schreibend, diesen Sätzen entkommen? Finde ich im Schreiben andere Sätze? Solche, die sich die Dinge nicht greifen, sondern sie – unberührt – umkreisen?

Warum bilde ich mir ein, allein das Schreiben könnte mich noch retten?

Good night, friend of my nights. Sagen es die Engländer so?

10
Ein Tag Straups

Die Doppelfenster in der Wohnung waren geschlossen und auch die Tür. Trotzdem wurden sie alle vom Wind, der durch die Ritzen fuhr, von Zeit zu Zeit bewegt und bebten in den Angeln mit einem dumpfen Laut, der Stimmen von lebendigen Geschöpfen glich. Nach ein paar wenigen schönen Tagen war es wieder kalt geworden dieses Jahr, doch Straup, der in seinem Verschlag auf dem Sofa lag und fror, unterließ es, sich eine Decke zu holen. Er rief sich die Gespräche des gestrigen Abends, Geste für Geste die Bewegungen Doras in sein Gedächtnis zurück. Sie war an diesem Morgen früh schon von ihm weggegangen, ohne ein eiliges Frühstück wie sonst; er hatte es nur im Halbschlaf bemerkt. Irgendeine Messe fand irgendwo statt; Dora pflegte ihre geschäftlichen Unternehmungen meist nur beiläufig zu erwähnen, was ihm allerdings lieb war, da sie ihn nicht sonderlich interessierten. Er wußte nicht einmal, in welcher Stadt sie sich befand.

Was zählte, war ihre Stimme, noch jetzt, noch immer im Raum, ihr Bild; er sah sie im Zimmer umhergehen, das Haar in einer plötzlichen Bewegung mit beiden Händen greifen, die Haarfahne um den Kopf schlingen jetzt; was zählte, war der Gang der Unterhaltung, den er mit jeder Wendung, jedem Nebensatz in die Erinnerung zurückzuholen suchte. Das alles war wirklich und nah, jedoch im Bemühn, es immer noch näher heranzuziehen, bemerkte Straup, daß es doch bald an Kraft verlor, daß ihm Worte und Sätze abhanden kamen, die Vorstellung begann, sich abzunutzen wie ein wirklicher Gegenstand, so daß Doras Gesicht, das er noch eben wie leibhaftig neben sich gesehen hatte, ein Zug nach dem anderen abhanden kam, bis er fast nichts mehr von ihm wußte.

Trotzdem war Straup ruhig wie lange nicht. Er glaubte sich unangreifbar in einer sozusagen ewigen Position, in welcher die Schalen der Waage, die seine beiden Leben trug, in der Schwebe sich hielten, das innere, das äußere im Gleichgewicht, als ob keine Last von irgendeiner Seite je dazugeworfen oder weggenommen werden würde.

»Seine beiden Leben« – Straup war, wenn er sich nur ehrlich betrachtet hätte, längst schon so weit abgedriftet, daß er nicht nur Doras praktischen Problemen aus dem Wege ging, sondern auch seinen eigenen. Wodurch er, um jeden Preis in diesem fühllosen Zustand verharrend, mit der Zeit in eine Art von Unbeweglichkeit, oft sogar Selbstüberschätzung hineingeriet. Manchmal gegen Abend ging er noch aus, doch wurde es immer seltener. Dabei war alles Gesträuch schon grün, die Bäume trugen zarte grüne Unterkleider, und selbst der störrische Nußbaum trieb Blätter, obgleich Straup wie immer gefürchtet hatte, er würde den Sommer verpassen. Bald vermied er gänzlich, sich bei anderen zu melden; die einzige Verbindung, die er halten wollte, war die zu Ludwig Ernst und einigen wenigen seiner Leute; warum, hätte er nicht zu erklären gewußt.

So blieb er am liebsten mit seinen Gedanken allein, fing an, sich selber Antworten zu geben, und wollte schließlich nur noch Dora sehn. Auch den Professor, für den er die Dissertation schrieb, hatte er nicht mehr aufgesucht. Er hatte sich im letzten Jahr zwar mehrmals vorgenommen, die verschiedenen Versionen seines Manuskripts zu ordnen (es waren fast 800 Seiten geworden), die wichtigsten zusammenzuschreiben und ein Zwischenurteil einzuholen. Doch jedesmal, wenn er schon fast entschlossen war, war ihm ein neuer Gedanke gekommen, und er hatte weitergeschrieben. War er auch zeitweise schwankend geworden, hin und her gerissen zwischen Selbstbewunderung und Zweifel, so hatte doch erstere schließlich gesiegt.

Eines Tages hatte er die Arbeit wirklich eingepackt und auf den Weg gebracht. Sie hob sich, wie er meinte, von anderen in mehr als einer Beziehung günstig ab. Sie war vielschichtig, wies kühne Assoziationen auf, die aber im Verlauf der Sache stets logische Begründungen erfuhren. Vielleicht war sie auch literarisch interessant; er wollte sie, wäre sie erst akzeptiert, einem Verlag anbieten.

Er sah sie gedruckt in Schaufenstern liegen, stellte sich Schrift und Aufmachung vor, hörte die Freunde darüber reden. Nicht daß sie ohne Anfechtung bliebe, er wußte selbst am besten, wo die angreifbaren Punkte lagen, wollte sich keineswegs der Kritik verschließen, er war selbstverständlich auf alles gefaßt ... und hatte er nicht seit je versucht, seine Chancen realistisch einzuschätzen?

Dora, die eben gerade in seiner Vorstellung das Haar zu einem Turban um den Kopf geschlungen hatte, ließ es in einer plötzlichen Bewegung wieder fallen.

Es hätte täglich Antwort kommen müssen. Straup dachte, daß sie, wie sie auch immer ausfallen mochte, ihn auf keinen Fall aus dem Lot bringen würde. Trotzdem war er froh, daß sein Freund Brocksiepe seinen Amerikaaufenthalt um ein Semester verlängert hatte. Dieser Mensch hatte sich angewöhnt gehabt, wohl zwanzig Mal am Morgen zur Haustür zu laufen und niemals mit der Arbeit anzufangen, bevor er nicht die Post, meist nutzloses Zeug, des langen und breiten gelesen hatte.

Straup, um die Kälte nicht zu spüren, bewegte sich nicht. Seit der Wärmeperiode im April hatte er keinen der Öfen mehr geheizt.

Auf den Briefträger war kein Verlaß. Er durfte nicht an den Briefträger denken. Der Briefträger saß irgendwo, im Gemüseladen an der Ecke, einem der letzten, die sich noch zäh in dieser Gegend hielten, und trank vermutlich Apfelkorn. Er würde dann wahrscheinlich, zerfahren und mit glasigem Blick, mit einem Amtsgesicht, das vom Schwanken seines Körpers abzulenken suchte, erst gegen Mittag hier oben aufkreuzen. Straup ertappte sich dabei, auf das Knacken der Treppe zu horchen, auf Stimmen, Geräusche im Treppenhaus.

Er erhob sich dann doch, er raffte sich auf und ging zum

Telefon hinüber. Hörte das Band des Anrufbeantworters von gestern ab. Wollte Doras Stimme hören, deutlich, nahe neben sich; es war noch ihre Nachricht darauf, mit der sie ihre Reise und den Besuch von gestern abend angekündigt hatte. Auch das Zitat, das er vor kurzem ihr in einem Brief geschrieben hatte. Das sie im Hinblick auf sie beide abgewandelt und verballhornt hatte: »Und wenn ich dich nur anfassen will, tu ich mir an der Hand schon weh...« Er schaltete mehrmals vor und zurück, er hörte die Stimme, hörte die Stimme, er machte sich den Spaß, sie als die Sprache einer Unbekannten aufzunehmen.

Er stellte sich vor, er wäre auf Reisen, er läge am Strand hinter einem Sandwall und hörte eine fremde Frau. Er hörte die Stimme einer vom Strandkorb verborgenen Frau. Er begann, diese Frau sich vorzustellen. Mit der Zeit nahm sie Züge von Dora an. Er stellte sich die ersten Sätze, die ersten Worte vor, die er zu dieser fremden Dora sprechen würde. Das Geheimnis des ersten Satzes. Eine andere Geschichte würde entstehen. Unzählige andere wären möglich. Es gefiel ihm, sie sich auszudenken.

Straup allerdings, der früher viel herumgekommen war, reiste nicht mehr. Sein Vater hatte kürzlich den Versuch gemacht, ihm wieder zuzureden, hatte außer der Reihe Geld geschickt. Er hatte nach Väterart geredet: daß er jetzt, wo noch Zeit dafür übrig sei, doch die Gelegenheit ergreifen solle, in späteren Jahren etc.... Straup hatte den Scheck zurückgehen lassen. Er hatte nichts gegen seinen Vater, dachte im Gegenteil oft voller Zuneigung an ihn als an einen Einsiedler wie er selbst, doch wünschte er, unabhängig zu sein. Nicht nur in materieller Hinsicht, auch seine Absichten und seine Lebensumstände, vor allem jedoch seine Zukunftsträume hielt er vor ihm geheim und wollte keine Einmischung dulden. Er nahm nur das Notwendigste von ihm an.

Er hatte kein »Ziel« für sein Leben. Wohl für die Arbeit; er hütete sich aber, es vor anderen zu beschreiben, wie er es früher einmal getan hatte, als er Gedanken und Träumereien noch mit vielen teilte. Als sie, im Bewußtsein ihrer vereinigten Kräfte, jede Hoffnung gleich zur Sprache brachten. Auch mit Dora hing es natürlich zusammen. Doch mit einer anderen Dora, einer Zwillings-Dora sozusagen, einer ebenfalls unbestimmbaren. Sie schien das ähnlich anzusehn, denn sie sprachen, waren sie zusammen, fast nie von der Zukunft. Auch hatten sie sich angewöhnt, sich nicht im voraus zu verabreden. Zu irgendeiner Zeit, aus irgendeinem Impuls heraus rief plötzlich einer von beiden an; sie blieben dann ein paar Tage zusammen und trennten sich ohne weitere Erklärungen. Was in der übrigen Zeit dem anderen zustieß, war ohne Belang, schien weder wichtig noch nachforschenswert – so jedenfalls wollte es Straup –, keiner sollte sich darum den Kopf zerbrechen.

Straup wanderte in der Wohnung herum, arbeitete, lebte fast wie in Trance. Er glaubte, daß er »sein System« gefunden hätte. Und er war sicher, daß es nur hier, wo er sich eingerichtet hatte, möglich wäre. An jedem anderen Ort, in jeder anderen Stadt, das bestätigten Freunde immer aufs neue, wurde man beobachtet, beurteilt, von sich selbst entfernt. Mauern, nichts als Mauern, pflegte Engler zu sagen ... ringsum alle deutschen Städte eingemauert, sagte er, kam er von einem seiner Kongresse zurück. Nur allein in dieser Stadt war man imstande, einen freien Raum um sich zu schaffen oder eine Hülle, dachte Straup, die sich nach Belieben erweitern ließ. Ganz ebenso, wie es ihm nur in einer Wohnung wie dieser gelang, mit ihrer Abgeschlossenheit, ihrem ruhigen Ausmaß. Auch für seinen Beruf, den er lediglich zum Broterwerb sich dachte, malte er sich etwas Ähnliches aus, hoffte, das ihm Gemäße zu finden; er träumte von einem stillen Büro am Ende der Welt in einem efeuumwachsenen alten Haus, mit Büchern bis zu den Decken hinauf, weiß und verschließbar; von einem Lektorat oder etwas in der Art. Tatsächlich hatte er sogar ein Angebot bekommen. Ein Freund von früher, ein Historiker, der jetzt schon Assistenzprofessor war, hatte ihn einem Verlag empfohlen. Der Verlag brachte wissenschaftliche Sachen, aber auch belletristische; es schien genau das richtige für Straup, und nur aus diesem Grund, einzig und allein aus diesem, wartete er auf die Nachricht des Prüfungsamts. Es hätte täglich Antwort kommen müssen.

Doch mit der Zeit, mit dem fiebererzeugenden Gang der Stunden, verlor er an Gleichmut, begann er, diesen Briefträger zu hassen. Überlegte, wie er zu bestrafen wäre. War drauf und dran, der Postbehörde einen Wink zu geben. Der Mann war gewissenlos – ein Trinker auf einem Vertrauensposten.

»Und wenn ich dich nur anfassen will, tu ich mir an der Hand schon weh.« Das Lachen Doras auf dem Tonband verletzte ihn jetzt. Er fragte sich auch, warum sie nicht anrief. Zwar war es noch früh am Tag, und sie hatten, wie immer, nichts ausgemacht, doch kam ihm plötzlich der Gedanke, daß sie heut eine Ausnahme machen könnte. Daß sie vielleicht ihre Gewohnheit ändern, ein Verlangen haben würde, schnell zwischen zwei Verhandlungen mit ihm zu sprechen. Er rüttelte mehrmals am Telefon, prüfte, ob der Hörer richtig auf der Gabel lag. Als er in die Küche hinüberging, ließ er die Türen hinter sich offen.

Er memorierte den Gang seiner Arbeit zum hundertsten Mal. Der Ausgangspunkt von einem beinah nebensächlichen Gedanken. Das allmähliche Zusammenleiten der scheinbar disparatesten Quellen. Dann diese Volte von der Ironie zur Verführbarkeit. Die Negation des Ironiegedankens, die Menschen – es gab Beispiele in der Geschichte genug – zu Unternehmungen getrieben hatte, die Verzweiflung und Wahnsinn zur Folge hatten. Fazit: die Notwendigkeit, das offensichtlich zu machen, die Einsicht in diesen Tatbestand, die die Menschheit endlich salvieren könnte. Jeder, der sich die Mühe machte, diesen Ausführungen zu folgen, müßte die Logik des Gedankens sehen. Und er zielte ins Leben! Straup las mit Bewunderung Fichte; war dieser nicht immer, ohne Rücksicht auf Freund und Feind, in jedem seiner Gedanken über alle Begrenzung hinweggegangen? Einmal war Mut in den Wissenschaften gewesen, hatte Wissenschaft auf Politik gewirkt, Politik auf Kunst, alle miteinander auf das Leben. Warum sollte er, Straup, nicht den Mut aufbringen, den ihm gesetzten Rahmen zu sprengen? Warum nicht von diesem seinem Ansatz aus weiter voraus denken, seine eigene Theorie entwickeln, die ebenfalls ins Leben zielte, die er in Bruchstücken schon im Kopf hatte, die »Bedeutung des Fragments« aus dem fragmentarischen Zustand – er lachte – heraus und in einen großen und überzeugenden Zusammenhang bringen? Er würde die Arbeit zurückfordern, so schnell als möglich.

Natürlich würde er die Konzeption verändern müssen, Unmengen von Seiten eliminieren; eine Titeländerung war abzusehn. Und was, wenn er alles beließ, wie es war, wie es ihm annehmbar erschien, und lediglich das, was das Thema überschritte, seine Abschweifungen also, als Anhängsel beifügte? Nein, keine Kompromisse, dachte Straup, und wenn es Jahre dauern sollte. Wie häufig in verzagten Augenblikken, rief er sich Vorbilder zu Trost und Hilfe ins Gedächtnis.

»Es geht von den wirklich großen Werken eine seltsam langsame stetige Wirkung aus...« Schopenhauer oder wer? Straup ging und zog den Telefonstecker heraus. Sollte Dora doch anrufen, was scherte es ihn! Er hatte anderes zu denken. Es war überhaupt die Lösung schlechthin, dieses Telefon abzuschalten, sich um das Telefon nicht zu bekümmern, denn wenn sie *nicht* anriefe, so würde er es nicht einmal bemerken. Er wollte nachdenken jetzt, nicht sich durch fruchtlose Warterei in seinen Gedanken stören lassen. Keine unnützen Zufügungen!

Aber wahrscheinlich würde sie anrufen. Er war sicher, daß sie irgendwann an diesem Tag sich melden würde. Nun gut, er hatte es nicht hören können, er hatte zu tun gehabt.

Nur wer dem Ironiegedanken abschwört, wer dessen konstruktive Kraft nicht anerkennt, kann in die tödliche Verzweiflung fallen, diese Verzweiflung, der die Illusion folgt,

der der Wahnsinn folgt, dem wiederum allein durch Wahnsinn zu begegnen ... usw.
Straup hatte sich Bilder von der Stadt besorgt. Die Stadt in allen Stadien ihrer Existenz. Die eindrücklichsten davon sah er sich wieder und wieder an. Bilder mit Bergen von Schutt und Steinen, die zertrümmerte Reichshauptstadt im letzten Kriegsjahr, mit aufgerissenen Häusern, mit einer Straße, in der die Schienen geradenwegs in einen Abgrund führten, mit Trümmerbergen, auf denen Schnee lag, mit schwarzgebrannten Mauerresten; nur allein die Kandelaber waren allenthalben stehengeblieben. Ein paar Menschen, abgemagert, krähenartig, schienen in den weitgewordenen Straßen immer wie vom Wind getrieben. Er hatte sich die Bilder an die Wand geheftet, als beinah handgreifliche Bestätigung für die Richtigkeit seiner Theorie.
Einen Augenblick lang war er drauf und dran, das Telefon wieder einzustöpseln. Es könnte immerhin möglich sein, daß Dora, allein in einer fremden Stadt, sich unsicher fühlte, daß sie einen Rat brauchte. Daß sie, in einem Lokal vielleicht, zum Telefon lief...
Sie würde *nicht* anrufen. Sie brauchte niemals Rat. Sie war von un-menschlicher Selbstsicherheit. Einen Moment lang haßte er sie. Er sah auf die Uhr, es war erst elf. Sie könnte heute früher fertig sein, er konnte sich irren, es konnte alles anders laufen...
Straup sah wieder die Bilder an. Die Kulisse kam ihm phantastisch vor. Es schien alles so hell. Die wenigen Bäume, die noch standen, waren nicht geeignet, dieses Park- oder Wäldergefühl zu erzeugen, das man heutzutage überall in der Stadt, in welchem Stadtteil auch immer, empfand. Er legte die Bilder nebeneinander, verglich sie mit anderen von vor dem Krieg. Mit wieder anderen aus den fünfziger Jahren. Er sah Menschen in verschiedensten Kostümen, Leute, die hinter den Theken von Kneipen standen, die in Elektrischen, in Droschken fuhren, die auf Plätzen sich versammelten. Die Nachkriegsgesichter – das heißt nur diejenigen kurz nach

dem letzten Krieg – erschienen ihm die unbeschwertesten zu sein. Hinter ihren Handkarren, auf Trümmerbergen sitzend, lachten sie fröhlich in leere Räume. Es war der Augenblick des Spiels, des spielerischen Entwurfs, doch ohne Illusionen, dachte Straup. Schon zu Beginn der Sechziger begann sich alles wieder zu verdüstern.
Straup jonglierte mit seinen Gedanken herum, dachte ebenfalls, daß er spiele, fühlte sich im Augenblick sicher. Er wollte seine Sicherheit jemandem mitteilen. Er schloß das Telefon wieder an. Wenn Dora gute Abschlüsse machte, könnte sie schon am Abend zurücksein. Oder sogar am Nachmittag. Unter Umständen könnte sie spüren, daß er sie brauchte jetzt. Daß er ihr etwas mitzuteilen hätte. Er war fast sicher, daß sie es spürte.
Straup blieb nicht am Fenster, die Bewegung der Bäume, das Schwirren der Vögel hin und her waren ihm unangenehm. Er setzte sich auf den Koffer im Flur. Sie konnte den Schlüssel vergessen haben. Der Türöffner und die Klingelanlage waren wie üblich kaputt. Auch der Briefträger kam nicht.
Straup saß im Flur, auf dem riesigen Schrankkoffer, den Kopf an die Haustüre angelehnt. Als der Briefträger die Post durchsteckte, schlug es halb zwei. Es war eine Wäschereireklame.

11
Die Rivalen

Robert lehnte an der Baracke der Friedhofsverwaltung. Durch die halbgeöffnete Türe sah er die Frau, die am Schreibtisch telefonierte. Obwohl sie wußte, daß er wartete, sprach sie ohne Ende weiter. Auch dieser Rasputin ließ auf sich warten. Es war Robert schon gleichgültig. Nach einem kurzen Aufschwung neulich abend, mit Alfred Engler in dieser ärmlichen Bar, als er dachte, er könnte es greifen und zusammenkneten und in eine Form bringen endlich, war ihm doch schon wenig später alles wieder unter den Händen zerbröselt. Seit Tagen schon in diesem tauben, fast kränklichen Dämmerzustand, in einer äußersten Zerstreutheit, hatte er nicht mehr die Kraft, seine Tagesabläufe zu planen, sondern ließ sich in Situationen treiben, die ihn in diesem Zustand zeigten, in der immer gleichen Wiederholung eines ihm selbst verächtlichen Verhaltens.

Er lief durch die Straßen, betrank sich in Kneipen, ließ sich von diesem und jenem hierhin schleppen und dorthin, schloß sich jedem Hergelaufenen an; er redete, was er sonst nicht tat, viel und zerfahren von seiner Arbeit, schnitt auf, erwähnte frühere Erfolge, erhoffte Anstöße von anderen, noch dazu von solchen, die, wie er ärgerlich feststellte, die allerungeeignetsten waren.

Er rannte in Museen herum und sah nichts, besuchte Partys und schwatzte drauflos, er wurde sich selbst zur Spottfigur. Er jagte Sensationen nach, doch fand er nichts, was lohnte, sich einzuprägen, er sah nicht die Kastanien, die schon in seiner Straße blühten, weiß und rot, wie Brunnen, im Überquellen angehalten. Er sah nichts als Allerweltssymbole, dachte nichts als Allerweltsgedanken, die er, kaum zu Hause, doch schon wieder vergessen hatte. Das schlimmste war, daß er keine Worte mehr fand, keine Bezeichnungen oder Namen für Dinge, weder verächtliche noch poetische, weder Liebes-

noch Haßnamen. Sein Schulheft, in das er zu schreiben pflegte, war bis auf ein paar Seiten leer.
Und wieder hatte er sich an einen herangemacht, der ihm gleichgültig war, hatte, aus einer unseligen Stimmung heraus Hans Straup um Hilfe angefleht. Der hatte auch gleich den Braten gerochen; schon seine Stimme am Telefon war Robert überheblich vorgekommen. Sie hatte gelangweilt und fast verächtlich geklungen, wie im Bemühen, einen heimlichen Triumph zu unterdrücken. Straup hatte lange am Termin herumgeredet, mehrmals seine Arbeitsüberlastung angeführt, um endlich mürrisch zuzusagen. Robert sah auf die Uhr, es war zwanzig Minuten über die Zeit, und er stand allein und wartete.
Die Frau im Büro, von der er nichts als einen Plan der alten Gräber wollte – er wußte, daß so etwas existierte –, dachte nicht daran, ihr Telefongespräch auch nur für einen Augenblick zu unterbrechen. Sie sprach mit schon ermüdeter Stimme jetzt, in die sie versuchte, doch eine Spur von Amtlichkeit hineinzulegen. Robert hörte, daß sie Namen mehrmals wiederholte, daß sie nach Daten fragte und wieder nach Namen.
Sie fragte: Wann kommt er? Oder: Wir warten auf die und die. Oder: Am wievielten trifft sie ein? Er wußte plötzlich: Es würden keine Menschen sein, die kamen, *keine mehr*. Sie sprach es zu laut, zu deutlich aus: Fleischhauer, Martin ... Hinrichs, Johanna ...
Robert fing gegen seinen Willen an, sich die Leute vorzustellen. Sah sie – noch als Lebende – leibhaftig vor sich. Bei den Männern kam es ihm schlimmer vor. Die Frauen waren ausgedörrte Kleiderpuppen, alt natürlich, Witwen sowieso.
– Der ist noch nicht hier, sagte die Gelbhaarige, da muß ein Irrtum unterlaufen sein.
Robert sah den Mann, der seine eigne Urne durch die Stadt trug. Er war im Sonntagsanzug. Er ging zum letzten Mal durch die Stadt. Er ging und ging, ließ aber den Friedhof links

liegen, entfernte sich. Scheppernd fiel eine Eisentür zu. Robert schrak zusammen, es war ein kleines Nebentor gewesen.
Straup, der Doktorand, kam angeschlichen. Mit dem Gesicht eines Wunderheilers, dachte Robert, im Besitz tragischen, dem Volk unverständlichen Wissens, hoffnungslose Leiden, tödliche Verläufe diagnostizierend; es sah aus, als trüge er schwer daran.
Die telefonierende Frau ließ sich endlich herab, zwei hektographierte Blätter herüberzureichen. Es war die Liste mit den Gräbern prominenter Leichen. Hinter den Namen der Toten waren Buchstaben und eine Zahl zu lesen: U 5, P 40; als die Frau ihn ansah, erstaunte es Robert, daß sie Augen, Nase und Mund, ja überhaupt ein Gesicht besaß.
Straup schritt schon zielbewußt in den Reihen voran. Er war unerwartet heiter plötzlich, deutete nach rechts und links, entdeckte dies und das, machte aufmerksam; wußte, wo sich die Erbgruft der Mendelssohns befand, kannte den Stein Adalbert Chamissos. In dem Maß, in dem Robert schweigsamer wurde, wurde Straup lebhafter; er kam ins Reden, begann zu dozieren. War, wie jedermann hier, darauf aus, dem Zugereisten seine Weisheit aufzudrängen.
Hier müsse er anfangen, wolle er die Stadt begreifen, und nur hier. Das Soziologische, das Geographische, die Infrastruktur – alles erforscht und bekannt. Mit den historischen Ursprüngen zu beginnen sei uninteressant, da nicht originell: dieses Zusammenwachsen aus Dörfern, nicht anders als überall in der Welt, die Entwicklung in Sprüngen, auch das schon fast historisches Gesetz... Das Ungewöhnliche, Besondere der Stadt, es wäre hier und nirgends sonst zu finden; hier unter diesen Steinen läge es begraben. An vielen Orten läge es ringsum zerstückt, man brauche es nur zusammenzusuchen. Man müsse es wieder zusammensetzen.
Robert dürfe sich der Stadt nicht nähern, sagte Straup, ohne zu wissen, wo ihr Herz begraben läge. Die Aufgabe sei, das

Herz, den Ort zu untersuchen, und auch die Zeit, in der es einmal jung, gesund und kräftig war.
Zugegeben, die Spanne war kurz. In seiner äußersten und lebendigsten Form hat es nur ein paar kurze Jahre existiert, in ein paar Hörsälen vielleicht, in ein paar Studierstuben oder Salons, bevor es, sich vergrößernd zwar, doch schon vom Fieber, von der Entzündung erfaßt, in eine lange Agonie verfallen war.
Ja, einen kurzen Moment nur sei es imstande gewesen, den ganzen Kreislauf zu bewegen, hätte es die Kraft gehabt, das Blut durch alle Adern zu treiben. Ja, alles in vollem Fluß, nebeneinander und sich ergänzend und eins in das andere übergehend: die Freiheit und die Notwendigkeit, das Männliche und das Weibliche, das Monarchische, das Jakobinische, die Sparsamkeit und die Verströmung, Geist und Gefühl, Immanuel Kant und die Brüder Grimm ... Brentano und Börne, sagte Straup und sagte mehrmals das Wort, das er sich wohl zum Lieblingswort erkoren hatte: Hermaphrodit ... das Hermaphroditische, sagte Straup.
– Kommen Sie, sagte Straup, ich werde Sie führen, Sie werden es wieder schlagen hören. Gehn wir zusammen? Er fragte es mehrmals. Kommen Sie? Wann?
Robert zerknüllte die Hektographien und warf sie in eine Grabvase. Er wollte nicht hören und hörte doch, er wollte dem Menschen entkommen, wieder einem, der ihm Gewalt antat, und blieb ihm folgsam auf den Fersen. Nicht möglich, dachte er, es ist nicht möglich, und dachte doch, daß es sein Schicksal wäre, so zu laufen, daß das Schicksal ein unentrinnbares sei, und er lief weiter und weiter und hörte nicht auf; er hatte das Gefühl, als risse jedermann in dieser Stadt an ihm herum; als sei er erkannt: ein willenloses Opfer, jedweder Bevormundung zugänglich.
Er las jeden Namen auf jedem Stein. Der Verkehrslärm fuhr um den Friedhof herum, er bewegte die Ruinen der Familiengräber, die Kreuze, die Bäume, er erschütterte den Boden und was darunter sich befand. Graue Katzen starrten aus den

Mausoleen. Eine alte schlich vor ihnen her und fraß an etwas, das wie Gedärm aussah.
Ein Friedhof, umtost von Motoren, scheint schon in einem Höllenkreis zu liegen. Ein Friedhof braucht Natur, das Atmen von lebendigen Pflanzen. Er braucht eine Stille, nicht, um die Trauer zu kultivieren, sondern um Wachsen hörbar zu machen. Braucht die todabgewandte Seite des Ortes.
Der Tod, dachte Robert, tritt erst jetzt, erst hier mit diesem Lärm in Kraft. Das Rauschen ringsum nimmt die Gestalt des Todes an. Die Versteinerung brüllte. Sie schien an Boden zu gewinnen. Schon hatte sie selbst die Wolken ergriffen, sie waren über ihnen erstarrt, aufgerissen wie altes Gestein.
»Denn ein großer Hagel, gleich einem Zentner, fiel vom Himmel«, ging ihm im Kopf herum, und unaufhörlich sang er wortlos den Refrain: »Fallet über uns und verberget uns.«
Der Rasputin lief vor ihm wie ein Geist. Historische Daten, Aussprüche, Anekdoten, alles in flüssiger Rede; dann eine Reihe überstürzter Fragen, ohne daß Robert antworten konnte. Ob er in Bibliotheken ginge? Ob er mit Ludwig über seine Arbeit diskutiere? Ob ihm die Frauen weiterhülfen? Er mache doch Besuche überall. Straup trat dicht an Robert heran. Er, Straup, hätte ihn doch bei den Frauen gesehn. Einmal, eines Abends, vor Doras Haustür. Ob er sich noch an die Nacht erinnere, als sie sich dort im Hof begegnet seien? Ob er es gewesen sei oder nicht? Er sei fast sicher, er sei es gewesen.
Robert wich zurück. Straup kam jetzt so nahe, als wolle er durch ihn hindurchgehn.
Ein Schreck, unerwartet ihn anpackend plötzlich: ihm kam der Verdacht, daß Straup, was immer er sagte oder fragte, ihn nur über Dora aushorchen wollte.
Nein, er mache kaum Besuche in der Stadt. Es sei die Vereinnahmung, die er fürchte. Zu schnell sei man oft an die Falschen geraten, zu früh für ihresgleichen gehalten.
Straups Pupillen begannen, sich unruhig hin und her zu bewegen. Der Mann ist nicht bei Trost, dachte Robert. Kein

Mensch weit und breit, außer einer Alten, die mit Fingern in der Erde grub. Aller Wahrscheinlichkeit nach war sie taub. Robert ging rückwärts, den anderen im Auge behaltend. Straup folgte ihm dicht, und wieder sah es aus, als wolle er durch ihn hindurch. Robert fürchtete, daß er ein Messer aus der Tasche ziehen könnte.
– Warum lachen Sie? fragte Straup; doch Robert war sich keiner Heiterkeit bewußt. Die alten Steine blätterten ab. Die Mendelssohns westen in ihren Grüften.
Eine Geschichte fiel ihm ein, aus einem Märchenbuch, das er als Junge gelesen hatte. Einem Kind, das nachts über den Friedhof ging, erschienen um die Geisterstunde die Gespenster; sie trugen ihre Köpfe unterm Arm. Sie tauchten aus dem Nebel auf, griffen mit eisigen Fingern zu. Er hatte es nie ohne Furcht gelesen, doch niemals auch hatte er fertiggebracht, nur eine Zeile zu überschlagen. Robert wurde übel. Die Katzen saßen unbeweglich. Der Rasputin sah ihn noch immer an, jetzt eher hinterhältig, wie er glaubte. Wahrscheinlich brauchte er das Messer nicht. Er war der Verwalter dieser Hölle. Mit Absicht hatte er ihn, Robert, hergelockt. Ein ekelerregender Geruch, eine Mischung aus Benzin und Blumenmoder, wehte her; was wollte dieser Vergeisterte, was fürchtete er? Ging es ihm um die Sache oder die Frau? Sah er jeden anderen als Konkurrenten an? War dies seine besondere Art, Nebenbuhler – was für ein Wort! – zu erledigen? Robert drehte sich um und sah dem anderen in die Augen.
Nein, er erinnere sich nicht. An keine Nacht, an keinen Hof. Das müsse ihm entfallen sein. Ihm entfiele so manches in letzter Zeit. Selbstverständlich ginge er in Bibliotheken. Den Mister Ernest besuche er regelmäßig. Warum nicht die Frauen? Wobei natürlich zu überlegen sei, ob es ratsam wäre, in dieses Verhältnis, hier verbesserte er sich, in dieses sprichwörtliche Triumvirat sich einzumischen ...
– Wieso Triumvirat, fragte Straup verdutzt.
– In diese, sagte Robert, in diese jedermann bekannte, wie soll ich sagen ... Dreifaltigkeit ...

– Ich weiß allerdings nicht, wovon Sie reden.
Sollte es sich doch um eine ernstliche Verwirrung handeln? Roberts Vermutung, eher scherzhaft angestellt, sich bestätigen? Wie sollte ausgerechnet Straup der Ahnungslose sein? Robert wurde deutlich.
– Es liegt mir fern, in Konkurrenz mit einem Alfred Engler zu treten.
Straup wandte sich ab.
– Sehen Sie, sagte er abwesend, das ist Rahel Varnhagens Grab.
Robert kam der Gedanke, daß er ein Schauspieler war. Sogar ein ausgezeichneter. Er stand vollkommen unbewegt. Robert sah endlich das Grab an. Den flachen Stein, die Zeichen, die ein Name waren. Er versuchte, die Frau, die einst den Namen Rahel trug, sich vorzustellen. Es gelang ihm nicht. Wenn er am Morgen noch flüchtig gedacht hatte, womöglich hier den ersten Satz zu finden, so war es wieder ein Irrtum gewesen. Selbst wenn er sich zugab, daß der Gedanke Straups einiges für sich hatte. Denn war es nicht eben diese Epoche gewesen, die auch ihm selber jünger, farbiger erschienen war, lebendiger als alle anderen? Wenn er sie sich vorstellte, sah er es deutlich: viele Personen in einem bewegten Bild, sprechend, lauschend, immer in schön beleuchteten Räumen.
Und waren ihm nicht ebenso die schnellen Urteile zuwider, die Parole von der »sterbenden Stadt«? Denn obgleich er natürlich in vielen Bezirken, die er durchstreifte, sehr wohl die Sprünge, das Abgeschilferte an Häusern und Gesichtern wahrgenommen hatte, obgleich Stadtteile sich schon zu entleeren begannen, zumindest was die Geschäfte betraf, deren vernagelte oder eingeworfene Scheiben den Eindruck von Verwahrlosung erweckten, so gab es doch an anderen Stellen so viele Neuanfänge wie nirgendwo sonst. Improvisation allenthalben, fast wie in der ersten Zeit nach dem Krieg. Alte Hinterhof-Fabriken, über mehrere Höfe sich erstrekkend, die lange leergestanden hatten, belebten sich wieder; neue Gewerke zogen ein. Kleine, halbindustrielle Hand-

werksbetriebe taten sich auf. Dora (die Berüchtigte, dachte Robert) hatte ein Lampengeschäft aufgemacht; Jens, ein Maler, den er ebenfalls durch den Professor kannte, war zeitweilig bei ihr angestellt. Dessen Freund wieder, Frans, der Schauspieler war, hatte, von Alfred Engler unterstützt, die Idee gehabt, ein Lokal zu eröffnen. Geschäftseröffnungen, Initiativen am laufenden Band. Einen Komposthaufen hatte Engler die Stadt genannt, und es stimmte; es gab Auswüchse, Unkraut, Neubildungen, als hätte jemand wild gesät. Wenn unter diesen Steinen, wie Straup behauptete, ein Herz begraben lag, so mochte es ausschlagen eines Tages. Vielleicht war der Gedanke gar nicht so dumm. Nur – es war nicht sein eigener. Nicht das geringste fing in ihm zu keimen an. Er selber hatte nicht den winzigsten Gedanken...

Nun gut, auch der Besuch war für die Katz gewesen. Auch der Rasputin hatte nichts gebracht. Robert sah ihn vor sich, kerzengerade, nur das lange Haar bewegt vom Wind, ein schwarzer Engel, soeben einem Monument entstiegen. Der Junge ging durch die Welt wie eingehüllt, dachte Robert, in einen Kokon aus Denkgespinsten. Er nahm seinen früheren Verdacht zurück. Eine dicke Blondine, bewaffnet mit Harke und Stauden in Zeitungspapier, ging, laut über den »Unrat« lamentierend, an ihnen vorbei. Durch eine der kleinen eisernen Türen, die in Abständen die Friedhofsmauer unterbrachen, sah Robert in einem offenen Auto, das langsam vorbeifuhr, Kinder, Türkenkinder, übereinandergestapelt wie – fast war er glücklich über den Einfall – wie »die Bremer Stadtmusikanten«. Plötzlich hatte er Lust zu lachen. Die Blondine hatte rote Hosen an. Der Rasputin war nicht bei Trost, aber interessant. Robert pfiff vor sich hin. Je mehr sich Straup, über die Zurückweisung verärgert, verschloß, desto heiterer wurde Robert. Irgend etwas hatte sich ereignet. Er fühlte sich frei, leicht, fast so, als ob er eine große Arbeit abgeschlossen hätte. Auf einmal wußte er den Grund. Er hatte einen Entschluß gefaßt.

Und das mußte es sein: Er würde aufgeben, verzichten

endlich auf diesen Kampf, etwas in den Griff bekommen zu wollen, das zu greifen ihn nicht interessierte, auf die vermessene Hoffnung, irgend etwas in der Stadt zu finden oder über sie herauszufinden, was nicht andere vor ihm längst gefunden hatten. Was nicht in anderen Städten ebenso zu finden wäre. Er verzichtete auf alle ihre Sehenswürdigkeiten, auf ihre Putten, Loddels, Gräber und Ruinen, auf ihre Pleiten und ihren Stuck, ja, er verzichtete. Gleich morgen würde er bei seinem Redakteur anrufen und ihm reinen Wein einschenken. Nur zum Vergnügen wollte er noch bleiben. Denn bleiben wollte er, seltsamerweise. Er wollte weiterhin an den Theken sitzen, wollte herumbummeln, hinter dem dicken Engler durch die Straßen trotten, dem Rasputin sein Geheimnis entlocken. Sekundenlang überlegte er, worauf es mit Straup hinauslaufen würde: Freund oder Feind? Doch er wollte sich nicht den Kopf zerbrechen. Er wollte bleiben und trinken, er wollte die Frauen sehn, er wollte sich den Luxus leisten, *nichts* zu sehn.

12
Straup und Ludwig

Die Post war unerwartet gekommen. Ein Nachbar war früh zum Kiosk gegangen, um sich Zeitungen zu holen; er schwenkte, als Überbringer einer guten Botschaft, fröhlich den Brief an Straup in der Luft.

Straup, der sich kürzlich vorgenommen hatte, jeglichem äußeren Ereignis stets mit Gelassenheit zu begegnen, auch Briefe tunlichst erst nach Tagen zu öffnen, brachte nicht die Kraft auf, seine Absicht durchzuhalten.

Als er den blauen Umschlag aufgerissen hatte, war er nicht einmal imstande, das Schreiben zusammenhängend zu lesen; allein die Worte: »unzureichend«, »Promotionsverfahren«, »eingestellt«, »Leistung«, fielen ihm riesig ins Auge, so als ob sie allein stünden; er meinte, sie nicht zu begreifen, und dachte doch gleichzeitig, daß er sie längst, schon vor dem Öffnen des Umschlags gewußt, sie förmlich schon durch ihn hindurch gelesen hätte.

Einen Moment lang stand er mit eingezogenem Atem, dann, als ihm Bewußtsein wiederkam, als er gezwungen war, weiter zu atmen, riß er die Blätter aus dem Regal, riß die Kopie seiner Arbeit, mitsamt allen Fußnoten, Anhängen und Verzeichnissen, zu sich heran, saß mit dem Riesenpacken in der Ecke, die Arme darüber, ihn an sich pressend, ganz nahe an sich, wie ein im Sterben liegendes Kind.

Er fühlte Blut durch seinen Kopf gehn, hörte Pochen. Versuchte sich einzureden, daß er träumte.

Er griff in die Seiten, legte den Kopf auf das kühle Papier; er dachte dann immerfort nur das, ließ allein diese Worte in sich zu: »Kälte«, »Papier«, »glatt«, »kalt«, »Kälte«, »Papier«. Doch die Last auf seinen Knien machte sich bemerkbar, begann schwerer zu werden, unangenehm; er wollte sie weder spüren noch sehen. So warf er das Manuskript zurück, in seine Ecke wieder, wo es so viele Monate gelegen hatte, und packte Unverfängliches darüber: einen Stapel Kriminalromane, einen Packen zusammengebundener Kinderbriefe, eine Postkartensammlung. Ein Leporello, den er zuoberst legte, klappte auf und verdeckte den Papierberg, so daß dieser ihm nichts mehr zufügen konnte.

Straup lief eine Zeitlang durch die Wohnung, hin und her, dabei wie im Spiel die Wände anschlagend; ein Name tauchte auf und war geeignet, den Strom von Worten, die sich zusammenschließen wollten, die zu Sätzen werden wollten, zu verletzenden oder tötenden, zu unterbrechen. Straup dachte: »Ludwig«, konzentrierte sich, *fühlte* den Namen, so wie er vorher Papier gefühlt hatte, er murmelte ihn vor sich hin.

Zum zweiten Mal riß er das Manuskript heraus, stopfte es in die zerfledderte Mappe, die sein Vater einmal in den Mülleimer geworfen hatte – er trug sie seither als Talisman –, und machte sich auf den Weg zu dem, den er mittlerweile fast als einen Freund betrachtete.

Straup mied die U-Bahn, dieses Verkehrsmittel, das unweigerlich zum Meditieren zwingt. Er suchte Kleingeld zusammen und stieg in den Bus. Auf der Dreierbank, hinter dem Fahrer sitzend, wurde er abgelenkt. An jeder Station – sie folgten hier kurz aufeinander – stolperten Leute über seine ausgestreckten Füße, schimpften oder aber entschuldigten sich; Straup, sich des Manövers kaum bewußt, streckte von neuem die Beine aus, fühlte fremde Knöchel, Schuhe; der Schmerz lenkte ab, beruhigte ihn.

Er war mit der Zeit sogar imstande, sich die Prüfer vorzustellen, die Sachverständigen, die er, bis auf einen, kannte. Er begann mit der Einzelheit eines Gesichts, versuchte, es sich zu vervollständigen, ließ die fertigen Figuren im Fenster gegenüber aufmarschieren.

»Nur das Göttliche«, schreibt Rahel, »ist fähig (sagt Goethe), das Göttliche zu erkennen.« Oder so ähnlich. Sein Fehler – und ausschließlich seiner – war es gewesen, diesen Tatbestand zu ignorieren. Nicht zu rechnen mit der Beschränktheit von Menschen, die, von diesem ganzen Wissenschaftsgeröll umgeben, nicht imstande sind, sich einen Ausgang freizuschaufeln. Wenn daher also sein Mißerfolg in einem äußeren Umstand lag, nicht in der Sache, so konnte er sich die Aufregung sparen. Wenn die Qualität der Arbeit unerkannt geblieben war, konnte er es mit mehr Glück bei einem anderen Gremium versuchen. Oder überhaupt sie einem anderen Zweck bestimmen, sie zu einem Verlag schicken, sie ein paar Jahre liegenlassen, bis die Zeiten günstiger waren – er hatte viele Möglichkeiten. Er war froh, durch immer neue Gesichter abgelenkt zu werden, und begann das Spiel mit den Stolperern wieder.

Ein Typ stieg ein, die Schläfenhaut blauschattig, setzte sich Straup gegenüber und zog, so daß es alle sahen, ein kostbar gebundenes Buch heraus. Die weißen Finger bewegten sich tastend, als wagten sie nicht zuzugreifen; Straup dachte plötzlich: Es ist sein eigenes Buch, das er liest. Der Mann stellt sich mit seinem eigenen Werk zur Schau. Als er ausstieg, sah er flüchtig zu Straup hinüber; im gleichen Moment senkten beide den Blick.

Als Kind war Straup häufig krank gewesen. Ein Gefühl davon, eine schwache Nachempfindung, stieg in ihm auf, wie wenn sein Körper, seine Glieder sich an die Taubheit der Tage erinnerten. Sie war ihm jetzt beinahe angenehm, weil sie den ganzen Körper ergriff und anderes – Schlimmeres – verdrängte. In Augenblicken, da sie ihn verließ, blieb nur ein schmaler Raum, in den sofort das Leben dieser Stadt einströmte; sein eigenes begann, sich mit ihm zu vermischen; eine kleine, sanfte Ohnmacht auf Zeit.

Straup war geschwächt, aber doch auf dem Wege der Gesundung; als ob man ihm das eben überstandene Leiden ansah, erntete er teilnahmsvolle Blicke hier und da.

Überhaupt war zu bedenken, ob diese Lektorenstelle, um die er sich beworben hatte, eine glückliche Lösung für ihn wäre. Er sollte sie mit einem anderen teilen. Auch, ob er mit Leuten zu tun haben wollte, die eine Anstellung mit einem Titel zu

verknüpfen suchten, sie geradezu davon abhängig machten – die Sache schien ihm nachgerade unannehmbar.
Ein Auskommen würde er immer finden. Straup war schon als Texter tätig gewesen, als Hilfsarbeiter bei einer Baufirma, als Vertreter pharmazeutischer Präparate, als Anzeigenakquisiteur. Zumindest würde er sich über Wasser halten können. Wie sein Vater, ein Kleinstadtarzt, wollte er ohnehin nicht leben, wenngleich er ihn manchmal beneidet hatte. Geschützt in der Ausübung seines Berufs, der für die meisten der Patienten noch immer voller Geheimnis war, blieb er in seiner Allbekanntheit anonym. Straup war auf eine noch vollkommenere Tarnung aus; ihm schien sein Leben jetzt dafür gerade recht.
Er strich über das braungelbe Leder der Tasche. Es war vom vielen Tragen angerauht, gleichzeitig weich. Er sah das Gesicht seines Vaters, der aus dem Auto stieg. Es sah freundlich aus, als ob es zu jemandem Bekannten in seinem Inneren spräche. Er sah den Vater bei Ludwig im Zimmer, sah ihn mit ihm zusammen trinken. Er beobachtete die beiden, wie sie, die Gesellschaft überschauend, miteinander redeten. Er sah sie in der gleichen Haltung, mit der gleichen Gestik, bis ihm einfiel, daß sie sich nie gesehen hatten.
Der Bus brach geduldig, elefantenhaft zäh durch den Morgenverkehr; Straup betrachtete von oben die Männer in den Limousinen, die neben ihm sich wie durch eine fremde Herde kämpften; er sah die angespannten Lippen und glaubte sich freier im Moment, doch kam das würgende Gefühl in seinem Hals von Zeit zu Zeit zurück.
Als er hinter Ludwig durch den langen Flur ging, als er Emily irgendwo sprechen hörte, wurde es schlimmer denn je. Auch hier schien irgend etwas gestört.
Emily hatte eine Wäscheleine, eine dünne blaue Nylonschnur quer durch die Wohnung gespannt; sie war kaum zu sehen, doch wollte man zu Ludwig in den hinteren Trakt, so mußte man hinübersteigen; das heißt, man kam keinesfalls darum herum zu begreifen, daß hier mal wieder etwas nicht stimmte.

Daß man eine Mühe aufzuwenden hatte, das Problem der beiden ins Auge zu fassen. Armer Ludwig, dachte Straup. Nun also auch mit der neuen, der letzten Frau...
Jetzt war Emily in der Küche zu hören. Sie tackerte mit ihren Eisenabsätzen auf den Fliesen des Bodens herum; es gab ein Geräusch, als poche sie auf etwas ganz Bestimmtes.
Sie war nicht allein. Der Buntspecht von neulich abend war bei ihr. Er saß am Küchentisch, kaute an einem Brotkanten und schnitt von Zeit zu Zeit mit einem Taschenmesser kleine Schnipsel davon ab. Er blickte nicht auf, als Straup durch den Flur ging.
Ludwig, im kleinsten Zimmer der Wohnung, in dem er wie eingegraben saß, begann, aus einer Thermosflasche Kaffee einzuschenken.
Straup überkam ein Verlangen, sich auf den Boden zu setzen und sich etwas vorlesen zu lassen. Er wagte aber nicht, den Wunsch zu äußern. Ludwig rührte in seinem Kaffee und schwieg. Er schien Straups Verstörtheit nicht zu bemerken. Oder aber er nahm sie wahr, zog jedoch vor, nicht darauf einzugehen. Er tappte dann schwerfällig durch den Flur, überstieg die Leine und füllte in der Küche Zucker nach.
– Chomentowski, sagte er, als er wiederkam, hat einen Ruf nach Basel angenommen.
Er sah aus dem Fenster und wartete. Straup ahnte, daß er etwas von ihm wollte. Ludwig, natürlich, würde niemals weiter auf die Sache eingehn; es war an ihm, Straup, den Kommentar zu liefern. Er war es, der nun von dem zu sprechen hatte, was in anderem Zusammenhang schon oft gesprochen worden war, er war es, der es jetzt erwähnen sollte: die Verzagtheit der Kollegen zum Beispiel, um nicht das Wort »Feigheit« zu gebrauchen, insbesondere natürlich derjenigen, die sich vor noch nicht allzu langer Zeit als die Fortschrittlichen gebärdet hatten, sich als die Hefe oder wenigstens das Salz der Hochschule empfunden, ja eigentlich regelrecht aufgespielt hatten und die jetzt, nach der zwar noch kaum wahrgenommenen, aber doch unübersehbaren

Wendung, wie sie seit etwa drei Jahren, seit Mitte der Siebziger im Gange war, in ihrem (zugegebenermaßen tragischen) Hoffnungslosigkeits- und Inferioritätsgefühl die Flinte ins Korn werfen würden, die sich an die Wirtschaft zu verkaufen suchten oder an andere Universitäten, die in der Schafzucht ihr Heil sahen, ihre Rusticos in der Toscana ausbauten, sich eine Garçonnière in Paris einrichteten.
Und er sollte natürlich weiterhin sagen, daß er es unwürdig fände, in höchstem Maße selbstsüchtig und moralisch suspekt, zu einem Zeitpunkt sich zurückzuziehen, und noch dazu in dieses eidgenössische Nirwana, da doch für jedermann auf der Hand lag, daß die Zeit des verbalen Engagements unwiderruflich vorbei sei, daß es – hier und jetzt – eine Menge Tätigkeiten gäbe, die anzupacken das Gebot der Stunde wäre, daß also jegliches Engagement in der Exekutivarbeit zu liegen habe und daß man erst heute, mit aller Erfahrung, nach den Fehlern des Anfangs tatsächlich imstande sei, die Dinge systematisch anzugehn, alle die Probleme anzupacken, die nach einer Lösung schrien, den Ausbau der Reformen beispielsweise, die Reduzierung der Bürokratie ... das sollte er sagen, sollte er klarmachen, und daß sich nunmehr zeigen würde, wem es wirklich ernst gewesen sei mit den Parolen und wer lediglich geredet habe. Andernfalls aber, sollte Chomentowskis Abgang Schule machen, würde es unweigerlich nach innen schlagen – jawohl, nach innen, sollte er sagen, und Schlimmes bewirken, würde moralische Schwäche sogleich die geistige zur Folge haben, was zum Verfall der Schule führen würde, wenn nicht überhaupt der ganzen Stadt. Das alles und mehr noch sollte er sagen und an Ludwigs Stelle sich erregen, eine Wut aufbringen sollte er, eine Mischung aus Entrüstung und Verzweiflung eher, und Straup, der noch vor gar nicht langer Zeit auch wirklich so gesprochen hatte, der in Ausschüssen gesessen hatte und neue Zeitungen und Kooperativen gegründet, Straup wollte es auch, er war gewillt, es zu sagen und Ludwig zu stützen, weil er ihn schätzte, weil er über Jahre im gleichen

Sinne gedacht und gearbeitet hatte, weil er mit ihm zusammen, was sie angefangen hatte, weiterbringen wollte, womöglich wieder etwas finden ... aber er brachte kein Wort heraus. Und auch Ludwig, der seinerzeit nie sich der Stimme enthalten hatte, seiner menschlichen, warnenden Stimme, und der dann, in den Jahren beginnender Reaktion, doch noch immer den Mut aufbrachte, an alles Gute dieser alten Zeiten zu erinnern, der das Beste davon zu retten versuchte, ohne jemals an die Folgen für sich selbst zu denken, dieser Ludwig saß heute in seinen Schlappen da, schaufelte Unmengen Zucker in seine Tasse und wußte, wie es schien, nicht weiter.

Straup fühlte sich krank und überflüssig. Durch des Professors Selbstbezogenheit gekränkt, schlich er sich unauffällig, Interesse für einige Zeitschriften heuchelnd, die er im Flur gesehen hatte, in den Emily-Teil der Wohnung zurück. Er überstieg die blaue Schnur, die Tisch und Bett und die Parteien trennte.

War denn aber Streit? War nicht ein Schweigen hüben und drüben, ein unterirdisch schwelendes, das den Gegner zu versengen suchte? Denn das Zerwürfnis schien nicht durch Worte entstanden, wurde nicht durch Sprache unterhalten, sondern allein durch dieses heiße, sich immer noch weiterfressende Schweigen.

Der Junge, der heute nicht in bunte, sondern in schwärzliche Lumpen gehüllt in der Küche saß, sprach ebenfalls nicht. Während er unbeirrt kaute, starrte er mit einem halb sich reservierenden, halb Mitleid erheischenden Blick vor sich auf den Tisch. Seinen Hund, eine Mischung aus Boxer und Schäferhund, hielt er dicht – fast wie ein Blinder – an sich gepreßt. Straup fiel wieder seine Schönheit auf; eine Schönheit, dachte er, wie sie nur im Klima äußerster Verwöhnung sich so ungebrochen halten kann; wieder, wie bei ihrer ersten Begegnung, erstaunte sie ihn. Was ihn schon nicht mehr verwunderte, war, daß der Bursche, der sich noch vor kurzem Felix nannte, nun plötzlich auf den Namen »Ferri« hörte; er hatte diese Art spontaner Umbenennung mehr als einmal miterlebt; so als wäre diese Stadt ein sozusagen elternloser Ort, in dem sich jeder eigenmächtig bezeichnen, taufen (oder vielleicht krönen?) konnte.

Das allmählich heißgelaufene Schweigen steigerte Emilys Wut. Das Erscheinen Straups wirkte wie der Luftzug eines Blasebalgs. Sie begann endlich, wenn auch abgehackt, zu sprechen. Ihre Worte tropften zischend in die Stille. Straup erfuhr, daß Felix-Ferri einer war, der geschützt werden mußte. Vor wem aufgrund welchen Umstands blieb dunkel. Auch Ferri ließ ein paar Andeutungen fallen – Straup bemerkte, daß sie nicht unbedacht kamen.

Ein Zirkuskind und früh verwaist, habe er sich alles selber beigebracht, das Lesen, das Schreiben ... Einmal habe man in einem großen Haus mit einem Park gewohnt ... Er sei zum Studium in die Stadt gekommen. Doch jede Äußerung in Buchstaben sei ihm – in Erinnerung an frühen Mangel – zur Anfechtung geworden. Er verweigere sich nun dem geschriebenen Wort. Andererseits sei ihm die Mißgunst des Schicksals letzten Endes doch zum Vorteil ausgeschlagen: stark sei er geworden und lebensfähig, jeder nur denkbaren Härte gewachsen. Ein starkes Leben, eine starke Stadt. Im Westen habe er schon nicht mehr atmen können. Der Westen verweichlicht; er sei aus dem Rheinischen ...

– Leben wie eine Pflanze, sagte Ferri, wie Unkraut; üben, noch auf dem dürrsten Boden sich zu halten; hier kannst du es üben, in dieser Stadt.

Emily schwieg. Straup fragte sich, warum sie – sonst schnell aus der Fassung geratend – nicht dazwischenfuhr. Tatsächlich brachte es der Junge fertig, in einem Augenblick so viele Ansichten von sich zu präsentieren, daß es unmöglich war, sich auch nur eine einzuprägen. Seine Konturen wechselten wie Schatten bei sich bewegendem Licht. Etwas mußte passiert sein, das ihm verbot, sich sichtbar zu machen.

Nur ein einziges Mal, als er für kurze Zeit die Wachsamkeit verlor, wurde er beinahe greifbar; als er in unbedachte

Erregung geriet... Ja, einmal wäre es anders gewesen; einmal hätte es Freunde gegeben. Einmal hätte man – was Ferri wieder und wieder betonte – in einem Haus gewohnt, in dem es niemals dunkel wurde. In dem immer irgendwo Licht gebrannt hatte. Wann immer du nicht schlafen konntest oder wolltest, wenn dir zum Reden zumute war, irgendwo fandest du jemanden, der in einer Ecke bei spärlicher Funzel las oder leise Musik hörte, einen, der mit dir gewacht hat. Stell dir das vor, zu jeder Zeit, in all den beschissenen Nächten herumgehen können, wann immer du willst, wenn du aus Albträumen hochschreckst, wenn dir was quersitzt, irgendein Block überm Magen, da, du stehst auf und gehst rum und siehst Licht und findest einen, irgendeinen Vogel findest du immer, der schläft nicht, der hockt nur da und hört Musik und hört dir zu.

Doch es hat nicht gedauert. Es war nur ein Traum. Die Freunde, die Studenten gewesen waren, jüngere Handwerker, aus dem Schuldienst geflohene Lehrer, hätten sich nach diesem Intermezzo bald – mit Hilfe begüterter Väter wahrscheinlich – in einem anderen Stadtteil niedergelassen. Sich klammheimlich abgesetzt. Auf französisch verabschiedet. Weil sie mit ihren großen Köpfen unfähig waren, in der Dürre auszuhalten. Wie er im Kärglichsten zu existieren. Wohnten jetzt, wie Ferri glaubte, im Südwesten der Stadt, in einem der Bezirke, die er sich niemals würde leisten können und die er, schon aus Prinzip, nicht betrat. (Daß er in Ludwigs Küche saß, in dieser ihm widerwärtigen Gegend, war ein Entgegenkommen, das er nicht lange würde beibehalten können.)

Allein mit einem Messer in der Hand, sagte Ferri, auf dem letzten Quadratmeter Erde dich durchbringen... Er, Ferri, war fähig zu überleben; und er würde es auch Emily lehren... es schien Straup, als erzählte er die Story nicht zum ersten Mal.

Und das – so wieder Emily – war Ludwigs Todsünde gewesen: er hatte Ferris Geschichte gehört und geschwiegen. Er hatte ihn nur prüfend angeschaut und nichts gesagt.

Während Straup jetzt Ferri beobachtete, der den Hund mit seinen langen (schöngeformten) Händen an sich hielt, hatte er gleichzeitig seinen Lehrer vor Augen. Sah das Gesicht des ordentlichen Professors Ludwig Ernst, der die Arbeit des Schülers Ferri zurückwies. Der ihm das Konzept nicht abnahm. Der das Thema als verfehlt ansah. Auf den ersten Blick hatte Ludwig gesehn, daß diese Biographie nicht stimmte.
Doch was bedeutet die Unstimmigkeit? Ein Reicher will verzweifelt arm sein. Einer sagt sich von seiner Bildung los. Nichts lenkt besser von der eigenen Konfusion ab als die Betrachtung der Verwirrung unseres Nächsten. Straup, in der Küche, nahm sich des Problems an. Er stellte Fragen, studierte Umstände und Bedingungen, wog ab. Das Resultat war ein unerwartetes. Der Doktorand begann zum ersten Mal, die Unantastbarkeit seines Idols zu bezweifeln.
Was ist es, das man dem anderen antut durch ein Schweigen, das unbestimmbar und vieldeutig bleibt, das also auch Nicht-Bestätigung bedeuten kann, also auch Nicht-Schätzung, also auch Enttäuschung und am Ende Argwohn, sogar Mißachtung. Stempelt man nicht durch die Bezweiflung des Entwurfs, den der andere mühselig sich gefertigt hat, diesen offenkundig zum Betrüger? *Darf* man überhaupt jemandes Entwurf antasten? Diese Komposition, die ja nichts Zufälliges ist, sondern etwas aus den Tiefen der Person Entsprungenes? Muß nicht schon ein kleiner Kratzer an der Oberfläche in eben dieser Tiefe fühlbar werden? Konnte man wissen, ob nicht letzten Endes dennoch etwas daraus werden konnte? Warum war so wenig Geduld im Spiel? Wenn Ludwig nur die Außenhaut des Jungen wahrnahm mit einem einzigen schnellen Blick, so war *er* der Oberflächliche, der, der auf halbem Wege stehenblieb; derjenige, der die Hand hob und sie dem anderen nicht reichte.
Emily fütterte Ferri und – was mehr war – sie hörte ihm ohne Vorbehalt zu. Die Kluft aber, die von der Küche zum Studierzimmer reichte, verbreiterte sich mit jedem Wort.

Emily schrieb mit quietschendem Filzstift und in Riesenbuchstaben eine Nachricht für dieses Monster am Ende der Welt, die Straup zu expedieren hatte. Denn ein paar Dinge gab es noch immer, die beide angingen und die zu regeln waren. Es kam dann so, daß Straup hin und her lief, denn auch Ludwig wünschte einiges von Wichtigkeit zu übermitteln. Auch er machte jetzt seinem Herzen Luft, begann zu reden, wenn auch nur mittelbar und, wie es seine Art war, in Zitaten.
Mit den Stunden wurden die Angriffe schärfer, Warnungen wurden laut und Prophezeiungen.
– Es würde aber, sagte Ferri, der Kopfmensch naturgemäß nichts begreifen; Zigeuner, sagte er, könnten begreifen; wenn du wie ich von Zigeunern abstammst ... so aber, wie die Dinge lägen, würde erst die Katastrophe kommen müssen. Löse dich rechtzeitig von den Kopfmenschen, sagte er zu Emily.
– Eine Hypostase, sagte Ludwig, die Augen verengt – als hätte er Angst in seinem eigenen Haus –, eine einzige Hypostase alles, die gesamte Geschichte dieser Stadt, wenn Sie sich einmal damit befassen ...
– Sehen Sie hier, und er begann tatsächlich endlich, etwas vorzulesen, doch war es nun für Straup zu spät.
– »Da stieg im Geist der Hohenzollern der Gedanke auf, diese ihre Hauptstadt zu einem phantastischen Kunstwerk auszubauen ...«
Was sollte es aber Straup jetzt noch nützen, der, in die eigene Angst verschnürt, keinem dieser wohlgesetzten Worte folgen konnte.
– »Da trat als Fürst ohne Land, mit einem Stecken und einer Schleuder Kurfürst Friedrich Wilhelm ein in das verwüstete deutsche Leben, der größte deutsche Mann seiner Tage, und beseelte die schlummernden Kräfte seines Staates mit der Macht des Wollens ...«
– Hören Sie das? sagte Ludwig wieder, so oder ähnlich findet sie sich überall: »die Macht des Wollens« ... und nicht nur in den illustren Köpfen von Philosophen, Staatsmännern,

Architekten, nicht nur in den Bronzehirnen unserer Potentaten ... denn was, frage ich Sie, was ist der Junge drüben anderes als ein Nachfahre von ihnen, der kleine Vetter, mit seinen Ideen im Kopf, und hat doch weder die Kraft noch das Rüstzeug, sie nur im Ansatz auszuführen; niemand mehr heute besitzt sie, es müßte denn eine *un*menschliche sein ... So aber, sagte Ludwig, aus dieser Unverhältnismäßigkeit heraus sind schon seit je die Katastrophen entstanden. Was ist nicht schon alles herangereift in den Gehirnen dieses Landes, dieser Stadt, und hat sich gesammelt und komprimiert und ist am Ende explodiert; dann haben es Trümmerfrauen zusammengekehrt.

– Das ist furchtbar, sagte Ludwig und horchte zur Küche hinüber, sich an den Kopf greifend, das ist zum Verzweifeln und aber auch bewundernswürdig, jawohl, das macht die Verführung aus, das bindet dich an diesen Ort, das ist es, was ein Chomentowski nie begreifen wird ...

Und es könne sein, sagte Ferri, daß es womöglich gar nicht lange dauern würde, bis sie kämen, in Scharen zu ihm gepilgert kämen, daß er – jetzt noch mit seiner Erkenntnis allein – sie lehren müßte zu überleben ...

Straup, zwischen den Fronten, sah sich hineingezogen in etwas, das ihm fremd geworden war und das er nicht wollte. Er hatte seit dem Ende seines Studiums aufgehört, sich um die Angelegenheiten anderer überhaupt zu kümmern, und war Konflikten tunlichst aus dem Weg gegangen. Sogar die Freundschaft mit Dora hatte er, was er sich manchmal selbstkritisch zugab, bisher eher wie ein Naturschauspiel, wie vom Fenster seines Hauses aus erlebt.

Andererseits, und das war ihm lieb, kam ihm die Verzagtheit des Vormittags neben der der anderen nichtig vor. So konnte er sich von sich selber wegwenden und aus der Ferne, wieder unbeteiligt, zuschaun. Einmal wunderte er sich flüchtig, daß man ihm immerfort Fragen stellte, ohne je die Antwort abzuwarten. Man wollte seine Meinung und wollte sie nicht; die der anderen verschlang sie sofort.

Es war klar, daß Ludwig bald wieder allein sein würde. Er erschien kleinmütig und zermürbt; auch schien es ihm zunehmend schwerer zu fallen, sich aus der überhitzten Zone des Gefühls in die temperierte seiner Wissenschaft zurück zu retten.

Es war offensichtlich, daß dem Jungen, der sich den Namen »Ferri« angeeignet hatte, etwas zugefügt worden war, das schlimmer als äußere Verletzung angriff. Straup begann, in seinem Gedächtnis nach dem Satz zu suchen, den er vor kurzem Dora aufgeschrieben hatte. »Es muß ein jeder überschätzt werden, sonst wird er gar nicht geschätzt.« So oder ähnlich, dachte er; er hatte vergessen, wo er ihn gefunden hatte.

Als es dunkel im Zimmer wurde, war ihm von der Verzagtheit des Morgens nur mehr der Rest von einer Empfindung geblieben, wie jemandem, der ein Sandkorn ins Auge bekam; etwas macht sich noch bemerkbar, nachdem es lange schon entfernt ist. Er lächelte abwesend vor sich hin, was Ludwig jetzt aufzufallen schien. Doch als er eine Frage stellte, war sein Doktorand schon auf dem Weg zur Tür. Die große Tasche, die wie ein Hebammenkoffer aussah, zog ihm die linke Schulter herunter.

Straup lief hinaus und auf die Straße. Ihm war noch, als hörte er jemanden rufen, als wäre es Ludwig, der ihn zurückrief. Daß wir mögliche Dinge nicht mehr für möglich zu halten imstande sind, das könnte uns zerstören, dachte er. Auch das wäre zu behaupten gewesen. Straup hatte keine Lust sich umzusehn.

13
Dora an Ludwig (4)

»Welch herrliche Stelle steht von Ihnen da in Ihrem Briefe ... aber nicht wie mit Dinte, nicht nur in Worten ausgedrückt, sondern wie Türken mit Blumen schreiben ...«
Ich also, das lesend und da »das Lügen« sowieso schon unser Thema ist, nehme mir vor zu versuchen, Dir statt des üblichen Berichts auch einmal etwas Umschriebenes, etwas Von-weiter-her-Geholtes zu liefern, vielleicht also einen Türkenbrief.

Du fragst nach der Ehe mit Alfred Engler. Nach dieser schon ganz verflossenen Verbindung, die nicht allmählich versikkerte, sondern eines Tages, während eines Kampfs mit scharfen Waffen, detonierte. Und Du fragst nach Amy ... So will ich alle Worte und Begriffe meiden, die sich zu dem, was tatsächlich passierte, verhalten wie etwa ein Kugelschreiber zu einem Rasiermesser, alle diese »Dintenworte« wie »Enttäuschung« zum Beispiel, wie »Demütigung«, »Gewöhnung« oder »Betrug«, wie »Isolation« oder »Sektenbildung zu dritt« ... ich werde Dir lieber ein Märchen erzählen.

Es waren einmal ein König und eine Königin, die lebten eine Zeitlang herrlich und in Freuden und danach ein paar Jahre lang im Streit, wobei sie sich büschelweise Haare ausrissen, wie das bei Königspaaren auf der ganzen Welt so üblich ist. Und dann lebten sie einfach nur so vor sich hin – aber da, eines schönen Morgens, kam eine neue Prinzessin vorgefahren, mit einem Kind auf dem Rücken, das sie von einem wohnungslosen Maler hatte, die setzte sich mit an den Tisch, und der König schickte seine alte Königin ins Hinterzimmer und nahm die neue Prinzessin zur Frau, und sie lebten herrlich und in Freuden ... und alles fing wieder von vorne an. Doch so, wie keine zwei lebenden Wesen auf dem Erdball

sich gleichen, so auch keine Ehe der anderen landauf, landab. Und obgleich es für beide die jeweils zweite Verbindung war, blieb diese doch allezeit eher ein Spiel, wie ein Sonntagsausflug vielleicht oder wie eine wilde und bis zum äußersten erschöpfte Kindheit. Mit welchen Farben, Strichen, Noten soll ich es verzeichnen, damit Du sehen kannst, was ich im Zurücksehen sehe? Sich von rückwärts ins Wasser gestoßen zum Spaß; prustend wieder heraus. Im Herbst durch Blätterhaufen geraschelt. Eine Kette um den Hals gelegt und fast erwürgt. Mit Messern gespielt und haarscharf an der Schlagader vorbei. Auf den Schleier getreten und alles zerrissen.
Amy, die alte Königin, aber saß noch immer schön pathetisch, mit höhnischer Grandezza in der Ecke. So beschloß das junge Paar, sie zu behalten. Sie paßte so ausgezeichnet ins Spiel. Und was geschah? Als Engler schon wieder begann, ins Leere zu schaun, als seine Augen täglich mehr abirrten, nahm die alte Königin die junge an die Hand, kaufte ihr einen Whisky pur und wurde über Nacht zur guten Fee. So etwas gibt es selbstverständlich nur im Märchen. Wurde etwas verwechselt? Mir war doch, als hätte ich ausnahmsweise in eben diesem Satz ganz wahr geschrieben ...
So ging es eine Weile zu dritt, und sie lebten herrlich und in Freuden etc. ... doch nach wieder einer Zeit sah man die Frauen manchmal allein, dann auch schon öfter, den alten König aber höhnisch und pathetisch in der Ecke. Wo immer nun die beiden erschienen, erwies man ihnen, fast wie seinerzeit dem Königspaar, die größte Ehre. Die Leute, wenn sie sie sahen, lächelten ihnen wie einem Liebespaar zu. Obwohl sie kein solches waren, schätzten sie bald niemanden mehr als sich selbst, d. h. als die eine die andere. Darüber geriet der Alte in Wut, und nicht lange, so war sein Haß so groß, daß er die erste Königin zurücknahm und die zweite wieder vom Hof entfernte. Oder ging sie womöglich von selber? Und fürderhin ... Das alles ist schon eine Weile her.

Nach alledem: Meinen Ausweispapieren nach bin ich erst anfangs der dreißig; doch glaube ich, länger gelebt zu haben, länger als eine sehr alte Frau. Ich weiß auch so ziemlich Bescheid über vieles – MIR KANN ALSO NICHTS MEHR IM LEBEN PASSIEREN.

Mir kann alles immer wieder passieren. Ich fahre in der Untergrundbahn und forsche in den Gesichtern der Frauen, zumal denen der alten; in ihren Zügen suche ich, was sie erfuhren; ich sehe Amy mit ihren Kaufhaustüten auf der Straße gehn, geduckt, als ob sie sich verstecken wollte, von jedem Blick zur Seite geweht und ganz und gar in sich verworren. Ich finde kaum eine, bei der es gut ausging.

Aber Inez? Trägt sie nicht den Kopf noch hoch? Fiel es mir nicht wie Schuppen von den Augen kürzlich, als ich bemerkte, daß ich sie beneide... Von jemandem gefunden werden – wie wiedererkannt –, als hätte man sich schon einmal getroffen und lebenslang nacheinander gesucht. Oder: als fände man die Person leibhaftig, die man als Kind sich einmal aufgemalt hat, und legte endlich die Hand darauf. Kann Inez nicht ruhig sein für ihr Leben?

Oder aber ist jede »Wahl« auch immer schon eine manipulierte? Schnell, schnell das Bild im Kopf retouchiert, das Objekt desgleichen, bis sie deckungsgleich sind, und die Umwelt ihrerseits retouchiert wiederum ... uralte Fragen, noch niemals, nirgendwo gelöst! Straup beispielsweise sagt, er habe unsere Stadt »gewählt«.

Ich verdunkle das Zimmer, nur eine kleine Lampe brennt, strahlt gegen die Wand; macht mir ein Licht, das eben genügt; und ich sitze und schreibe spärliche Sätze, Subjekt, Prädikat etc.... und hatte doch vor gar nicht langer Zeit immer noch *alle Lampen an* und bin durch die Nächte gerannt und ohne Atem gewesen, wahllos, in alle Richtungen expandiert...

Und was macht es jetzt, daß ich stillsitzen will, im halben Dunkel, und zurücksehn und nach allen Seiten... »Die Erinnerung vorauswerfen«, hörte ich Straup einmal sagen. Nicht, daß das immer tröstlich wäre...

Ich sehe – wieder in der U-Bahn – zum zweiten Mal hin: Es sind keine Frauen mir gegenüber, es sind Bäume, uralte, mit knorriger Rinde; was einmal frisch und schön zum Schutz um sie gewachsen ist, hat sich unendlich langsam verdickt, hat sich verhärtet, versteint, verschlossen. Hat sie in sich selber eingeschlossen. Wie lebt es sich unter der Rinde? Sind sie wie Taube von der lebendigen Welt getrennt? Oder ist es womöglich angenehm, die schrillen Geräusche gedämpfter da drinnen? Die Kälte von draußen abgewehrt? Oder pocht es noch immer, will es heraus, sich noch einmal herausbeißen, das kleine, wilde, starke Tier, das jede von ihnen gewesen ist?

Das Leben ist manchmal so furchtbar leise, sagte Amy neulich, und draußen so laut. Es ist wahr: Es ist entweder *ganz* leise oder *ganz* laut. Ganz schnell oder ganz langsam. Das Langsame ist vielleicht das am schwersten Auszuhaltende...

Ich denke an Dich und fasse Hoffnung. Ich sehe Dich hin und her gehen, Ludwig, und seh Deine Frauen die Kinder abladen und schnell sich entfernen, ich höre, wie sie die Türen zuschlagen; aber Du gehst herum von hier nach da, verrichtest leise Deine Arbeit. Du wanderst durch Dein Nowhereland, geduldig...

Die »Sache mit Straup«... wenn ich sie so auf Deine Art, also auf *nichts* rechnend, *nichts* erwartend (also bildlos) angehen würde, wäre ich nicht gegen alles gefeit?
Bin ich nicht erfahren genug, *ohne* Bild zu leben? Nicht erwachsen genug? Nicht uralt genug?

14
Der Ausbruch

Robert sah Frans zu, der hinter seinem Schanktisch eingekesselt stand. Der Mann auf dem Barhocker setzte nun wohl zum zehnten Mal an, ihm die Geschichte seines Lebens aufzutischen. Frans wirkte gehetzt, verdrehte heimlich die Augen und gab Robert verzweifelte Zeichen. Er sollte kommen und ihm beistehen. Er sollte anstelle von Frans den Zuhörer machen, sollte heuchlerisch Interesse mimen, damit Frans die Hände freibekäme. Der sah aus, als hätte er nicht mehr die Kraft, gleichzeitig Gläser zu füllen, die Gäste im Auge zu halten und daneben auf die Volten, Sprünge, Pirouetten des Redners einzugehen. Das Eingehen aber, wußten sie alle, war hier das Allerwichtigste. Frans schlug mit dem Flaschenöffner an ein Glas. Robert starrte in sein Bier und ließ ihn zappeln. Metzlaff, offenbar ein Hirnverletzter, begann zu randalieren jetzt; Frans drohte, ihn an die Luft zu setzen, brachte dann jedoch die Courage nicht auf. Er bewegte sich hier noch nicht sicher, kannte zu wenig vom Viertel und dessen Bewohnern. Über eines war man sich im klaren: Wenn er den Kiez nicht hatte, konnte er zumachen. Und der Kiez wollte Zuwendung, vor allem anderen. Da Frans nicht Bescheid wußte über die Leute, gab er sich häufig mit den Falschen ab und ließ die Richtigen links liegen. Wenn Metzlaff, dessen Hintermänner man nicht kannte, gegen ihn Propaganda machte, könnte das schon einen Einbruch bedeuten.

Es durfte keinen Einbruch geben. Zwar stand Engler hinter dem Unternehmen, hatte zinslos Darlehen gegeben, sogar die Renovierung übernommen, zwar hatten sie Nächte hindurch phantasiert, den »Walfisch« sozusagen als Pilotobjekt geplant für Englers künftiges »Imperium«, doch wenn der Laden nicht funktionierte, würde er sofort sein Geld zurückverlangen. Niemals würde dieser Bourgeois bereit sein, einem Unfähigen auf die Sprünge zu helfen.

Robert sah das Zucken in Frans' Gesicht, sein nervöses Grimassieren. Er blickte häufig zur Türe, ob sie sich nicht wieder öffnen wollte, ob es nicht endlich einströmen wollte; gleichzeitig versuchte er, Leute, die Miene machten, nach Hause zu gehen, mit Witzeleien zum Bleiben zu bewegen.
Das Lokal war nicht voll. Ein paar Kiezbewohner saßen herum, neugierig, ängstlich, abzugsbereit – als müßten sie ein renoviertes Bett probieren: Gibt es die alte Geborgenheit wieder, die gewohnte Zuflucht, oder ist sie auf immer verloren? Auch einige Bekannte waren da, Inez und Engler, Dora und Straup; sie verhielten sich aber anders als sonst, wirkten vereinzelt und in der neuen Umgebung irgendwie verlegen; Ludwig mit seiner neuesten und letzten Freundin, einer Polin, und Chomentowski, so hieß es, würden später dazukommen. Engler hatte außerdem ein paar Geschäftsleute mobilisiert, auch seinen Rechtsanwalt und seinen Steuerberater, die als einzige sich frei und selbstverständlich hier bewegten. Sie kannten das Viertel wie ihre Jackentasche, gingen bei den Malern, von denen es in jedem Hinterhof hier mehr als Bäume gab, ein und aus und kauften Bilder für ihre Büros. Sie taten, als seien sie hier aufgewachsen. Robert glaubte aber zu bemerken, daß sie sich eigens für die Gegend verkleidet hatten. Engler sprang geschäftig um sie herum; er begann, den Makler für Jens zu spielen, dessen Bilder, riesige Formate, die nicht in den Raum paßten, rings an den Wänden aufgehängt waren.
Robert sah aus halben Augen auf die Szene. Er ahnte, was Frans von ihm wollte, und wich geschickt den Notsignalen aus. Da er seine Wohnung aufgegeben hatte – aus Geldmangel, wie man sich erzählte –, wohnte er oben in der Kaffeeküche; Frans hatte ihn bald hinauswerfen wollen, doch Emily, seit der Trennung von Ludwig am Projekt beteiligt, war auf die Idee gekommen, ihn als Aushilfe zu beschäftigen. Robert übernahm also Botengänge, putzte, weil man die Frau dafür sparen wollte, das Lokal und die Treppe und sprang hier und da als Kellner ein. In den Stunden von sieben bis neun am

Abend stand er am Zapfhahn. Zu der Zeit war es noch still. Die Feierabendtrinker waren nach Hause gegangen und die Nachtfalter noch nicht angerauscht; Frans pflegte dann eine Runde zu schlafen, während Emily in der zweiten Küche mit der Suppe beschäftigt war. Es war die Stunde der Sammlung, in der jeder am liebsten für sich allein war.

Jetzt war es halb zehn; das Glas umgreifend tastete Robert den Kanten nach; es wurde unter seinen Händen riesig wie ein Haus. Er war nicht mehr im Dienst. Es war ein gläsernes Haus, das er hielt, und er war befreit, zum ersten Mal in dieser unsäglichen Stadt, nahezu glücklich. Bar jeder Verantwortung verrichtete er seine Dienstbotenarbeit ohne die geringste Denkanstrengung, was für jemanden seines Berufs fast so etwas wie Urlaub bedeutete; er verdiente sich nur das Notwendigste und spielte manchmal mit dem Gedanken, es bis zum Ende seines Lebens so zu halten. Die Kaffeeküche, in der er auf einer Luftmatratze schlief, war weiß gekachelt und nicht heizbar; es war in diesem heißen Sommer angenehm, darin zu wohnen, und über den Winter zerbrach er sich jetzt nicht den Kopf. Sein Kopf war frei und leicht im Augenblick – off limits –, ein schwebendes Gefühl, das er sich unbedingt erhalten wollte. Es hing mit seiner jetzigen Beschäftigung zusammen, vor allem aber mit der Abkoppelung von dem, was allgemein mit »Pflicht« bezeichnet wird. Alle die ehrgeizigen Pläne der anderen kamen ihm neuerdings lächerlich vor.

Wenn er sich dennoch manchmal herabließ, den Ausschank zu versehen, so deshalb, weil es ein angenehmer Platz war, ein guter Ort sich zu entfalten. Robert, am Zapfhahn, bewegte sich wie ein Dirigent, wiegte sich in den Schultern, tauchte unter und wieder auf, drehte sich auf dem Absatz wie Leonard Bernstein, machte kleine Luftsprünge wie dieser. Er war das Genie, er hatte Charisma.

Folglich war er auch der einzige, dem Frans das Thekenamt überließ, weder Emily noch Ferri, der manchmal aushalf (aber eigentlich nur herumschmarotzte), waren imstande, es

auch nur annähernd auszufüllen. Sie besaßen niemals die Autorität, die notwendig war, die Leute zu beruhigen, ihnen Mut zuzusprechen, ihnen das vom Tage lädierte und zerstückte Selbstbewußtsein wieder zusammenzuflicken.
Im Grunde, wußte Robert, war er sogar besser als Frans. Der hatte längst schon nicht mehr den langen Atem, die richtungslos Dahintreibenden über Untiefen hinwegzusteuern, ihm fehlte das Gleichmaß der Seele, die ruhige Strömung oder, dachte Robert, vielleicht nur der total entleerte Kopf. Er sah das eingekniffene Gesicht von Frans, das alle Schauspielkunst nicht zu lösen vermochte, und wußte plötzlich: er hatte Angst. Es gingen, was die Nachbarlokale betraf, beängstigende Gerüchte um. Kaum jemand konnte sich noch feste Angestellte leisten. Die meisten betrieben daher die Kneipen allein oder höchstens als Paar. Auch hier war schon der Apparat zu groß geworden. Zu viele Esser (und Trinker) liefen herum. Ferri, der nur stundenweise kommen sollte, schlief häufig bei Emily; Frans hatte den Verdacht, daß sie ihn hinter seinem Rücken mitverpflegte. Von Mißtrauen wird jeder heimgesucht, der mit der Dienstleistung Geschäfte macht; wofür Frans sich früher verachtet hätte, wovon er sich hatte freihalten wollen, dem fiel er jetzt selbst, und schlimmer als der ärgste Ausbeuter, anheim. Manchmal versuchte er, sich auf die alten Ideale zu besinnen, kleinliche Furcht und Argwohn in sich abzutöten; er gab sich jovial, verteilte kostenlos Schnäpse und verschloß die Augen vor offensichtlichen Schlampereien – das ging so lange, bis ihn wieder die Angst vor der Pleite ergriff, und er begann von neuem, die Leute zu bespitzeln, fuhr wie ein Kapo dazwischen, machte sich Feinde und schnitt sich, wie Emily sagte, ins eigene Fleisch.
Robert wußte, daß Frans selbst ihn beargwöhnte. So schien er den Verdacht nicht loszuwerden, daß Robert, dem aufgrund eines ungeschriebenen Vertrags ein gewisses Quantum Freibier zustand, auch an die harten Sachen ging. Er ritzte die Etiketten an. Robert, der es bemerkt hatte, lief daher dauernd

mit einem verhohlenen Grinsen herum, lächelte auch in diesem Augenblick wieder unverschämt abwesend in sein Bierglas und ließ Frans spüren, daß er im Bilde war. Das wiederum verwirrte Frans, denn es war immerhin möglich, daß er sich irrte. Die Komödie gefiel Robert ungemein. Er gab sich als Schlitzohr, dem niemals etwas nachzuweisen war. Anspielungen pflegte er zu überhören. War er »im Dienst«, tippte er mit ungeschicktem Zeigefinger gewissenhaft Preise in die Registrierkasse (National-Ohio), tastete mit den Fingerspitzen dem schön geprägten Blumenmuster nach und setzte ein Unschuldslächeln auf. Sooft Frans versuchte, ihn zu überführen, indem er plötzlich von unerwarteter Seite aus einem Nebenraum auftauchte, immer fand er Robert, freundlich ihm entgegenblickend, als ob er ihn erwartet hätte. Die Rollen waren gewechselt. Robert spielte mit Passion in einem Stück, das ihm auf den Leib geschrieben schien, Frans, der Schauspieler, hatte alle Überzeugungskraft verloren und mußte feststellen, daß dieser sogenannte Journalist über schauspielerisches Talent verfügte. Manchmal markierte Robert den reinen Toren, dann wieder den Eilfertigen, Übereifrigen, ein anderes Mal den ernsthaft Beleidigten. Er ließ sich nicht fassen. Die Obst- und Weizenbrände aber nahmen auf geheimnisvolle Weise und schneller als je in den Flaschen ab.

Auch jetzt ging das stumme Geplänkel weiter. Frans schien es Robert übelzunehmen, daß er verantwortungslos nur so dahinvegetierte; er kehrte den Verratenen heraus. Robert ahnte, daß er drauf und dran war, sich zu offenbaren, die Beleidigung in Worte zu fassen.

Rette sich, wer kann. Er stand auf und ging zu Engler hinüber. Nie wieder zurück, dachte er, in diesen Zustand, in dem anscheinend alle außer ihm sich noch befanden, in diesen Hohlweg, der auf ein einziges Ziel zuführte; in diese alles einengende Schlucht; allerdings, und das machte ihm noch immer Unruhe, war er noch nicht außerhalb der Gefahr, noch nicht über den Meridian hinaus, jenseits dessen er von niemandem, auch nicht von sich selbst, mehr belangt werden konnte.

Frei und los und die Asche über die Felder gestreut; Robert fiel fast über Englers Beine, der in ein leises und – wie immer – wichtiges Gespräch vertieft war. Sie begann, ihn zu belustigen: diese Jagd nach der Bestimmung, dem Sinn, dem moralischen, dem künstlerischen oder weiß der Himmel was für einem Imperativ.

Engler pries dem Steuerberater ein Bild von Jens an. Das Bild, von ungeheurem Ausmaß, nahm die ganze Schmalseite des Raumes ein. Frans hatte es in Kommission genommen. Der Steuerberater überlegte die Maße seines Büros. Engler schaute mitleidig. Man kauft keine Bilder *für* etwas, man kauft das Bild um *des Bildes willen*. Dann schafft man Raum für das Bild, entrümpelt das Zimmer für das Bild, oder man baut ein Haus darum. Andernfalls läßt man die Hände davon. Der Steuerberater saß geduckt am Tresen und warf ängstliche Blicke auf den Chirurgen. Im Grunde konnte er das Bild nicht leiden. Auch tat ihm das Geld leid. Wer war dieser Maler und was wußte man von ihm? Und galt nicht diese Kästchenmalerei überhaupt schon seit langem als passé? Ein Experte suchte nun dem anderen zu imponieren.

Engler, der sich für sein Wartezimmer Kunstmagazine hielt, sie von Zeit zu Zeit sogar durchblätterte, schüttelte traurig lächelnd den Kopf. Mit dem Manne lohnte nicht zu reden. Doch auch das Aufgeben war seine Sache nicht.

Wie er wieder und wieder den anderen ansprang, reizte Roberts Forschersinn. Er hörte Engler mit Interesse zu. Beobachtete ihn wie ein gefangenes Reptil in einer Flasche. Keinen Augenblick, ob er sprach oder trank, war der Doktor imstande, die Hände stillzuhalten. Als spielte er dauernd eine unhörbare Melodie, trommelte er mit den Fingern auf Tischen und anderen Gegenständen herum. Robert hatte es gleich bei der ersten Begegnung bemerkt, und es hatte seine Gedanken beschäftigt, so daß er, wann immer er ihn späterhin traf, augenblicklich darauf zu warten begann. Er hoffte

einerseits, dem Lied auf die Spur zu kommen, andererseits auf die Verletzung der Regel, so wie ein aufmerksamer Astronom zwar seine Berechnungen bestätigt sehen will und doch das große unerwartete Ereignis, die Unregelmäßigkeit am Firmament erhofft. Es trat niemals ein. Engler blieb, wie er war, lauernd, voller Erregung, engstirnig, großartig, aufschneiderisch, jede Sekunde aufs höchste gespannt. Es mußte wohl damit zusammenhängen, dachte Robert, daß er die Probleme jedes anderen sofort zu seinen eigenen machte, infolgedessen unablässig in einem nervlich überreizten Zustand sich befand. Er litt an überhöhtem Blutdruck; Robert war – zu Englers Ärger – einmal versehentlich dazugekommen, als er während einer Abendeinladung sich im Nebenzimmer heimlich eines Meßgerätes bediente. Ihm kam der abwegige Gedanke, daß er diesen Mann in keiner anderen Stadt sich vorstellen konnte.
Der Doktor hatte noch nicht aufgegeben; er blieb dem Manne auf den Fersen.
– Der Maler, wissen Sie ... er sprach nun murmelnd zu Robert hinüber, wohl wissend, daß der andere es hörte, ... der Junge hat einen Preis bekommen.
Einen Preis – das Wort überzeugte, es besaß Magie. Zwar hatte es sich lediglich um ein Stipendium gehandelt, um einen Mietzuschuß für das Atelier, zwar lag »der Preis« vier Jahre zurück, aber er tat seine Wirkung. Schlagartig änderte sich die Situation. Das Bild gewann an Bedeutung und Wert; es wurde zur Kapitalanlage. Engler legte die Hand auf die Schulter des Käufers. Er zwinkerte dabei Robert zu.
Rober trank schneller, er begann zu schwitzen. Trotz der Hitze hatte Frans, in einem Anfall von Ordnungswut, in dem Kanonenofen Verpackungsmaterial verbrannt. Metzlaff wurde unangenehm. Er wollte sein Bier auf Kredit. Wer Geld hat, trägt es nicht bar herum. Ein Reifenhandel bringt Millionen ein. Überall, in jeder, aber auch jeder Pinte im Viertel hat Metzlaff Kredit. Frans stellte sich taub. Ein Pulk von Touristen fiel ein, aus dem Schwäbischen, wie es sich

anhörte; kurz danach eine Schülergruppe. Frans ließ seine Biere im Stich und rannte, Emily zu suchen. Metzlaff brüllte hinter ihm her und ballte die Faust. Engler nahm seine Chance wahr und besetzte die verwaiste Theke.

Bedrängt von allen Seiten durch den Lärm, die Schwindeleien des Chirurgen, den Andrang der Massen, fühlte sich Robert eingekreist. Wie schon zu Anfang seines Aufenthalts sah er doch wieder, was er nicht wollte, nahm er allenthalben das Widerwärtige wahr, die Aufschneidereien der Einheimischen, die Anstößigkeiten der Touristen. Hier plötzlich sich steigernde, krähende Stimmen, dort das Gelächter von Leuten, die »auf ihre Kosten« kommen wollten. Es waren meist Frauen mittleren Alters und eine Gruppe fast erwachsener Schüler. Rücksichtslose, gierige und lüsterne Vereinnahmung: »Walfisch« wie »Nofretete« auf der Liste. Er stützte den Kopf in die Hände.

Zu bald, dachte er, zu schnell doch wieder hineingeraten: Der Wahrnehmung würde die Verzweiflung folgen, der Verzweiflung die Reflexion, beiden der Impuls, dagegen anzurennen mit Worten, mit Sätzen, dieser nur allzu schwachen Munition; der jämmerliche Versuch, noch einmal den Zauberknoten zu knüpfen, den Drachen zur Strecke zu bringen. Auf die Gefahr hin, verschlungen zu werden. Was war es, dachte Robert, das ihn nicht aufgeben ließ?

Zum Glück kam Emily plötzlich ins Bild, später Ferri, die mit Gläsern in erhobenen Händen wie auf Seilen tanzten. Metzlaff verschlug es momentlang die Sprache; Frans, nun neben Engler Flaschen öffnend, sah gelassener in die rauchfarbene Nacht. Er hatte anfangs den Fehler gemacht, Touristen mit Verachtung zu behandeln. Man war auf eine andere Gesellschaft ausgewesen, gemischt aus den eigenen Leuten und denen des Kiez (die allerdings nur spärlich sich einfanden), auf eine Gesellschaft mit neuerfundenen Umgangsformen und Gesetzen, die aus der Mischung selbstverständlich sich ergeben würden. In langen nächtlichen Gesprächen hatten sie es sich ausgemalt, Frans, Engler, Emily: eine winzige Zelle, in der dieses Andere keimen könnte, eine Art brüderlicher Gemeinschaft oder wie immer man das nennen wollte; Straup natürlich hatte von einem »Salon« gesprochen. Sie hatten große Pläne gehabt; Engler jedoch, der scharf die Konkurrenz beobachtete, begann – mit den Fingern trommelnd – alsbald den Überschwang zu bremsen. Diese Reisegruppen, egal woher, waren nicht nur gute Konsumenten, sie brachten auch Farbe ins Lokal, in die selbst hier allmählich schon verbleichende Kulisse. Sie sorgten für eine gewisse Exotik, oder aber, sofern sie selber farblos waren, stellten sie doch mindestens ein aufmerksames Publikum dar. Auch diesen heute gelang es nicht, Neugier hinter müden Blicken zu verbergen. Vor allem die Schüler verfielen in Faszination, wenn von Zeit zu Zeit sich die Türe auftat und mottenhafte Erscheinungen, den Mantel über der Schlafanzughose, bleich unter wirren Haaren, in das Lokal geflattert kamen, eine Weile sich an der Theke herumdrückten, um dann entrückt und unnahbar mit einer Tasche voller Flaschen wieder abzuziehn. Es war die Zeit um die Geisterstunde, zu der sie – gerade wach geworden – ihre Nacht, die für sie der Tag war, begannen.

War es eine besondere Spezies von Reisenden, die kamen, sich an der Unordnung zu delektieren, die hier im Viertel deutlicher war als anderswo, an einer Art von arroganter und zur Schau gestellter Selbstzerstörung?

– Hier, wissen Sie, hatte Engler einmal behauptet, in dieser Stadt ist alles und selbst noch der Untergang schön.

Der erste, der spontane Eindruck, dachte Robert, ist er nicht immer der richtige, enthüllt er nicht *vor* aller Nachforschung die Wahrheit? War es nicht das, was er beschreiben sollte – seinen erst kürzlich gefaßten Entschlüssen zum Trotz – mit aller Schonungslosigkeit und Schärfe, und warum nicht mit Haß? War nicht so vieles aufgelaufen mittlerweile, so Schwerwiegendes übereinandergelagert, daß es heiß werden und sich entzünden mußte?

Er hörte jemand hinter seinem Rücken mit einem rauhen,

fremden Akzent und flüsternd eingestreuten Worten: sevgili ... yirmi ... es war Ferri, der sprach; Ferri, verkleidet als Ausländer, mit diesem dunklen, heimwehkranken Ausdruck im Gesicht. Ferri, der das Messer aus der Faust verloren hatte; er mußte nicht in weitentfernte Wüsten überwechseln; er hatte sich – zum wievielten Male – einfach selber ausgewechselt. Und Robert dachte wieder, daß er es schreiben mußte, daß die Beschwörung seine einzige Rettung war, der endlich wiedergefundene böse Blick, unter dem ihm alles hier wie ausgestellt, falsch, häßlich und outriert erschien.
Für Momente lenkte ihn Dora ab, die nah bei den anderen saß, nur ihre Stirnlinie weit entfernt. Plötzlich schaute sie in seine Richtung. Er dachte an Bilder Beato Angelicos, auf denen Frauen offenen Auges, doch wie schlafend durch die Gegend gehen und sich nicht entschließen können aufzuwachen. Die man also keinesfalls anrufen sollte. Und da er ohnehin nicht wußte, ob er mit dem Blick gemeint gewesen war, riskierte er nicht, ihn aufzufangen, und sei es nur durch Heben einer Augenbraue. So glitt er ins Unverbindliche ab, doch Robert fürchtete sofort, daß ein anderer ihn beantworten könnte. Immerhin war er von seiner Richtung abgekommen – es gelang ihm wieder, nach außen zu sehn, wieder Dinge und Räume wahrzunehmen. Ihm war gelungen, von sich selber abzukommen. Und so sah er etwas, was er bisher nie gesehen hatte: das Lokal, im letzten Jahrzehnt des vorigen Jahrhunderts entstanden, war schön.
Die dunkelrot gekachelte Wand war am oberen Rand mit Lilien verziert. Von der Decke hingen alte Lampen, die Dora aufgetrieben hatte. Auf der winzigen Empore neben dem Kanonenofen, wo einst die Kapelle gesessen hatte, dort, wo der Raum zum Saal sich öffnete, stand ein lebensgroßer Knabe aus dunklem Metall, der an einem Stab eine Lampe trug; wahrscheinlich irgendwo aus einem Treppenhaus entwendet, stand er dort blank und unantastbar und ohne seinen Wert zu kennen; und auch die Gäste, die ihn nur verstohlen manchmal berührten, kannten ihn nicht; kaum einer wußte,

daß er eins dieser seltenen Stücke war, eine Wiener Bronze, für welche Sammler große Summen zahlten; man liebte ihn um seiner Vollkommenheit willen. So wie aus dem Innern der Erde immer wieder Steine an die Oberfläche wandern, so waren die Güter der Stadt vom letzten Krieg ergriffen und aus ihren Orten geschleudert und an anderen, fremden abgelagert worden, sie waren – verletzt und zerschunden – dann wieder repariert, restauriert und nachgebaut worden, bis sie – vielleicht durch die nächste Katastrophe – einmal ganz und gar zerstört und zerrieben in alle Winde zerstreut sein würden. Hinter grauhäutigen, bröckelnden Hausfassaden waren immer wieder in den Wohnungen, in Lokalen und Geschäften dieses Stadtteils solche Kleinodien zu finden, wie Adern von Edelmetallen im Berg.
Robert fühlte sich aufstehn und durch den Raum gehen. Er hatte viel getrunken, zuviel. Langsam schwankte er in ihre Richtung. Er wollte sie sprechen. Aber wieder war da eine Barrikade, ein Schlagbaum aus Worten: Straup saß quer und hielt, wie er es liebte, einen seiner Vorträge; man kam nicht vorbei. Er hatte herumgefragt und herumgeschnüffelt und viel über das Haus herausbekommen. Er bemühte die Historie; was hatte nicht schon in den Sälen getagt, war hier in bunter Folge durchgegangen: die Kaminkehrer-Innung, der Bürgerverein, Verein der Hausbesitzer e.V., die ehemaligen Schüler des Domchores (Volksgesangbücher, in die der Schwamm gekommen war, lagen noch immer im Keller herum), die Deutsche Sozialwissenschaftliche Gesellschaft – das war zwischen den Kriegen gewesen – sowie zeitweise die Sozialdemokraten; kurz nach dem zweiten, dem letzten Zusammenbruch, war eine Volksküche hier eingerichtet, dann war es Gewerkschaftslokal gewesen; man hatte die Waldenburger beherbergt, den Kneippverein, einen Westernclub; Straup präsentierte eine Ausgrabung: das war das Hauptbuch des in Konkurs gegangenen Herrn Prumotte, eines hier durch Strick zu Tode gekommenen Wirts, das er unter einer Dachpfanne gefunden hatte.

Robert wollte von der Historie nichts hören, zumal Straup die Geschmacklosigkeit besaß, sie den Touristen zu servieren, Oberschülern und spitznasigen Bildungsbürgerinnen. Wenn der »Walfisch« eine Geschichte besaß, dachte er eifersüchtig, so sollte sie an jene überliefert werden, die mit ihm zu tun hatten, an Frans, an Emily oder ihn selbst, und nicht an irgendwelche Voyeure.
Robert riß Doras Stuhl herum; er wollte sie dem Hexenkreis entreißen, wollte sie für sich. Doch gleich schon war er wieder unsicher, fand er das Wort nicht, sie anzusprechen. Wie kam es, daß sie so unberührt schien, ganz unangetastet von Englers Pranken? Hatte sie etwa keine Pläne, keine hochfliegenden Wünsche, wie sie sonst in Augenwinkeln, hinter den geschlossenen Stirnen lauern? Was bedeutete ihr Hans Straup? Einer mehr auf der Liste, schon markiert, um geschlachtet, verschlungen zu werden? Was war es, das ihr diese Unangreifbarkeit verlieh? Oder war es eine vorgetäuschte, und Dora nur geschickter im Verbergen als die anderen? Sie lachte noch immer, was ihn verwirrte. Er sah ihr direkt ins Gesicht. Ein anderes, das der Studentin, kam ihm dazwischen, die er vor Wochen, nach Ludwigs erstem Fest, getroffen hatte.
– Ich habe nie geglaubt, sprach sie ihn unerwartet an, nie wie die anderen für möglich gehalten, daß Sie die Flinte ins Korn werfen könnten. Nein, wirklich ... sagte sie und lehnte sich zurück.
Ihm war plötzlich zumute, als müßte er dreinschlagen, mitten in diese helle, verschwimmende Fläche hinein. Die Studentin damals hätte er nicht schlagen wollen; dieses Gesicht jetzt vor ihm wollte er aufheben, wollte es wegbringen, ohne Rest ... er rührte sich nicht. Er konnte die Hand nicht heben, den Mund nicht öffnen; nicht einmal mit Worten konnte er ihr eine Wunde beibringen. Etwas mußte verletzt werden, auf der Stelle. Robert fuhr, rittlings auf seinem Stuhl, herum, wandte sich in die andere Richtung. Begann, Straup, seinen Erzfeind, zu überschreien. Schrie gegen den Block der Touristen an ...

– Kommen Sie, Herrschaften, treten Sie näher, hier ... hier finden Sie das Herz der Stadt, hier, nur hier den Genius loci, schauen Sie, Damen und Herren, sehen Sie hier: den Kitsch des Kiez!

Es wurde totenstill auf einmal, doch Robert konnte nicht aufhören, es war das alte Muster wieder, er fiel in einen Morast von Gerede und sank ein und *wollte* weitersinken, hellwach seine Lage registrierend, doch nicht imstande, sie zu verändern ...

– Nur hier zu besehen und zu bestaunen: hier der noch immer ungebrochene Mut, der Scheintote auf zwei Beinen noch immer, der Kadaver spaziert durch das Forum Prussianum, ja, sehen Sie, verehrtes Publikum, die absolute Sensation: *Man stirbt hier nicht* ...

Metzlaff fiel wie ein Baumstamm dazwischen. Er lallte:

– Vaterlandsloser Geselle, Schmutzfink ...

Der Frauenverein formierte sich.

– Jawohl, Vaterland, schrie Robert weiter, jeder Bezirk ein Vaterländchen! Der Föderalismus wunderbar erblüht! Bald wird jedes wieder seinen Thingplatz haben. Jedes seine Fahne wieder ...

Metzlaff brüllte jetzt unartikuliert, Frauen kreischten, Straup ging langsam auf Robert zu. Die Touristen rückten hinter ihm nach. Es mußte ja kommen, dachte Robert; ihm schien, als sei jede hier in der Stadt verlebte Sekunde nur Vorbereitung auf diesen einen Augenblick gewesen. Er sah den Haß in den Augen Straups und hinter ihm die seltsame Phalanx, aus allen Lagern ausgehoben, aufgestellt gegen ihn allein ... nur er allein und ungeschützt.

In eine plötzlich entstandene Stille hinein machte Robert eine Bewegung, wich Straup zurück, trat ein Schüler vor, erschrak Robert und hob den Arm, fiel Metzlaff ihn an, sprang Engler dazu, ballte Robert die Faust, geriet Straup dazwischen und wurde getroffen, wich Robert zurück, schlug Straup wieder zu, war einen Moment lang ein luftleerer Raum, gab es ein Krachen von Holz, einen dumpfen Schlag; dann, nach unend-

lich langer Zeit, so wie bei einem Unfall Zeit sich dehnt, fand sich Robert in der Ecke, betäubt, und Engler riesig über ihm; es schien, daß er es war, der zugeschlagen hatte.
Irgendwann später sagte einer der Schüler, ein großer bleicher, der Ähnlichkeit mit Ferri hatte, einen seltsamen Satz.
– Was mich betrifft – ich hätte gern ein Vaterland. Und Inez, als wäre weiter nichts gewesen, antwortete ihm; sie sprach wie für sich:
– Im Ausland früher, wir redeten niemals deutsch miteinander... In Venedig sprachen wir französisch, in Marseille italienisch, um uns zu tarnen; wer gibt schon zu, daß er aus diesem Lande stammt?
– Was ich sage, rief der Schüler, was ist das für ein Land, das einen zwingt, sich zu verkleiden?
– Ja, es ist traurig, sagte Inez.
Was reden sie zusammen, ein Provinzpunkt und eine alte Frau? – Es ist aber traurig...
In der Türe standen Ludwig und die Polin. Es war, als stünden sie seit ewig da. Weder kamen sie näher, noch gingen sie.
– Es wird sich aber ändern, sagte Straup.
Emily lief zu Ludwig hinüber. Jemand schob Robert ein Glas in die Hand.
Robert trank langsam; das Kalte floß einen Abhang hinunter. Die Stimmen kamen von weiter her, über ein Tal, über einen Fluß. Schräg durch das Lokal sah er Emily kommen, die Jacke wie ein Schulkind überm Kopf. Vielleicht hatte es geregnet draußen. Doch Emily war nicht draußen gewesen. Hinter Ludwig und der Polin fiel die Tür ins Schloß. Der Wind, der durch das angelehnte Fenster fuhr, war heiß und trocken, und Emily ließ die Jacke nicht los.
– Chomentowski, schrie sie von drüben her, schrie von weit weg zu ihm herüber, Chomentowski ist tot.

15
Dora an Ludwig (5)

Wie soll ich Dir schreiben jetzt?
Chomentowski.

Buchstaben aneinandersetzen: ein Wort und noch ein Wort und noch eins. Betäubung, Droge für den Augenblick: dieses »Eins-nach-dem-anderen«; so ist alles wie unter Sand, Maulwurfsgefühl, vorwärts von Wurf zu Wurf; nicht einmal Schmerz.

Die Möglichkeit, sich nur langsam, nach und nach, zu öffnen, daß es dich nicht plötzlich wie in einem »Schub von Denken« überfällt: der Vorteil des Briefschreibens?
Risse nicht das Denken ohne eingebauten Widerstand auf der Stelle Fremdes, Unerwünschtes an sich? Würde es nicht radioaktiv? Zu schnell, zu heiß alles, wenn du nicht aufpaßt.

Ich schreibe das Datum, ich male Muster auf den Rand der Zeitung. Laß mich noch ein paar Augenblicke so, Ludwig, es wird ohnehin nicht lange gehn.
Es ist nach Mitternacht, immer noch heiß. Man darf kein Fenster öffnen.

Immer hat mir das Wort »Jagen« als Kind einen Schrecken verursacht. Ein grausiger Fund, schrieben die Zeitungen, wurde im Jagen 24 gemacht. Im Jagen 35 rannten wir vor dem Exhibitionisten weg. Der hatte sich durchs Unterholz herangeschlichen beinahe lautlos.

Einmal, als Kind im Gebirge – ich glaube, es war das Jahr, in dem der Vater starb –, verschwand plötzlich die Sonne hinter dem Berg, ohne Übergang. Von einer Minute zur anderen war

alles erkaltet. Später, wenn ich in Büchern das Wort »Vorwelt« las, fiel mir immer dieses Naturbild ein.
Chomentowski. Vorwelt.

Warum ausgerechnet an diesem Ort? Warum ausgerechnet mit diesem Gift? Es wird alles in Sekundenschnelle innerlich zerfressen. Hätte das Schlafmittel allein nicht genügt? Wollte er sichergehn? Todsicher?

Niemand hat ihn wirklich gekannt; jetzt kennen ihn alle. Als wollte eine bis dahin fest in sich verschlossene Natur sich plötzlich eröffnen. Und jeder fühlt sich gemeint, jeder einzelne persönlich.
Und hatte nicht jeder Satz, den er sagte, noch kürzlich, noch gestern, im nachhinein einen doppelten Sinn? War nicht jedes Wort wie eine Botschaft?
Eine Antwort auch auf ungestellte Fragen; als hätte er alles von uns gewußt. Wäre jedermanns Vertrauter gewesen. Oder jedermanns Stellvertreter?

An einem anderen Abend – bei Frans und Jens – kam einmal das Gespräch auf Selbstmordarten. Obgleich es unvorbereitet, ohne Absicht begann, stellte sich bald heraus, daß jeder für sich eine Vorstellung hatte, eine ganz bestimmte Phantasie von der ihm entsprechenden Form. Jens zum Beispiel würde (da unsere Triumphsäulen vorsorglich durch Gitter gesichert sind) nach Pisa fahren und sich vom schiefen Turm hinunterstürzen. Er hat eine Schwäche für große Auftritte. Du trinkst noch einen Wein vorher, du nimmst noch den Zauber des Ortes wahr, liegst ein Weilchen noch auf der Wiese davor, siehst gegen den Himmel das Bild eines Mädchens, einer schönen Sizilianerin vielleicht, dann steigst du hinauf, erlebst aus der Ferne noch einmal das Meer, und dann ... good night, ladies and gentlemen ...
Ja, Wein, sagt Amy, und dann Gas vielleicht ...
Engler trägt fast ständig eine kleine Mauser in der Innenta-

sche seiner Jacke. In sentimentalen Momenten tastet er nach, ob er sie noch fühlt. Er sorgt dafür, daß es jeder bemerkt.
Frans schnitte sich die Pulsadern auf, was Jens sofort für Erpressung hält; allerdings für Frans typisch. (Die herrlichen Narben, verstehst Du, wenn es mißlingt.)
Straup schwebt die Kleistsche Bluthochzeit vor.
Robert würde sich aufhängen, sagt er, kurz und schmerzlos.
Chomentowski, als einziger, hat dabei geschwiegen. Ich erinnere mich aber, daß er uns etwas erzählte, das muß Stunden später gewesen sein, eine Geschichte aus dem alten China. Oder war es Nepal gewesen? Danach nahmen die alten Leute dort, wenn die Zeit – ihre Zeit – gekommen war, ihr Bündel auf den Rücken, um ins Gebirge zu ziehn. Sie gingen in den Schnee...

Chomentowskis Entschluß, hängt er mit diesem Schneegefühl zusammen? Sah er keinen Sinn in seinem Leben mehr? Hatte es mit der Berufung zu tun, die er angenommen hatte und vielleicht als Flucht empfand? Flucht – was für ein Wort heutzutage, was setzt es nicht voraus an »Idealischem«, von etwas also, das, wie die Erfahrung lehrt, ohnehin niemals eingeholt werden kann. Und überhaupt: Lebt Ihr, »die akademische Elite«, nicht überall und sogar hier, seit Jahren schon wieder unangefochten, in Eurem Wertgefühl bestätigt? Kam er, Chomentowski, sich *dennoch* als Deserteur vor? War er der letzte, der einzige...

Ich dachte eben, ob es nicht angebracht wäre, daß wir – Du und ich – von unserer Schneezeit reden? Allerdings ist das einmal etwas, was sich nicht ohne weiteres *schreiben* läßt. Inez, die ich vorhin vergessen hatte, gebrauchte übrigens in dem Gespräch einen seltsamen Ausdruck. Ich glaube, es war das Wort »Verlockung«.

Jeder will wissen, wie es sich abgespielt hat, aber nicht *zu* genau. Eine Stelle im Bild soll ausgespart bleiben, einen anderen darin zu denken.

Ich brauche keinen schwarzen Schleier vorm Gesicht, um in diesen Tagen alles, die Freunde, die Arbeit wie abgedunkelt zu sehn.
An Engler, wenn ich ihn treffe, nehme ich neuerdings etwas Verschlagenes wahr, als ob er jemandem auflauern wollte; Amy, selbst in ihrem nicht betrunkenen Zustand, kommt mir unrettbar vor, Inez verludert – die Leute lachen, wenn sie in ihrer Kittelschürze durch die Straßen läuft. Straup ist Tag und Nacht auf seine Arbeit fixiert; seit er sie zurückbekam (d. h., seit er Schiffbruch damit erlitt), will er sie – koste es, was es wolle – durchsetzen gegen alle Welt. Als »hinge sein Leben davon ab«. Und wahrscheinlich tut es das auch; er kreist, ein kranker Derwisch, um sich selbst, er braucht immer mehr Raum – so wird die Entfernung zwischen uns größer.

Alles, was mir begegnet jetzt, nimmt die Deutlichkeit von Träumen an.
Dabei arbeiten wir, Amy, Jens und ich, mit ungeahnter Geschwindigkeit; das ist unsere Rettung im Augenblick. Jens ist wieder zurückgekommen, das Geschäft läuft wie nie. Aber wir fabrizieren, was wir nicht wollen, nicht einmal für andere. Bei den Türken hat es sich herumgesprochen, daß wir billig sind; diese Ampeln erinnern sie, wenn auch entfernt, an solche, die sie von zu Hause kennen. Die Frauen kommen in Scharen, bestaunen die Lampen, man muß ihnen alle beleuchten, später kommen sie mit ihren Männern wieder und kaufen das Bunteste, Billigste. Gerade für sie aber wünschte ich mir oft das schönste, teuerste Material, wenn ich ihre Gesichter ansah (wie tropische Früchte), die klarste, ausgewogenste Form.

Hätten wir doch ein fahrendes Haus, sagte neulich Franziska, und könnten weit weg, so weit wie es geht... Habe ich ihr meine Wünsche einerzogen? Oder schon meine Feigheit? Getarnte Süchte allenthalben, kaum einer von uns ist frei davon. Jens, seit der Trennung von Frans vollgepumpt mit Barbitursäure, sitzt neuerdings oft mit Robert zusammen und versucht, ihn ebenfalls zu infizieren. (Was wiederum Eulen nach Athen tragen heißt.)

Ich überlege, von hier wegzuziehn und drüben wieder anzufangen, drüben, wo du den Rhein hinunterfahren kannst und die Weser, drüben, in diesem anderen Land, in dem alles ganz frei und groß und ganz winzig und eng und überschaubar ist. Würde dann nicht womöglich alles andere, auch ich selbst, wie neu? Sophie glaubt, sie hätte sich so salviert. Unsere Mutter auch, als sie ging und dort Hörster heiratete, diesen Architekten, den wir aber nur den »Archi« nennen. Sie ist auch eine überschaubare Natur. Man kann mit ihr reden. Sie hat Franziska damals ohne Vater akzeptiert, später auch Engler. (Und sogar Amy – daß ich nicht lache.) Sophie kommt einigermaßen mit ihr zurecht, auch mit dem Stiefvater. Manchmal spielt sie die beiden gegeneinander aus.
Natürlich müßten wir in eine Stadt, wo wir sicher vor der Familie sind, also möglichst weitab vom Schuß. Schrieb ich Dir einmal von meinem richtigen Vater? Er ist tot. Und doch lebendiger als alle anderen. Trotzdem, ich wäre immer gern ein Waisenkind gewesen ... ein Vollwaisenkind – von allem Anfang an.

Was schreibe ich nicht alles, um von Chomentowski zu schweigen. Oder von der Botschaft Chomentowskis. Antworte mir, Ludwig. Ruf mich an oder schreibe mir, irgendwas...
Aber Du hilfst niemandem. Du beobachtest uns. Schon manchmal habe ich mich gefragt, nach welchem undurchschaubaren Plan Du Deine Gesellschaften zusammenstellst.

Oder stellst Du sie gar nicht zusammen? Ist es Zufall, wie es aufeinandertrifft, all diese Angeschlagenen, so wie sie Dir eben über den Weg laufen? Ist es der ganz natürliche Anfall, da die Stadt nur aus solchen wie uns besteht?
Wenn es aber doch eine Auswahl sein sollte – macht diese Dir eventuell sogar Vergnügen? Triffst Du sie, um Dich als noch halbwegs heile Natur um so eindrücklicher davon abzuheben? Geh in den Schnee, Ludwig. Nein, verzeih …

Es ist schon wieder Morgen und wieder oder noch immer heiß; niemand kann schlafen. Ich schreibe bei Straup im Verschlag, den wir das »Schreibzimmer« nennen. Die ersten Tauben gurren schon, sie beginnen leise, ein hartnäckig sich steigerndes Geräusch, es klingt wie unterdrückter Wahnsinn; wenn du dich darauf einläßt, hörst du üble Prophezeiungen heraus. Ich muß weg von hier, es ist die Stadt, bloß weg, heraus …

Ich möchte das Fenster einschlagen und mit dem Fenster den Himmel.

16
Dora an Ludwig (6)

Daß mein letzter Brief Dich nicht erreichte! Lies ihn nicht, Ludwig, oder lies beide zusammen. Lies diesen vor dem anderen. Vom Briefkasten zurückgekommen, saß ich noch lange im Verschlag. Zu müde, um zielgerichtet zu denken, ließ ich die Gedanken gehen; es erschienen aber keine Paradiese, sich darin aufzuhalten, nicht einmal Wunschlandschaften, wie früher oft, ich dachte: Stuhl, Tisch, Balken, Hitze ... und ahnte plötzlich, *bevor* ich es dachte ... daß ich wohl niemals von hier werde weggehen können.

Wie unterirdisch sich das vollzieht: Irgend etwas verändert sich, ohne dein Wissen; als gingen Ströme selbsttätig von Relais zu Relais; manche behaupten, daß auch das Lernen so geht, so im verborgenen oder im Schlaf...
Alle die Hunderte von Wahrnehmungen in einer einzigen Sekunde und die Empfindungen und die Erinnerungen und das, was du nebenbei dabei denkst, das läuft auf was weiß ich wie vielen Spuren, macht Umwege, taucht unter, wird oft erst nach Jahren erwischt... Mir fallen die alten Streitgespräche ein mit Frans, als er noch am Theater war. Seine Forderungen nach »Aufklärung« des Publikums, nach dem »Schock«, schlagartiger Erhellung des Bewußtseins ... das erscheint mir im nachhinein noch ebenso lächerlich wie damals.

Eine Geschichte kommt mir ins Gedächtnis, immer wieder in den letzten Wochen. Was hat sie mit mir zu tun, was ist sie geworden in meinem Kopf, daß ich Dir davon schreiben möchte – ich will es seit langem schon –, daß ich bei jedem Brief daran denke?

Stell Dir ein Kleidergeschäft vor, eine Art Modeatelier. Denk Dir mich darin an einem sonnigen Tag, ja, mich noch sehr

jung; Franziska war eineinhalb Jahre alt. Zu der Zeit war auch Engler schon im Spiel, ich hätte sonst das Geschäft, eins der teuersten, kaum zu betrachten gewagt. Kannst Du Dich hineinversetzen in eine mittellose Frau, die irgendwo mit ihrem Kind ein Zimmer zur Untermiete bewohnt, in einem der langweiligen Außenbezirke, neben einer Kohlenhalde, mit Aussicht auf einen Kanal, was noch das beste an der Gegend ist, in einem Loch von Zimmer, in dem nichts von den häßlichen Möbeln, den häßlichen Bildern verrückt werden darf. Stell Dir die Frau vor, mit einem Scheck plötzlich in der Tasche, auf den sie jede Summe schreiben kann. Das Kleid, für das ich mich entschieden hatte, war dann natürlich das unvergleichlichste Kleid: schilfgrün, ein weicher, stumpfer Seidengeorgette, der spitze Ausschnitt nach den Schultern hin verbreitert. An der Seite des Rockes lief eine Bahn in Falten aus, ich erinnere mich daran wie heute, und auch, daß sie mir Schuhe dazu brachten, grausilberne, leichte...
Ich wollte die Länge des Kleides unregelmäßig, was zu der Zeit nicht in Mode war. Die Schneiderin, ein schönes, langsames Mädchen, verstand es sofort. Ein paar Zentimeter Unterschied, und es ist schon wieder ein anderes Kleid. Sie erinnerte mich momentlang an Inez; ich stellte sie mir in der U-Bahn vor und überlegte, was ich, sähe ich sie als Unbekannte, von ihr denken würde. Es war ein schöner Tag. Alles war lustig. Auf der Straße hatten mir Leute zugelacht. Ein fliegender Händler mit einer weißen Bäckermütze hatte in seinen Korb gegriffen und mir eine Salzbrezel geschenkt. Die Autos fuhren langsamer, wie um nicht zu stören. Wie um etwas in der Schwebe zu halten. Das Finden eines (des) richtigen Kleides hängt mit dem eigenen Gleichgewicht zusammen. In dem Geschäft war es still. Es lagen schöne, ausgesuchte Sachen herum – Armreifen, Stoffblumensträuße, goldene Täschchen –, verstreut und doch wie arrangiert, ein kleiner Siamkater dazwischen, wie Katzen stets: genau an der richtigen Stelle, passend in die Dekoration; er lag wie ein Spieltier und rührte sich nicht.

Das Mädchen kniete vor mir, war geschickt im Trennen wie auch im Wiederzusammenheften; sie arbeitete wortlos; auch ich sagte lange nichts; es ging so eine Weile; wenn ich erklären sollte, was ich unter Glück verstehe, vielleicht beschriebe ich diesen Augenblick.

Ich weiß nicht, was mich dann zum Reden brachte, jedenfalls sagte ich plötzlich: Schön ist es heute ... ich war gezwungen es auszusprechen ... draußen, die Stadt, das Wetter, alles ...

Ja, schön, sagte die Schneiderin, sie hatte Stecknadeln zwischen den Lippen ... die ganzen Tage schon. Und dann wird ein Student erschossen. Bei diesem Wetter ... vor der Oper, gestern ...

Wir sprachen dann nichts mehr. Ich schämte mich. Die Rechnung war hoch. Während ich den Scheck ausfüllte, sah sie mich nicht an; ich war ihr dankbar dafür.

Natürlich kannst Du, wenn Du wolltest, jetzt Deine Schlüsse daraus ziehn. Ich habe ja nichts aus der Sache gelernt. Und folge so – im Suchen nach dem »Sinn« der Geschichte – nur immer wieder dem alten Muster, das man uns mit den ersten Märchen in den Kopf gehämmert hat. Nach dem wir unser Leben einrichten: steil aufwärts und immer den Gipfel im Blick. Daher die Phrasen: »ein Beruf fürs Leben«, eine Ehe »bis daß der Tod sie scheidet«. Und doch muß ich fragen: Warum *wollen* wir so denken? Was gibt uns den Wunsch ein? Wo wir doch täglich nichts als Stückwerk fabrizieren, wo uns alles zersplittert ...

EINE EINZIGE HEILE SACHE IN ALL DEM BRUCH ...

Ich ging nach Hause und trug das Kleid. Ich heiratete sogar Engler. Er war damals anders, schnitt weniger auf, spielte noch nicht für jedermann den Clown. Die Scham des Vormittags verging mir schnell. Ein paarmal noch dachte ich an das Mädchen, bis auch sie mir wieder aus dem Kopf kam.

Bin ich denn außerstande, überhaupt aus irgend etwas zu lernen? Dabei sind wir doch immerhin halbwegs gebildet, Sophie und ich. Wir haben gute Schulen besucht. Auch dies und das versucht zu durchschauen. Hier und da bin ich sogar imstande, Mißgeschicke, die mich treffen, nicht den anderen, sondern mir selbst in die Schuhe zu schieben. In meinen allerbesten Stunden reiche ich mir selbst Entwürfe ein für eine neue, unerprobte Existenz – um sie im Müll des Alltags zu verkramen.

Ich hatte Engler im Sinn und mein kleines Kind, das ich liebte, und mein Kleid und meine silbergrauen Schuhe, und ich hatte keine Zeit für Grübeleien; doch auch später, als alles schon wieder ganz anders war, Engler zeitweilig durch Frans ersetzt, Frans durch andere Freunde, als ich unter ihrem Einfluß auch diese Schriften verschlang mit ihren unzweideutigen Maximen und Programmen, die ich nachsprach und mit meinen Lippen bekannte, selbst da begriff ich – glaube ich – nichts.

Und doch ist mir über die Jahre die Geschichte nie aus dem Kopf gegangen, oder: sie ist immer wieder als ein Schreckbild aufgetaucht ... wie eine verächtliche Rede hinter mir her, vor der ich mir die Ohren zuhalte.
Mir scheint, als setzte sich mein ganzes Leben so aus Ahnungen, Vermutungen und Einbildungen zusammen. Und aus Erinnerungen, die manchmal im nachhinein stärker als das Ereignis selbst sind. Eine Liebeserfahrung, eine Zurückweisung treibt mir oft jetzt erst das Blut in den Kopf. Ich schäme mich *jetzt,* diesen Augenblick.

Ein Schornsteinfeger steht, gegen die Sonne, groß auf dem Dach des Seitenflügels, und durch den Ausschnitt Himmel, den ich von hier aus sehen kann, fliegt schräg ein Taubenschwarm: blau – weiß – silbergrau (wie die Schuhe von damals).

Drei Vermutungen bleiben:

Das Lernen – bei mir geht es langsamer als langsam vonstatten, manchmal wie außerhalb von mir, wie im Untergrund der Jahre.

Und: Manche Dinge begreife ich erst, *nicht* indem ich sie ins Bewußtsein heraufhole, sondern von dort in einen tieferen Raum verlege – in einen des Vergessens vielleicht, in einen des Spielens ...

Und: Menschen, Stimmungen, Situationen, schließlich sogar Dinge: Straßen, Häuser, Bäume werden mir nie durch Bezeichnung deutlich; eher schon durch Umschreibung.

Also warum dann nicht – wenn ich Glück habe – eines Tages vielleicht durch Briefe? Irgendwann, denke ich, möchte ich Dir mein Leben so beschreiben: langsam, in großen Kreisen um den Berg – bis ich die Landschaft von oben sehe ...

Einmal, im Traum, sah ich Hans Straup wie den Studenten an der Straßenecke liegen.

Er wird übrigens immer hilfloser. Die Nachhilfeschüler bringen zu wenig ein; trotzdem will er von seinem Vater nichts mehr nehmen. Er geht kaum noch hinaus. Dafür schreibt er an der »Arbeit« weiter. Wochenweise lebt er wie im Rausch, dann wieder – wie die letzten seiner Romantiker – in Meditationen abgetaucht. Es ist, als könnte er mich nicht mehr »sehn«, so weit weg, wie er ist.

Möglicherweise kommt es mit uns auf Trennung hinaus. Und doch hat, was ich Dir erzählte, mit meinem Bleiben in der Stadt zu tun ...

Ich werde ihm schreiben. Vielleicht wird es der erste und der letzte Brief an ihn.

Nicht an eine Grenze geraten mit jemandem (nicht einmal mit mir), ist das zu leicht, zu schnell gedacht und ausgesprochen?

Und dann doch wieder der Verdacht, daß es allein unsere Phantasien sind, die uns das Leben verderben.

Das alles ist ziemlich paradox. Ein andermal vielleicht Besseres... Ich komme sicher darauf zurück.
Was ich Dir aufgehalst habe bis jetzt, aber Du wolltest es so ... halt also noch ein Weilchen aus.

Emily ist nun also auch von Dir fort. Und Englers Auto steht manchmal in unserer Gegend, in der Nähe meiner Wohnung geparkt; kürzlich unmittelbar neben dem Lieferwagen; von ihm keine Spur – ich weiß, es soll eine Drohung sein. Als ob alles und alle aus dem Lot wären seit Chomentowskis Tod, jede Wunde so hauchdünn zugewachsen, jederzeit aufreißbar.

Ich wünschte, daß wieder Zeiten kämen, wo wir wie die Kinder oder die ganz Alten uns überspringen könnten und entferntere Dinge ins Auge fassen.
Ich danke Dir.

17
Geschwister der stillen Gegenstände

Straup entließ den Schüler, der ihm wie ein freigelassener Vogel aus der Hand entflatterte. Der Junge rannte die Treppe hinunter, ohne sich nach ihm umzusehen. Er war neunzehn, doch war an einen Schulabschluß noch lange nicht zu denken. Straup hatte ihn über die Zeit behalten, weil er von dem Aufsatzthema, das er ihm gegeben hatte, plötzlich selbst gefesselt und ins Erklären gekommen war. Er hatte ein Gedicht herausgegriffen, dessen Titel – »Die Eichbäume« – ihm gefiel. Obgleich Straup das Analysieren idiotisch fand, eine Art Zwangsbehandlung von Dichtung, wurde er doch im Verlauf des Unternehmens von dem, was *unerklärbar* blieb, gefangen; er hatte sich heißgeredet, hatte versucht, das einmal auf den Begriff Gebrachte über diesen wieder hinauszustoßen, und hatte am Ende wie nur noch zu sich selbst gesprochen. Der Schüler aber hatte vor sich hin gestiert, weit abgetreidelt in seinen eigenen Gedanken. Es war dann eine Stille gewesen, so schwer, als hätte etwas unerwartet aufgehört zu funktionieren, eine Uhr, die niemals mehr repariert werden könnte.

Doch dann hatte der Briefträger geschellt – es war schon wieder weit im Nachmittag –, und ein Brief von Dora war gekommen, der Straup in Unruhe versetzte. Er machte dann weiter, den Brief ungeöffnet neben sich, der Schablone das Wort redend, die für jedes Aufsatzthema passen sollte. Diesem Model, dessen Plumpheit jeder Lehrer leicht erkennen konnte, das zu erkennen jedoch kaum ein Lehrer sich gestatten würde, so daß mit einer Zensur zu rechnen wäre, die an der unteren Grenze des Mittelfelds läge.

Straups Hand lag flach auf dem Brief, das Papier war glatt, er glaubte, den Geruch wahrzunehmen, und wunderte sich, daß er weitersprach. Daß er noch imstande war, den Schüler mit dummen Tricks auszustatten: wie etwa man das Klischee

der Auslegung verschleiern konnte durch winzige Bemerkungen, Beobachtungen aus dem eigenen Leben, kleine, möglichst persönliche Einsprengsel.
Die Vermeidung des Briefs wurde unerträglich; der Schüler war nicht mehr zu halten. Straup, endlich allein, wagte nicht, ihn zu öffnen. Die Unruhe wurde spürbarer; er hatte Erfahrung mit Briefen. Aber war nicht das Verhältnis zu Dora besser geworden, zumindest offener in letzter Zeit? Hatten sie nicht, schon durch die Einschränkung ihres Umgangs, vieles von dem, was stören könnte, aus ihrem Leben verbannt?
Straup saß auf dem Teppich und blätterte in den Büchern herum; sie lagen rings um ihn auf dem Boden, aufgeschlagen, und einige mit Steinen beschwert; sie lagen seit Monaten so, und seit Monaten waren es stets die gleichen Seiten, die er las (als ob alles Neue, jetzt Geschriebene, alles im Moment Grassierende ihm etwas zufügen könnte); es waren die altbekannten Stellen, die er allmählich auswendig wußte. Er hatte sich angewöhnt, sie morgens vor der Arbeit zu lesen, als könnte er anders nicht anfangen; es war zum Ritual geworden.
Plötzlich riß er den Umschlag auf und begann flüchtig zu lesen. Dann, nachdem er so die Seiten überflogen hatte, zerriß er den Brief und warf ihn in den Küchenofen, einen Allesbrenner, der im Winter die Etage heizte. Er war vollgestopft mit Papier, das seit dem Frühjahr sich dort angesammelt hatte; Straup sah zu, wie alles schnell und ohne Rest verbrannte.
Danach saß er wieder zwischen den Büchern, dem Brief nachgrübelnd; er versuchte, den Inhalt zu rekonstruieren. Das machte Mühe, da er bestrebt war, in Doras Sprache sich zu bewegen. Der Sinn war klar. Eine deutliche Absage, dachte Straup, mit einem Bodensatz von Mitleid darunter. Er saß ohne Gedanken; nach einer Weile begann er zu blättern ...
»Ich trag ein rotes Herz wie andere und hab ein dunkles trostloses häßliches Schicksal«, las er, und:
»Du hast wieder einmal auf mich getreten ...«

Rahel, er hörte sie lachen; er warf das Buch zur Seite und Doras Bild tauchte auf, wie sie neben ihm gelegen hatte auf der Wiese dieser vollkommen künstlichen Schwimmanlage neben dem Stadion, es war noch nicht lange her; er erinnerte sich, es war kühl gewesen, und sie hatten die einzige warme Stunde des Tages erwischt. Straup wollte aufstehen und hinaus; ihm fiel ein, daß Alfred Engler immer eine kleine Mauser bei sich trug; doch kam er nur bis zum Spiegel; als er hineinsah, fand er sich lächerlich. Er schlich, wie um sich selbst nicht aufzufallen, zurück, hockte dann wieder am Boden zwischen den Büchern.

Mit der Zeit begann er, Doras Sätze, wo ihm Worte fehlten, zu ergänzen, eigene Wendungen ins Spiel zu bringen. Nach und nach veränderte sich der Brief. Straup wiederholte ihn sich mehrmals, nun schon mit den Fehlern, mit den selbstverfaßten Formulierungen. Kaum sich dessen bewußt, war er dabei, ihn umzulügen. Was ihm zuvor Empfindungen verursacht hatte, die ihm das Blut durch die Adern trieben, so daß er meinte, es *fließen* zu fühlen, erschien ihm bald in einem anderen Licht. Was im ersten Augenblick wie eine Absage geklungen hatte, ließ nun eher Verschlüsselung vermuten und damit einen anderen Sinn. Die Tatsache, daß Dora einen Brief geschrieben hatte, worum er so lange gebeten hatte, bewies doch, daß sie sich um ihn bemühte, daß allerhöchstens eine Wendung, eine winzige Befremdung zwischen ihnen eingetreten war, etwas ganz Gewöhnliches, Alltägliches, nahezu Meteorologisches. Etwas, das einfach durchzustehen war.

Straup stand am Fenster und schloß die Jalousetten, die die Vormieter hängengelassen hatten, so daß er die Außenwelt nur in Bruchstücken wahrnahm. Als er die Eichbäume draußen nicht mehr erkannte, verglich er sie mit den gedachten des Gedichts. Unversehens veränderten sie sich; es wurden freie, starke Kreaturen mit schönen, rundgewachsenen Kronen, auf einer Anhöhe stehend, die er sich ebenfalls dachte.

Er hörte Klopfgeräusche aus der Nachbarwohnung. Jemand schlug Nägel ein, jemand lief hin und her. Obwohl jede Seite des Doppelhauses vier Stockwerke besaß, traf er fast nie jemanden bei seinen Ausgängen. Auch die Bewohner von gegenüber blieben hinter den Gardinen unsichtbar; er nahm deshalb an, daß sein Wunsch, unbeobachtet und anonym zu bleiben, von vielen geteilt wurde. – »Die Titel der Dinge sind das Fürchterliche« ... Straup hatte kein Namensschild an der Türe.

Er war die letzten Wochen immer seltener hinausgegangen. So glaubte er auch, Dora zu verstehen, wenn sie sich gegen das »Bekanntwerden« wehrte, »gegen zu schnelle Festlegung, Begrenzung«, wie sie in ihrem Brief geschrieben hatte. »Sind wir nicht zu schnell an Grenzen geraten miteinander ...?« »An Grenzen oder an ein Ende?« hatte sie gefragt.

– »Und möchte doch nicht zu den Menschen gehören«, antwortete im Lesen Straup, »die nicht sich aufs Spiel setzen.«

Eine Wolkenwand, die sich vor die Sonne schob, machte das Licht, das hereindrang, noch dunkler. Rahel saß an ihrem kleinen Schreibtisch und schrieb. Straup hörte die Feder auf dem Papier ...

– »Ich habe alle Stimmungen zugleich, welch ruhiges Gedränge.«

Noch einmal kam ihm Dora unerwünscht dazwischen, wie sie, sich schüttelnd, aus dem Wasser stieg und sich über ihn, der auf den Steinen lag, beugte; er fühlte ihr Haar an seiner Schulter und ihm schien, als liefe die vorherige Beängstigung nun schon Kopf an Kopf mit ihm, als bliebe sie schon hinter ihm zurück ...

– »Sehen Sie mich an«, flüsterte die Stimme, die seit geraumer Zeit gesprochen hatte, »wie eine Krankheit des menschlichen Geschlechts, es giebt solche Menschen in der Reihe der Geborenwordenen und -werdenden; auf die sich Widersprechendes ladet, und sie biegen und brechen ...« Sprich weiter, sprich ...

– »Man ist kein reines Geschöpf der Natur mehr; kein Geschwister der stillen Gegenstände mehr, wenn man einmal aus Schmerz, Erniedrigung zusammengeängstet, in Verzweiflung gern seine Existenz gegeben hätte, um nicht schmerzfähig zu sein, wenn man alles, die ganze Natur, für grausam gehalten hat. Nun hab ich zwei Ansichten von der Welt – Wehe!«

Straup, auf dem Boden, wiegte den Oberkörper hin und her. Früher, als er viel herumgelaufen war zu diesem und jenem, hatte er doch immer das Gefühl von Flüchtigkeit gehabt, flüchtige Freundschaften, Liebschaften, Blicke, Gespräche. Seit er kaum noch hinausging, sein Leben sozusagen angehalten hatte, glaubte er, vieles stärker zu erfahren, und redete sich ein, erst jetzt auf die rechte Art zu leben.

– »Und da mich dieses Leiden, dieses Verlassensein nicht stupid gemacht hat, bloß zerrissen, ohne zu töten – nun! So ist man wohl gemacht, um dies zu leiden, und so zu werden, wie ich werde.«

Kummer und Mut und eineinhalb Jahrhunderte dazwischen – indem er auf die Stimme horchte, kam eine Gleichgültigkeit über ihn, sogar eine Art Spottlust vor all dem Unglück, vor dem durch die Zeiten wuchernden Schmerz, der, wenn man ihn über den Erdball ausgedehnt sich denkt, die eigene Bekümmerung zusammenschrumpfen und erträglich werden läßt.

»Zwei Ansichten von der Welt« – nun gut, man kam darauf, jeder mußte irgendwann darauf kommen und sich damit auseinandersetzen. Verstand als Narkotikum. Er sagte sich, daß Dora wohl eben jetzt die andere Seite ihrer Verbindung wahrnahm, die negative Ansicht, wie sie zwangsläufig in jedem Verhältnis früher oder später sich einstellen mußte. So hatte er ihren Brief wohl auch zu verstehen, in dem sie eine zeitweilige Entfernung vorgeschlagen hatte, diese Entscheidung, die ihr, wie er sie kannte, keineswegs leichtgefallen sein konnte. Und wer konnte wissen, ob sie nicht beim Schreiben der Zeilen das gleiche ausgestanden hatte wie er selbst beim Lesen. So kam ihm im Grübeln die Hoffnung wieder...

– »Es gibt nach dem Unglück noch etwas...«

Straup war nun fast sicher, daß jedes ihrer Worte eine doppelte Bedeutung hätte; daß der Brief, an dessen Einzelheiten er sich kaum erinnern konnte, alles andere als eine Absage war, ein Vertrauensbeweis eher, und daß sie zu ihm zurückkommen würde.
Straup setzte sich an seine Arbeit. Er ordnete die Blätter der Dissertation, die nun keine mehr war. Er glaubte, endlich den Ansatz gefunden zu haben, einen völlig anderen, überraschenden Gedanken. Noch immer sah er den Ursprung in den Salons, die es einmal hier gegeben hatte und von denen eine neue Freiheit ausgegangen war. Und so wie seinerzeit dort eine Entwicklung stattgefunden hatte, die von der Zerstreuung zur Sammlung ging (wenn auch einige der besten Köpfe in Mystizismus und düsteren Aberglauben sich verfangen und die Sache wieder zur Strecke gebracht hatten), so müßte es jetzt nochmals sich ereignen, in größerem Umfang, weltweit und besser. Es müßte sich konzentrieren hier, wo seiner Meinung nach die Unruhigsten sich versammelten, die, die von überall gekommen waren, aus einem Verwandtschaftsgefühl heraus; diejenigen, die die Stadt sich »gewählt« hatten, so wie sie schon einmal gewählt worden war von den Schellings, Fichtes, Brentanos, den Schlegels und den Schleiermachers ... Es müßten wieder Zentren entstehen, schrieb Straup, die eine andere Ansicht von der Welt zu erfinden und auszubilden imstande wären ... womöglich den frühen Mönchsorden gleich, die dann mit diesem Wissen durch die Lande zogen – und es müsse, schrieb er, überall verbreitet werden; zuallererst jedoch und vor allem anderen in den Verwaltungen, den anonymen, verantwortungslosen Ämtern, in den die Menschheit zerstörenden Institutionen. Schon immer in der Geschichte sei es so gewesen, daß der Fluß eines neuen Wissens, von wenigen nur in Gang gesetzt, erst nach und nach die Kraft erreichte, benachbarte Ströme an sich zu reißen. Dazu war es notwendig (und war hier nicht Straups Erfahrung im Spiel?), daß diese Wissenden sich vorerst abseits hielten, daß sie der Straße entsagten wie er selbst; die Straße, das war

die unaufhörlich sprechende, die alles übertönende Gesellschaft; das waren die gedruckten und die drahtlosen Verbreitungsmittel, die die Gedanken der Menschen, ihre Erfindungsgabe lähmten und binnen kurzem alles noch jetzt Lebendige und Wachsende ersticken würden.
Immer, soweit wir zurückdenken können, sind die Priester vor den Königen gewesen. Es wird Zeit, schrieb Straup, daß nun, am Vorabend apokalyptischer Katastrophen, die Priester noch einmal *nach* den Königen erscheinen, die selbstverständlich säkularisierten Priester, nicht die mit Ornat und Hostie, schrieb er, nicht die, die Natur sich untertänig machen wollten, sondern die, die ohne Testamente anders ihr begegneten, von gleich zu gleich ... So wie ein Schleiermacher beispielsweise ihr begegnet wäre ... Und die, schrieb er noch, die sich ihres Standes nicht schämten.
Der Kugelschreiber war ausgeschrieben, und es war dunkel geworden im Zimmer. So kritzelte er mit dem Bleistift weiter, kreuz und quer auf dem Blatt; er konnte nicht mehr sehen, ob sich die Zeilen überschnitten, ob überhaupt noch etwas zu entziffern war.
Straup nahm die verblichene Photographie von der Wand, die ihn mit Brocksiepe zeigte, untergehakt in einer Reihe laufend; das war in einer Straße vor dem Schloß gewesen; die Nachbarstraßen waren abgeriegelt, doch hinter ihnen sichtbar eine Menge anderer, ein endlos langer Zug, fast alle in dem gleichen Rausch, den die ruhige Schönheit des Schlosses kaum dämpfte, den sie als Hintergrund noch eher erhöhte. Aber Brocksiepe war jetzt in den USA, also nicht mehr verfügbar, also so gut wie tot, und niemals mehr, auch wenn sie – zu denen Straup nicht mehr gehörte – noch immer sich von Zeit zu Zeit versammelten und durch die Straßen der Innenstadt zogen ... niemals mehr wurde dabei gelaufen. Straup lachte leise, zerriß das Bild und warf es in den Papierkorb.
– »Und fürchte die Weisheit«, sagte die Stimme, »die nicht aus dem Herzen kommt.«

18
Der zweite Abend

Als er hereingesprengt kam, das Feld sogleich sich unterordnend – ach nein, Robert wußte: er kam geschlichen, gehinkt, und die Gesellschaft, eine Stunde schon oder länger beisammen, hatte sich längst ohne ihn formiert und war aus keiner wie immer gearteten Ordnung zu bringen.

Man hatte ihm die Frauen aufgehalst, Inez und Dora. Der Lieferwagen Doras war kaputt, und es war Ludwigs Idee gewesen, daß Robert die beiden mitnehmen sollte. Was Straup betraf, so hatte er sich in den Kopf gesetzt, den Weg, für den er Stunden brauchen würde, zu Fuß zu gehn.

Es gab also kaum Aufsehen, obgleich sie in Kolonne einmarschierten. Zwar drehten sich Köpfe in ihre Richtung, und ein paar Blicke wurden auf die Neuankömmlinge geworfen, doch ohne weiterführendes Interesse, wie Robert zu seinem Ärger bemerkte.

Überhaupt ging es lahm zu – als sei er gespiegelt, dachte er, als würde sein innerer Zustand ihm von der Gesellschaft beantwortet; die Gruppen blieben zäh beieinander, Gespräche wurden angerissen und erloschen, kaum daß sich Hitze entwickelt hatte; eine Streichholzgesellschaft, träge, ohne ein wirkliches Zentrum; es leuchtete nichts von allein.

Es gibt solche unerwarteten Verklumpungen zwischen sonst eigenständigen und beweglichen Personen, und niemand kann sagen, warum sie, trotz sorgsamster Auswahl, dennoch von Zeit zu Zeit sich ereignen. Lag es an Emily, die noch immer (schon wieder) mit Ludwig auf Kriegsfuß stand und ihm den Festdienst überlassen hatte? War Ludwig zu beschuldigen, der, anstatt wie sonst sich still auf seinem Sessel zu halten, durch die Zimmer hetzte? Lag es am Wetter, am Vollmond, an einer unbekannten Strömung in der Luft? Eine Bemühung war allenthalben, fast wie um eine Arbeit, die keiner liebte, die aber dringend abzuleisten war. Dora, die eben noch mit ihrem Kind zu Hause beinah einer Figur aus einem Bilderbuch geglichen hatte, wirkte jetzt neben Straup, der früher als erwartet eingetroffen war, angespannt und ohne Geheimnis. Auch schien sie sich für den Freund zu schämen, der sich sogleich an jedermann, auch an Wildfremde heranmachte und nervös auf sie einsprach. Zwar brachte er wieder die alten Geschichten, die Robert längst kannte, die bis zum Überdruß gehörten Namen; doch während er sonst mühelos den Bogen von den Salons der Behren- oder Mauerstraße zu einigen der neuen Heiligen geschlagen hatte, vom Königsbuch zum Prinzip Hoffnung, so schien er nun mit der gleichen Wendigkeit – Robert dachte: Unverfrorenheit – ihn ins Vergangene zu verlängern; man hörte ihn von Jakob Böhme sprechen, mit einem flackernden und sich steigernden Pathos, anredend gegen sich reservierende Gesichter, wie von Unverständnis gehetzt, oder aber – Robert erschrak, als er es dachte – wie einer, der keine Zeit mehr zu verlieren hat.

Robert spürte die Rastlosigkeit, als würde sie auf ihn übergeleitet. So lief auch er, planlos Witze und Anekdoten erzählend, herum. Und es schien, als würde ihm mit nichts als Anekdoten geantwortet. Als schöbe jedermann eine Schutzwand vor. Das noch kürzlich empfundene Befreiungsgefühl war hin, die Euphorie des »ersten Worts« war hin, selbst die Hoffnung auf endlich keimenden Haß. Jetzt ging alle Kraft in die Verstellung.

Er trank lustlos. Nebenan lief – in einer bestimmten, unveränderlichen Höhe – die Stimme jemandes vorbei, der die Geschichte des Kachelofens zum besten gab. Robert folgte ihr wider Willen. Es war Jens, der, an dem antiken Stück die Hände kühlend, dessen Schicksal zum besten gab. Einstmals für das Dresdner Schloß gedacht, hatte sich herausgestellt, daß der Ofen – einer falschen Berechnung zufolge – überzählig gewesen war. Der Ofensetzer hatte ihn dann mitgenommen und in seinem Hause aufgestellt. Zwei Jahrhunderte lang hatte er dort gestanden. Nun hatten ihn Freunde abgebaut – es gab noch immer Freunde drüben und würde sie geben in Ewigkeit –, und so war der Ofen vielfach zerstückelt, in den verschiedensten Kofferräumen, über verschiedenste Grenzen, Kachel für Kachel hierhergelangt. Um im letzten Viertel unseres Jahrhunderts einer bürgerlichen Wohnung einen Anflug von Tradition zu geben. Um sie – im Notfall – zu erwärmen. Um den Hohn der Welt von einem Verlassenen abzulenken.

Die Heiterkeit der Stimme täuschte nicht über die Verwundung hinweg. Robert hörte die Geschichte der Freunde; sie ging hinter den anderen Geschichten um. Sie hatten umeinander gekämpft, länger als Männer um Frauen, Frauen um Männer zu kämpfen bereit sind; nun, sagte man, hätten sie aufgegeben; und es sah aus, als ob es dieses Mal wirklich ... auf immer ... zu Ende sei ... Zuerst hatten sie ihre Wohnung entrümpelt: Sie hatten die teuren Bilder verkauft und das Sofa von Pankok, den Jugendstilspiegel aus Messing, vor dessen Schönheit man vergaß hineinzusehn, den Danziger Dielenschrank, die Chaiselongue Louis XV., die Daume-Nancy-Stehlämpchen; sie hatten sich auch von der Kanne getrennt, der kostbaren Teekanne, die sie liebten, aus der Luise, die auf den Tod Erschöpfte, einst getrunken hatte (in Königsberg und fliehend vor dem Empereur, und die Kanne war mit ihr zurückgereist, hierher in die Stadt ihrer frühen Triumphe), und jetzt stand das Stück, das Frans und Jens gehütet hatten wie ein Kind, in Ludwigs Glasschrank zwischen anderen Kostbarkeiten; und sie hatten auch die Dielenuhr verkauft und den Buchara, der aus Seide war.

Sie hatten dann alles weiß gestrichen, das Holz der Böden, die Wände, die Kacheln der Küche und was ihnen unter die Finger kam: den Kleiderschrank, den ausziehbaren Eichentisch, die Betten. Es waren weite Räume entstanden; sie waren darin herumgegangen, sie hatten sich auf den Boden gelegt und zur Decke geschaut und aufgeatmet; für ein paar Tage hatten sie sich glücklich und befreit gefühlt und wie vom ersten Gefühl durchströmt, nein, sie hatten »den Grund der

Erde gespürt« ... Amy zitierte es nicht ohne Spott ... und hatten es doch nicht geschafft; der ganze Aufwand hatte nichts genützt.
Vergeblichkeit, was für ein schöner Singsang, dachte Robert und lief allen den von der Schicksalsgöttin Geschlagenen nach, kam einem nach dem anderen auf die Schliche ... er richtete sich an ihrem Unglück auf. Wie tröstlich war es doch, Jens in solcher Verfassung zu sehn. Ludwig in einer kopflosen Verstreutheit, die ihn durch alle Zimmer trieb. Zu eilfertig zerrte er Stühle heran, entkorkte Flaschen, hängte Mäntel auf, suchte nach Handtüchern in der Küche, den Inhalt eines umgekippten Glases aufzutrocknen; er stieß einen Korken in die Flasche, ließ das Brot mitsamt dem Messer auf den Teppich fallen und war außerstande, einen wenn auch noch so bescheidenen Mittelpunkt zu bilden. Die Assistentin, die ihm half, trug ein rotes Kleid, das ohne die Rüsche am Hals vielleicht von gutem Schnitt gewesen wäre.
Robert suchte, Figur für Figur, die Mißgestimmten, Übellaunigen auf. Ferri, der sich seit kurzem wieder in der Wohnung aufhielt, saß in der Ecke, allein. Schweigsam musterte er die Gäste, überheblich wie ein Tier im Zoo. Im »Walfisch« hatte er gekündigt; auch war er kein Ausländer mehr. Er gab, im Gegensatz zu Engler, seine Pläne stets schon *vor* dem Scheitern (bevor man ihn hinauswarf) auf. Eine kaufmännische Lehre schwebte ihm vor. Der Kaufmannsberuf: die einzig mögliche Existenzform, diejenige, die dir noch eine Spur von Freiheit läßt, in der du wenigstens noch spielen kannst. Die traditionellen Spielberufe – Schauspieler, Künstler – alle verkommen, von Meinungsmachern und Institutionen gegängelt; sie hatten abgewirtschaftet, seit langem. Er brauche die Freiheit des Spiels, sagte Ferri. Eine Zeitlang tranken sie zusammen. Kurze, abschätzige Statements über die Gesellschaft ließen bald das Gespräch versickern.
Robert überlegte, wie er Dora wahrnahm. Obgleich sie noch immer neben dem Rasputin stand, wie um ihm auszuhelfen, die Worte sammelnd, sie aufreihend, mit dem geduldigen

Ausdruck einer Strickerin, schien sie aus einem anderen Raum hierherversetzt. Selbst wenn sie, wie eben jetzt, das Philosophenpaar, das neu war im Kreis und sich durch Zurückhaltung angenehm machte, höflich in das Gespräch zu ziehen suchte, las Robert aus der Bewegung, mit der sie sich in den Türrahmen lehnte, den Wunsch nach Verhüllung heraus, als würde sie den Schleier höher vor die Augen ziehen. Momentlang wollte er zu ihr hinüber. Er fühlte aber Emily an seiner Seite. Sie hielt sich so nahe, daß der Federflaum ihres Haars seitwärts sein Gesicht berührte. Es wurde offensichtlich, daß sie heut keinen Finger krümmen wollte. Sollte doch Ludwig den Gastgeber mimen mitsamt der feuerroten Assistentin, die sich hier betätigte, sollte er einmal das Büffet besorgen und den Getränketisch, den Kaffee-, Zigaretten-, Gesprächenachschub; es waren schließlich *seine* Leute, sagte Emily, und *seine* Wohnung; wie es immer nur *seine* Gespräche gewesen waren und *seine* Ideen und *seine* Auswahl; sollten es jetzt auch *seine* Pflichten sein, sollte er dafür verantwortlich zeichnen.
Robert, während er neben Emily herlief, bemühte sich, nicht an die andere zu denken. Gewaltsam rief er sich die zirkulierenden Gerüchte ins Gedächtnis; er zwang sich, Engler zu beobachten, wollte den Doktor in seiner Plumpheit, Häßlichkeit ertappen, um damit sie vor seiner Phantasie herabzusetzen.
Er ahnte: Wenn er sich heute nachgab und zu Dora ginge und ins Reden käme, würde er alle Haltung verlieren. Da war nichts mehr, das ihn stützen könnte; weder Wut noch Verachtung, weder Würde noch Stolz. Robert begann, Ferri zu begreifen: Im Augenblick, da dieser sich annähern würde, der Gesellschaft zu nahe kommen würde, müßte er an Kontur verlieren. Die Kraft zur Entfernung – Robert ertappte sich dabei, ihn zu beneiden. Zugleich fiel ihm jedoch der Ratschlag ein, den Jens ihm einmal gegeben hatte, eines Abends, als sie über Ferri sprachen.
Laß dich niemals mit den Empfindlichen ein. Befreunde dich

mit den Dickhäutern, auch mit den Schwätzern meinetwegen; du wirst nichts von ihnen zu leiden haben. Sogar mit den Über-Empfindlichen kannst du umgehen, denjenigen, die ihre Wunden offen halten und sich dennoch nicht beklagen; nur hüte dich vor der Mittelsorte. Sie werfen dir das Brot, mit dem du sie vor dem Hungertod rettest, zurück an den Kopf...

Es stimmte; wie Ferri ihm den Rücken drehte, war Robert verletzt. Die Rollenspieler, dachte er, in ihrem Stolz verletzten immer. Man schlug sich an ihrem Panzer die Finger wund. So hatte er selbst noch vor kurzem verletzt. Doch als er ihn später von weitem sah, fiel ihm wieder die Schönheit des Jungen – beinahe mit Trauer – auf.

In seiner Schwäche konnte er nicht hindern, daß er sich doch in Gedanken zu Dora zurückstahl. Nicht zu ihr als Person, sondern zu ihrem Bild. Zu dem Gewebe aus Bildern, Vermutungen und Gerüchten. Plötzlich war Engler neben ihm. Als hätte er sie ausgesprochen, fiel er in Roberts Gedanken ein.

– Die Sonne bringt es an den Tag, nicht wahr...

Robert bemerkte, wie sie beide in die gleiche Richtung sahen. In Doras Richtung. Engler, mit den Fingern auf der Sessellehne trommelnd.

– Wird sie nicht schon ein bißchen krumm, mein Lieber? Nun ja, die Sache geht zu Ende, wie ich sehe. Schon horchte Emily auf. Engler zog Robert auf die Seite. Er sprach, das linke Auge eingekniffen, murmelnd, den Unbeteiligten spielend.

– Und wie lange ist es schließlich gegangen? Vom frühen Frühjahr bis in den Sommer... sie sind nervös, nicht wahr, es ist unübersehbar ... und was ist es am Ende gewesen? Ein Spähtruppunternehmen, ein Erkundungszug ... sie wird flatterhafter von Mal zu Mal...

Er wurde ernst mit einem Schlag, er rückte nahe an Robert heran. Seine Stimme, obgleich er sie dämpfen wollte, kam mit einem Zischlaut durch die Lippen:

– Ich warne Sie. Er zögerte, verzog den Mund... unterlassen

Sie, sich etwas auszudenken. Das vor allem ... er wollte mit einem Kichern die Sache vertuschen, wollte alles übertuschen wieder; er brachte es nicht überzeugend heraus.
– Ein freundschaftlicher Rat, nichts weiter. Engler ging; er ließ Robert am Rand der Gesellschaft zurück.
Trinken, sich füllen, um abzutauchen, um unter dem Spiegel zu schwimmen, mit einem kleinen Bleigewicht und einer Lampe, sich leicht da zu halten, ein Unterwassertanz nach einer ungehörten, einer *gedachten* Musik, und die Schwärme der Fische lautlos vorbei ...
– Sie dachten, sie könnten es wieder erneuern ... Das war die alte Geschichte noch immer, das war die Leidensgeschichte von Frans und Jens, doch von einer anderen Stimme erzählt jetzt.
– Sie hatten selbst die Diwane, die Sessel weiß bezogen, und alles sollte so pur wieder werden, wie es einmal gewesen war, noch nicht lange her ... Wo Jens durch den Raum ging, verstummten vor ihm die Gespräche, um hinter seinem Rücken wieder aufzuflackern.
– Es nützte nichts, es nützte nichts ...
Es gab keine Erlösung. Robert wiegte den Kopf hin und her wie ein Eisbär, er schüttelte sich das Haar ins Gesicht, was einen Moment lang beruhigend war, was wie Hände über den Augen war; er sah sich selbst in jungen Jahren auf einem Kleinstadtbahnhof stehn, auf einem Wildwestbahnhof, er sah sich am Ende der Strecke, ganz winzig, und er wußte plötzlich, was er schon damals gespürt hatte: daß er im Leben nichts vollbringen würde, daß er gescheitert sein würde eines Tages.
Unbemerkt schlich er hinaus. Er brach Zweige vom Nußbaum, dessen Blätter jetzt ausgewachsen waren; er sah in der Nacht wie schwarzbehandschuht aus. Aus seiner Flugtasche, die er überall und immer bei sich trug, zerrte er das beschriebene Papier. Sorgsam schichtete er Holz dazwischen. Zuerst brannte die Zeitung, die er darumgewickelt hatte, dann fingen die ersten Seiten Feuer. Aus dem Feuerzeug goß

er Benzin in die Flammen. Als Emily dazukam, als sie begriff, was geschah, und rannte, das Manuskript, das ihr unglaublich umfangreich erschien, zu retten, war es zu spät.
– Es ist nichts, sagte Robert. Zu leicht Geschriebenes, zu schweres Papier. Er lachte. In einem Fenster im Parterre erschienen ein paar ahnungslose Gäste. Als sie sich drängten, das Feuer zu sehen, winkte er ihnen lächelnd zu. Er trat, was glimmte, mit den Füßen aus.
Wieder im Haus, gelang es ihm, Emily zu entkommen. Ein neuer Gast, aus dem schönen Cornwall, dem Landstrich der Dichter, hierher verirrt, war an Engler geraten; Emily, von Zeit zu Zeit und auf speziellen Gebieten doch noch sich hier verantwortlich fühlend, mußte hinüber, ihn zu befreien.
Als Frans kam, drückte sich Jens aus dem Raum. Der Verlassene hat nichts mehr zu sagen. Frans war der Große, der von gelassener Heiterkeit Erfüllte. Nicht nur aus der Freundschaft hatte er sich nach seinem eigenen Willen herausgezogen, sondern ebenso aus dem Beruf, überhaupt aus allem, was ihn bisher gehalten hatte. Robert hörte, wie er auf Amy, die nun schon gänzlich benebelte, einsprach. Die Schauspielerei, so Frans, sei nach seiner Erfahrung, der übelste Handel (neben der Schriftstellerei allerdings), das gerissenste aller Geschäfte, das er sich vorstellen konnte, mit der zartesten Ware betrieben, derjenigen der Gedanken, der Gefühle ... Die besten Schauspieler (Schriftsteller) aber, sagte Frans, wüßten das am besten zu verschleiern, ihre Manipulationen gäben sie aus als Dienst an der Menschheit, ihre narzißtischen Antriebe bemäntelten sie, stellten sich als Unverstandene dar, als Heilsbringer oder Märtyrer. Wobei du einem Schriftsteller eventuell noch auf die Schliche kommen kannst (wenn auch häufig erst Jahrzehnte später), ein guter Schauspieler wird nie ertappt. Noch der verlogenste Komödiant wird für die handelbaren Gefühle geehrt, geliebt. Nicht einmal in der Politik wird solcherart Personenkult getrieben ... Je mehr sich Frans darüber erregte, desto klarer war herauszuhören, daß jedes Wort allein auf Jens gemünzt

war, der sich noch immer in diesem Sumpf bewegte (und sich darin wohl zu fühlen schien!), in dieser menschenunwürdigen Gesellschaft. Frans dagegen hatte sich die Maske abgerissen. Robert bewunderte seine Sicherheit, diese Vorspiegelung falschen Selbstbewußtseins, da doch allewelt wußte, wie es jetzt mit dem »Walfisch« bergab ging. Schon war Engler aus dem Unternehmen ausgestiegen. Frans mußte, kaum daß die Sache angelaufen war, Geld beschaffen, um ihn auszuzahlen. Er mußte die Umsätze, die Gewinne frisieren, Gelder beiseite schaffen, sich mit Hilfe von falschen Bilanzen bei Brauereien und Lieferanten Kredite erschwindeln.

Es gab jetzt zwei Kreise; Frans, dem Problem des »Händlers« nachforschend, des schwergeprüften Verantwortungsträgers, Straup den »Prinzipien« des Jakob Böhme. »Die Wahl aber erlanget es«, predigte er. Straup beherrschte den Kreis am Küchentisch, zog mit seiner Glut den von Frans heran, beide gerieten zusammen, vermischten sich, wurden zu einem einzigen. Hinter der Wortwand füllte sich Robert den Teller randvoll. Er saß in der kleinen Kammer hinter der Küche, die einst das Dienstbotenbett beherbergt hatte, hatte den Teller auf den Knien und kaute ohne einen Augenblick der Ruhe, wie um die Gespräche zu übertönen. Seit dem Abend im Walfisch, an dem er zum letzten Mal, wenn auch schon schwächer, diesen Gefühlsschub erfahren hatte, der eine neue, wenn auch negative Kraft ihm vorgegaukelt hatte, ertappte er sich immer wieder, daß er zuviel, zu häufig aß und immer auf diese geräuschvolle Weise; ohnmächtig sah er sich selber auseinanderstreben – zwei Geister in verschiedene Richtungen. Das Gefühl verursachte Unbehagen, fast wie körperlicher Schmerz, und das Essen war der Umschlag, mit dem er ihn zu lindern suchte. Nicht wie sonst posierte er vor sich selbst, wenn er sich alt *dachte,* er *war* es. Es war nicht die Empfindung eines Augenblicks, wie er sie manchmal gegen Morgen spürte, wenn er übergangslos, ohne Vorwarnung erwachte; nicht nur dieser winzige Blitz einer Furcht, die in der Mitte des Lebens die Leute befällt, es war die langsam sich

einnistende Machtlosigkeit, der er nichts mehr entgegenzusetzen wußte. Im Essen kam ihm aber der Gedanke, daß es womöglich leichter wäre, die Angst vor dem Absterben zuzulassen, als sie auf irgendeine Art zu übertönen; daß selbst noch sie eine Schutzwand war, die ihm Schlimmeres vom Leibe halten könnte; ja, dachte er, sollte es möglich sein, daß er schon jetzt, kauend und voller Selbstmitleid, begann, in der Verzweiflung sich einzurichten, schon wie ein lamentierender Greis bequem darin zu existieren?
Er saß, er spürte Nahrung rauh in seiner Kehle, er fühlte Wärme, war bedeckt; er lag in seinem Bett als Junge, Verbände um schmerzhaft entzündete Ohren; was für ein Mut, dachte er, im Angesicht dieser Paralyse die Substitution des Leibes voranzutreiben. Nein, eines Tages würde er soweit sein, auch noch die Nahrung zu verweigern, in einen Zustand von Stupor zu fallen, Sterne vor den Augen zu sehen, aus den Handflächen zu bluten.
Später lief er wieder durch die Räume, mischte sich für ein paar Sätze in ein Gespräch, lieferte einen Kommentar, ein Einverständnis oder ein Gelächter ab, wanderte weiter. In einer Ecke diskutierte man die allerletzte Richtung in der Malerei, wobei über den Ursprung ein Streit entstand; die Front der Italiener schob sich vor, die Hiesigen aber hielten dagegen; bald lagen beide im Clinch; les nouveaux fauves, die hier und da an den Wänden hingen, entzogen sich feixend. Robert, obgleich er seinen Zustand in den Bildern wiederfand, enthielt sich des Urteils, er kaute an seinem Brot und ging weiter.
Die beiden letzten Zimmer waren leer. Hier, am äußersten Ende der Wohnung, begann er ein lange vergessenes Spiel: Den entfernten Stimmen lauschend, zwang er sich, seine Sinne derart einzuschränken, daß er lediglich Geräusche wahrnahm, ohne die Bedeutung mitzuhören. Sie wurden zu Tierstimmen, augenblicklich, zu einer Tier*sprache,* die nur im ersten Hören monoton erschien, bald aber, wie die Sprache aller Tiere, moduliert, mit Kadenzen und Synkopen,

Klangfiguren, die sich wiederholten. Er unterschied Einzelstimmen, Akkorde, Chöre, Strecken gleichmäßiger Amplituden, Ausfälle infolge von Interferenzen; als er versuchte, es zurückzuübersetzen, gelang es nicht; als ob der Wunsch, die Menschensprache zu vergessen, ihn daran hinderte.

Er sah sich im Spiegel des Schranks, der Emilys Puppen beherbergte. Es war eine ganze Sammlung von Puppen, die ältesten mit Körpern aus Holz oder Stoff; auch solche aus Wachs, die Oberflächen der Gesichter aufgesprungen; Porzellanpuppen mit gemalten Augen, einige schon mit Gelenkgliedern, manche mit Menschenhaar; die neueren, aus Zelluloid, wiesen Klappaugen auf, und alle miteinander, aus welcher Zeit sie sich auch hergerettet hatten, zeigten mit Sorgfalt geformte Hände vor. Er sah nur den Umriß seiner Gestalt, umgeben von Rüschen, Schleiern, Perlen, Locken, nur einen Schimmer seines gedunsenen und wuchernden Gesichts; die kleinen Menschen aber saßen oder standen (die meisten als Damen zurechtgemacht, auch ein paar kleine Dschinns darunter), selbstbezogen und kühl, und doch sah es aus, als ob sie ihm mit den Augen winkten und versuchten, ihn zu sich hinüberzuziehn.

Nebenan in Ludwigs Arbeitsraum vernahm er Schritte. Als er sich umsah, sah er einen Ärmel, eine Schulter, schließlich die Hälfte von Straup, der sich an Ludwigs Sekretär zu schaffen machte. Robert sah seinen Arm, seine Hand ohne Hast über die aufgeklappte Platte, über Papiere und Bücher tasten. Er erinnerte sich, zuvor, bei seinem Käfiggang durch die Wohnung, Ludwig und Straup in eben diesem Raum gesehen zu haben. Dabei hatte der Professor etwas in ein Seitenfach gesteckt; es war von Briefen die Rede gewesen. Ohne daß Namen gefallen waren, hatte Robert gewußt, woher sie stammten. Ein schmales, mit einem Band (!) verschnürtes Bündel kam zum Vorschein. Robert fiel nun auch ein, daß Briefe schon einmal erwähnt worden waren. Das war auf dem vorigen Fest gewesen, dem ersten, das er hier mitgemacht hatte; man wußte, daß Dora an Ludwig schrieb.

Er sah dann zu, wie Straup, mit fast provozierender Langsamkeit, das Bündel in die Tasche seiner abgewetzten Jacke schob; es guckte sogar noch etwas heraus. Die Jacke war seitwärts heruntergezogen, was Straup ein noch verwehteres, ein regelrecht windschiefes Aussehen gab. Robert hielt es für unwahrscheinlich, daß er ihn nicht bemerkt haben sollte. Straup beschrieb, wie in Gedanken versunken, noch einmal einen Kreis im Zimmer, las in den rings verstreuten Manuskripten; dann schlenderte er zu den anderen zurück. Robert lief hinterher. Griff sich den Ärmel des Diebs, blickte ihn eindringlich an. Doch Straup schien in Trance. Er sah aus unbewegten Augen auf seinen lästigen Verfolger und legte nur den Finger auf den Mund, da eben der Philosoph dozierte. – Ein Licht, hörte Robert ...

... Philosophie, jahrzehntelang zum Schweigen verurteilt, oder eher: in skrupelhafter Tatenlosigkeit verharrend, sah in der Ferne ein schwaches Licht. Eine Türe schien sich wieder zu öffnen. Es taten sich neue Räume auf. Die sehr Geschwächte schöpfte wieder Luft, schritt mutiger aus, vereinigte sich mit ihren Kindern, den Naturwissenschaften, und begann, in deren Landschaften umherzustreifen. Die Maschinerie von Trial und Error war abgenutzt und heißgelaufen. Sie sprühte Funken. Und eben die Funken waren es, die nun die Gegend wieder erhellten. Doch wie sah die aus: verwahrlost, geplündert; herabgekommen, begann sie rachsüchtig zu werden, wie eine vernachlässigte Frau sich zu verweigern; die Gärtner wußten nicht mehr Rat. Und jetzt, im Angesicht der Katastrophe, war es Zeit, sich auf die Alten zu besinnen, die Urgroßväter um Rat zu fragen; eine neue Konsultation kam in Gang ... – Zum Glück für die marode Fakultät, murmelte Frans, sich entfernend.

Der Rasputin, wie Robert ihn dem Vortrag lauschen sah, schien alles gelesen zu haben; mit den Lidern jetzt halb die Augen bedeckend, befand er sich in dem geordneten Raum, den der Geist sich erschafft und aus dem die Leidenschaft, Geißel der Menschheit, für immer ausgeschlossen ist. Es

schien der einzige, den er noch ertrug. Selbst der Diebstahl, dem Robert beigewohnt hatte, wirkte hier als Bagatelle, kaum der Beachtung wert.
Nicht ein einziges Mal griff Straup mit der Hand nach den Briefen, versuchte nicht einmal, als er sich unvermittelt verabschiedete und mit Ludwig noch eine Weile in der Türe stand, die Papiere mit dem Ärmel zu bedecken. Aus einem ihm unverständlichen Impuls heraus legte Robert Straup plötzlich den Arm um die Schultern.
War denn der Abend schon zu Ende? Aber Dora saß doch noch immer auf dem Bänkchen vor dem kalten Ofen mit dem Kranz aus Eichenblättern auf den weißen Kacheln und der Krone obenauf; sie hatte den Kopf darangelehnt und sprach mit Amy, die – im Vollrausch – heiter und wie erlöst erschien. Überhaupt entspannte es sich; es war, als strecke sich alles nach Straups Abgang, öffne die zu engen Kleider; leises Gelächter wurde vernehmbar; einmal war lange eine Stille, von entferntem Gemurmel wie eingerahmt.
Und Robert ging endlich zu Dora hinüber. Er begann ohne Arglist und ohne Vorsicht zu sprechen, als sei der Hochmut endlich von ihm abgefallen, der Selbstbetrug und aller Stolz. Und doch schien ihm – einmal flüchtig im Reden –, daß es vielleicht der größte Stolz sein könnte, der äußerste Hochmut, sich zu bezichtigen, wie er es tat...
In einer ununterbrochenen Rede, die nicht wie sonst unwillentlich aus ihm herausfloß, sondern folgerichtig erschien, als hätte er lange daran gefeilt, klagte er nicht die Umstände an, er klagte nicht die Stadt, nicht einmal ihre Einwohner an; er klagte sich und nur sich allein an...
– Der Parvenu bin ich. Der Häßliche, der Überhebliche. Die Eitelkeit hinderte mich zu sehen, die Feigheit, mich meinem Gegenstand zu nähern, ich hatte Angst, ihn wirklich zu berühren... Er sprach nur für sie und wurde nur von ihr gehört, denn Amy am Ofen vernahm nichts mehr, fühlte allenfalls noch sein Geflüster... – Ich sah vorhin im Spiegel mein Gesicht und wünschte es im Augenblick noch schlim-

mer, so wie es zu sehen sein *müßte,* lächerlicher, erbärmlicher, gescheitert auf die äußerste Art, erst dann dachte ich, daß es möglich wäre ... daß man begriffe ...

Dora legte plötzlich den Kopf zurück. Sie zuckte nicht mit der Wimper. Er starrte sie an, als hätte er sie nie zuvor gesehn.

Robert wollte aufstehn, was ihm mit einem Liter Korn im Leibe nicht gelang. In dem gläsernen Haus, in dem er saß, sah er alles in einem gebrochenen Licht: Emily und Ferri in der Ecke, Frans in Fahrtrichtung voraus sehr bleich, Engler irgendwo an einem fernen Horizont. Doras Gesicht jedoch wie jetzt durch eine ausgeschlagene Scheibe, aus dem Garten zu ihm hereinsehend.

Als er zum zweiten Mal aufstehen wollte, legte sie die Hand auf seinen Arm; Engler bemerkte es und verließ den Raum. Robert sah ihn dann später draußen an den Zaun gelehnt; die Straße war zu dieser Nachtzeit unbelebt; er stand wie darin festgewachsen.

Robert ging weiter, als sei da ein Zwang, den Mann am Zaun nicht auf sich aufmerksam zu machen. Er fühlte noch die leichte Wärme von Doras Fingern auf seiner Hand. Es war eine stürmische Nacht, der Himmel aufgerissen; überwach fuhr der Mond darin hin und her. Versprengte Regenschwaden, von entfernteren Gewittern abgeirrt, fielen flüchtig in das Tal der Straße ein; verschwanden, schienen noch einmal zurückzuspringen, verloren sich dann in der Dunkelheit.

Erst als er lange gelaufen war, sah er wieder Menschen und hörte aus Häusern leise Musik; dennoch schien alles wie angehalten; Paare standen umschlungen in Toreinfahrten, eine kleine Gruppe saß im nun beständigen Regen merkwürdig still auf dem Trottoir, als hätte sie sich für die Nacht dort eingerichtet; Robert nahm fast erschrocken wahr, daß Schlaflose hinter Fenstern standen, die die Bewegungen der Stadt, ihre geheimen Umtriebe, registrierten.

Jede Stadt hat ihr Licht. In dieser, dachte Robert, herrscht die Farbe des Bleiglanzes vor. Bei Tage zeigt sie sich in manchen Wettern als graugoldener Schein auf Pflastersteinen, Bäumen

und Gebäuden, abends, sowie sich die Sonne entfernt, wird sie blasser, aber eindringlicher, nachts unter dem Mond zu einem aggressiven schienenfarbenen, den Fremden verstörenden Silber. Jetzt lief eine Eisenbrücke in schwerem Bogen über ihn, die Pfeiler mit Tausenden von Nägeln schön genietet, er spürte Metallgeschmack auf der Zunge, jetzt flogen Bäume. Corinth, der alte, wilde Riese, müßte her. Ein vereinzelter plötzlicher Donnerschlag hielt für Sekunden selbst die Natur an; dann fuhr der Wind wieder auf und schabte an Steinen, Gittern und Bäumen, schliff an Ecken und Vorsprüngen, brach ab und riß mit, allein die Säulen des einstigen Botschaftsgebäudes versuchten unnachgiebig, sich der allgemeinen Flucht zu widersetzen.
Schon länger lief ihm der Geruch des Wassers nach. Im Kanal vertiefte sich die Schwärze. Ertrunkene sind mit Blumen bekränzt – ein Bild, das er vor langer Zeit gesehen hatte: die Frau war weiß gekleidet, trug einen Blumenhut und wurde mit Stangen herausgefischt.
Robert erreichte die Straße, an die er schon einmal am Abend flüchtig gedacht hatte. Es war nicht die, in der die jüngsten Mädchen warteten, mit ihren kleinen, verstockten Filmstargesichtern, es war die des anerkannten Gewerbes, in der die Frauen mit dem Selbstbewußtsein von Schildwachen standen, mit Gesichtern, stellte er belustigt fest, wie sie Facharbeiter haben, aufmerksam und verantwortungsvoll.
Er ging langsam, ohne zur Seite zu sehn; seltsamerweise sprach ihn nicht eine an: nur eine Große in weißen Stiefeln und einem winzigen roten Rock nahm, als er auf sie zutrat, wortlos seine Hand, sie sanft und selbstverständlich zwischen ihre Beine legend. Sie blieben dann eine Weile so, obgleich das, wie er wußte, den Geschäftsmethoden nicht entsprach; ein Zögern war im Preis nicht inbegriffen. Die Zeit hielt still; eine nahe Türkenbäckerei sandte Düfte aus, die Robert in sich aufnahm, wie um sie für sein Leben zu behalten. An einer Hauswand rutschte eine Gestalt zusammen. Diskret entstiegen Polizisten ihrem Fahrzeug, in dem sie seit geraumer Zeit

gelauert hatten; begleitet von Bill Haleys ahnungsloser Stimme, packten sie zu, griffen den Jungen, der sich kaum sträubte, und nahmen ihn mit.
Robert und das Mädchen standen noch immer. Sie wuchsen enger zusammen, während um sie herum sich die Nacht mit ihren Lock- und Notsignalen zu drehen begann. Kein nutzloses Wort, keine der üblichen Anspielungen. Sie gingen durch eine Einfahrt, stiegen scheinbar endlos Treppen. Das Zimmer ein länglicher Käfig; ein zerschlagener Spiegel, Kondom und leere Whiskyflasche im Papierkorb. Zwei nach Vorlagen gestickte Blumenbilder erinnerten Robert an andere, die er längst vergessen glaubte: billige, schnell fabrizierte Weihnachtsgeschenke, wie sie die Mutter zu Hause sich an die Wand hängte. Ihm fiel das Wort »Wandschmuck« ein. Daß keine Häßlichkeit die Nacht entstellen konnte, kam ihm nicht einmal merkwürdig vor. Als das Mädchen den Kopf aufs Kissen senkte, schien ihm auch diese Bewegung vertraut. Einmal, für Sekunden, sah er ein anderes Gesicht, das aber schnell zerfloß.

19
Von früh bis spät

Als die Blätter der Stadtbäume staubig wurden, bezog Robert den Saal im ersten Stock. Es war ein langer Raum mit vielen Fenstern, unmöbliert; Frans hatte nur die alten Stühle mit dem Zeichen J. J. Cohn daringelassen; sie waren wie zu einer Tanzstunde rings an den Wänden aufgestellt. Robert lag in der Ecke auf der mit Kleidungsstücken, Kissen, Betten überhäuften Luftmatratze und sah zu den Glasornamenten der Decke hinauf, die ihn beschäftigten und seine Gedanken bewegten, beruhigend wie das in der Ferne verschwimmende Profil einer schönen, ausgeglichenen Landschaft. Er ging langsam dem geometrischen Muster nach, dem großen bunten Oval der Mitte und den vier kleineren, vielfach gebrochenen Eckrosetten. Er kannte Blatt für Blatt auch die Ranken der oft übertünchten, doch noch erkennbaren Stuckeinfassung. Der Saal war später entstanden als das Lokal, zur Zeit der ersten Elektrifizierung, und so mußte die gesamte Decke einst, als das Ganze noch funktionierte, eine riesige, vielfächrige Lampe gewesen sein. Einer dieser aufgeweckten Unternehmer, ein rotköpfiger, kräftiger Bursche wahrscheinlich, der vorgab, diese Kunst zu schätzen, hatte sie, so glaubte Robert, zu Anfang des Jahrhunderts sich ausgedacht und in Auftrag gegeben. Er war vielleicht sogar darüber in Begeisterung geraten, doch nie und nimmer hatte er ermessen können, was am Ende einmal daraus werden würde. Robert dachte viel daran herum, wie sie entstanden sein mochte, wie lange sie halten mochte, so daß sie ihm dann fast wie eine eigene Arbeit im Gedächtnis haften blieb.
Der Handwerker, der von Beruf Stukkateur gewesen sein mußte, hatte den Auftrag angenommen, weil er sich ein Geschäft davon versprochen hatte. Dann hatte er eine Zeichnung gemacht, dann die Sache berechnet, dann den Preis in die Höhe geschraubt, was, obschon der Hausherr reich war

und enorme Mietgewinne einstrich, sicher nicht das leichteste gewesen war; er hatte den Entwurf überprüft, ihn noch einmal verändert, dann hatte er schlaflos gelegen vor Gedanken, dann war ihm die Arbeit verfehlt erschienen, das Oval zu groß, zu wuchtig für die Mitte, dann wurden die Pläne wieder geändert, das Begonnene nicht ohne Murren wieder abgetragen, dann war es ihm zu langsam gegangen, dann hatte er sich aufgeregt und eingemischt, säumige Maurer beschimpft, den Glasern, den Elektrikern hineingeredet, dann alle miteinander wieder mitgerissen, er hatte Frau und Kinder vergessen und die Krankheit im Leib, die herrührte von der Bleivergiftung, die Koliken und Krämpfe im Unterleib, wie sie fast alle Stukkateure hatten, dann hatte er die Sache wieder angeheizt und angetrieben, bis er eines Tages vor dem Werk gestanden hatte, dem Kunst-Werk, das ihm nun beinahe fremd erschienen war und kaum noch als ein eigenes erkennbar. Tatsächlich schien es, von seinem Urheber abgelöst, noch immer vieldeutiger zu werden, in seiner Unbekanntheit geheimnisvoll; der Erfinder trat in das Dunkel zurück. Was deutlich sich mitteilte, war die Kraft, unter der es einmal entstanden war.

Robert lag seit Wochen und sah zur Decke hinauf. Der unbekannte Handwerker wohnte mit ihm im Saal; er sah ihn, unwirsch vor Ungeduld, hin und her gehn, mit eingezogenem Kopf, dann wieder grübelnd über Plänen; der Geruch eines scharfgebeizten Pfeifentabaks, von Roberts Phantasie ihm zugeteilt, war um ihn und gehörte bald zum Raum.

Auch heute hatte er so gelegen; es war stiller als sonst, der Lärm der Straße, der durch einige kaputte Fensterscheiben einfloß, war während der Regenzeit jetzt gedämpfter; als entsprängen die Geräusche einer Ansammlung von heiseren, vor Überanstrengung geschwollenen Kehlen.

Zu diesem Zeitpunkt und in dieser Stille war es, daß Robert das Heft ergriff, das er als einziges vorher nicht beschrieben hatte. Er begann genau in dessen Mitte, auf der Doppelseite, die Ornamente der Saaldecke nachzuzeichnen. Auf dem

Boden kauernd, zeichnete er sorgfältig mit leichten, oft angedeuteten Strichen. Er hatte den weichsten Bleistift gewählt, so daß die Bilder korrigierbar blieben.
Bald sah er nicht mehr hinauf, sondern erfand sich ein eigenes Muster, ergänzte und verband die Formen nach Gutdünken; die im Zentrum sich kreuzenden Geraden wurden durch quer verlaufende Stränge gestützt, kleine Straßen, die dem Gefüge Festigkeit verliehen. Schloß er die Augen, fand er im Erinnern ein ähnliches Bild, das sich ergab aus einigen bei Straup entdeckten Plänen, aus der Entstehungszeit der Stadt: der Platz in der Mitte, das damals achteckige Herzstück, auf das hin die berühmten Straßen sich versammelten, die Schlagadern der Stadt, von denen viele selbst bis heute weder Richtung noch Namen gewechselt hatten. Robert machte sich einen Spaß daraus, ein anderes Diagramm zu entwerfen, das einer Gesellschaft, das wiederum den beiden ersten glich: Ludwig in der Mitte, und alle größeren und kleineren Planeten ihn umkreisend oder ihm begegnend, ringsherum: die Polin und Engler, Inez und Amy, Sophie, Frans und Jens; Emily, Ferri-der-Buntspecht und Straup; und die Zahnärzte und die Steuerberater; er vergaß auch nicht Chomentowski einzuzeichnen, der auf dem Friedhof lag, die Kränze und Blumen noch über sich. Verschwimmend an der Peripherie, war auch die ertrunkene Frau dabei, und in der alleräußersten Ecke, wie als Signum, der Stukkateur. Unter dem Einfluß von Drogen (in einer Zeit, die lange vorbei war) hatte Robert einmal Klee in Kreisen wachsen gesehen, vor seinen Augen hatte sich, was vorher durcheinander wuchs, um eine Mitte geordnet.
Gibt es eingeborene Muster, die wir gezwungen sind zu kopieren, wie Tiere vielleicht die immer gleichen Nester, Larven, Muschelformen produzieren müssen? Würden fremde Wesen, die uns nach Jahrhunderten betrachteten, uns in unseren Zusammenhängen sehen, unsere Häuser, Städte, Gesellschaften in Systeme bringen können? Das ging schon zu weit. Sollten andere sich damit befassen, dachte Robert,

die Enkel es in Ordnungen bringen; ihn interessierte das Bild, wie es *jetzt* sich darstellt, wie es sich ohne unser Wissen oder *trotz* unseres Wissens zusammenfügt; ihm kam die Frage in den Kopf, ob man Loretta, die ebenfalls als Stäubchen im System sich mit bewegte, von Chomentowskis Tod benachrichtigt hätte. Er konzentrierte sich dann wieder auf die Zeichnung, begann, sie in Worte zu übersetzen, die Figuren, die er vor Augen hatte, zu beschreiben, als vereinzelte zunächst, doch dann in ihren Zusammenhängen, in vielen, unzähligen Kombinationen; und er schrieb ohne Ziel oder Zweck, ohne zu wissen für wen, er schrieb und dachte nichts anderes; oft war es ermüdend, oft schwer erträglich, und doch kam es ihm unwahrscheinlich vor, daß ihn je ein anderes Leben in solchem Maße wieder interessieren könnte.
Durch immerwährendes Daran-denken, auch wenn er sie nicht sah, war er mit allen verknüpft, so wie sie alle mit Ludwig und untereinander verknüpft und verknäult waren; die Geometrie des Ganzen beschäftigte ihn und hielt ihn in Atem wie einen Forscher; und eins war gewiß: ohne ihn, ohne seine angespannte, unermüdliche und aufmerksame Träumerei würde das Ganze wieder zerfallen müssen; er war der, der es konstituierte und für länger zusammenschloß.
Für Frans tat er nur noch das Nötigste, und das in völliger Geistesabwesenheit. Selbst wenn er – in Ausnahmefällen – sich herabließ, die Kneipe zu putzen, wenn er die Treppen schrubbte, die alten Kippen auf Kehrbleche fegte oder unter die Schränke, wenn er Lappen mit stinkenden Essenzen tränkte, die den Biergeruch des letzten Abends überdecken sollten, selbst dann dachte er an dem Bild herum, fügte er Worte und Sätze zusammen ... Das Mosaik mußte entstehen.
Manchmal, während einer kurzen Pause, kam ihm der Gedanke, Hans Straup – ihn als einzigen – zu besuchen, was ihm allerdings widersinnig erschien; er stellte sich den stillen Hausflur vor, die Geländer mit den blankpolierten Löwen-

köpfen, und er malte sich aus, wie sie beide in Straups Zimmer mit den Büchern auf dem Boden sitzen würden und Herbie Mann hören und hinaus in die Eichen sehen würden. Straup würde schon am Morgen eine Flasche öffnen oder aus einem seiner irgendwo gestohlenen Bücher vorlesen oder ihm von Gelesenem erzählen. Leider stahl er fast nie moderne Bücher; er liebte die verschlungenen Sachen aus dem vorigen Jahrhundert, auch Sammlungen von Briefen aus der gleichen Zeit, die spannender als Romane waren und von denen er einmal behauptet hatte, daß sie nicht etwa das Leben ersetzten, sondern daß, was die Schreiber wirklich erlebten, nur ein schwacher Ersatz für das Briefleben gewesen sei.

Doch als er dann wirklich sich aufgemacht hatte, tatsächlich eines Morgens vor Straups Tür gestanden hatte, als er überzeugt gewesen war, nach dem Klingeln ein leises Schurren oder Kratzen zu vernehmen, war es umsonst und eine Täuschung gewesen. Hans Straup war nicht da. Verärgert über die verlorene Zeit hatte Robert seinen Namen auf einen Umschlag geschrieben, der aus dem überfüllten Briefkasten heraussah, und die Nummer des »Walfischs« hinzugefügt; was ihn betraf, so sollte es das letzte Mal gewesen sein, daß er seine Arbeit verlassen hatte.

Bald gelang es ihm vollkommen, das Gefühl für Zeit in sich abzutöten; er schrieb in der Nacht und schlief irgendwann, hatte dennoch das Gefühl, zu keiner Zeit zu schlafen; und er schrieb auch, während er das Essen verschlang bei Frans unten oder drüben beim Türken, und wenn es irgend Intervalle gab, so waren es die Augenblicke, während welcher er lag und die Augen durch die Muster an der Decke führte, wie zur Erholung in dem Rankenwerk, den Kreisen und Dreiekken sich verlierend. Nicht anders als der Rasputin war er aus dem realen Leben abgetaucht; sogar die Freunde hatte er zurückgelassen oder wenigstens ihre Hüllen (denn in anderer, veränderter Gestalt, in seinem Kopf existierten sie mehr denn je). Auch mit Emily, die sich so viel von ihrer Flucht in das »Milieu« versprochen hatte, verlor er allen Kontakt; sie beschäftigte sich, wenn er wortkarg blieb, mit ihrer Kamera, photographierte noch manchmal das gegenüberliegende Haus, dessen zerbröckelnde Front ein verschollener Maler mit wunderbaren Landschaften verschönert hatte, und kam dann immer seltener zu ihm herauf. In ihrer Enttäuschung wurde sie zänkisch, warf Robert Inkonsequenz und Gleichgültigkeit vor, bourgeoisen Autismus; sie begann mit ihrem Geld, das sie im Anfang großzügig hergeschenkt hatte, zu geizen, verlor schließlich alle Lust an seiner Gesellschaft und griff auf einen anderen Freund, den sie als »ihren Engländer« bezeichnete, zurück.

Ein Mann war plötzlich neben ihm, stand wie ein Geist aus dem Boden gewachsen; Robert, sich der Tageszeit nicht bewußt, hatte weder die Türe gehn noch Schritte gehört. Der Mann war klein und doch mächtig zugleich, von roter Gesichtsfarbe; er schwitzte unter dem bunten Hemd. Seine gelben Haare waren wie mit Wasser angepappt; es schien jedoch nicht nur die Hitze zu sein, die ihm den Schweiß aus den Poren trieb; er war verlegen, gleichzeitig aufgeregt, wie jemand, der sich nur mühsam beherrscht; so als hielte er mit einer wichtigen Nachricht, mit irgendeiner Sensation zurück.

Als er sich gefaßt hatte, kam er, jetzt allerdings ziemlich rücksichtslos, mit seiner Botschaft heraus. Er hätte den beschriebenen Umschlag im Briefkasten des Herrn Straup gesehen. Das sei vor einer Woche gewesen. Und noch heute, als er zufällig vorbeigekommen sei, habe er da gesteckt, an der gleichen Stelle, unberührt. Aus guten Gründen, und in seiner Funktion als Hausmeister, sei es seine Pflicht gewesen, das Geschriebene zu lesen. So sei er an Roberts Adresse gekommen. Immerhin lag der Verdacht nahe, daß der Mieter Straup, der eigentlich nur Untermieter bei einem gewissen auf Reisen befindlichen Brocksiepe war, sich in der Wohnung eingeschlossen habe. Man hätte ihn auch vorher kaum gesehen; seit Wochen sei er nur bei Nacht hinausgegangen. Wovon er lebte, sei schleierhaft. Die Mieterin, die unter ihm wohnte, glaubte, ihn vor ein paar Tagen noch gehört zu haben; so meinte man, daß er im Hause sei; es wären ganz schwache Geräusche gewesen, wie Schleichen oder Kriechen, hätte sie gesagt; auf wiederholtes Klingeln, Klopfen oder Rufen sei jedoch niemals Antwort gekommen.

Robert lief schon die Treppen hinunter. Auf der Fahrt, die lang war, von Süden herauf, blieb er schweigsam; das Gerede des Mannes, dem er sich nicht entziehen konnte, peinigte ihn. Kein freundlicher Ort, an dem man wohnte, allem äußeren Anschein zum Trotz. Schon die Zäune vor den Gärten wären eine Zumutung, ihre eisernen Pfeilspitzen – man sähe hindurch wie durch Friedhofsgeländer, während man auf der anderen Seite, von den rückwärtigen Fenstern her, die übrigens vergittert wären, den Blick auf die Nervenkliniken habe, häßliche, vorsintflutliche Gebäude, die, von uralten Bäumen umgeben, von alles rings verschattenden Gewächsen, einem gleichfalls aufs Gemüt schlagen konnten. Das erste, was er erlebt habe hier, jung und hoffnungsvoll in die Gegend gezogen, in diese Rechtsanwalts- und Frauenarztgegend, wie er damals gedacht habe, sei an Weihnachten ein Doppelselbstmord gewesen, Mutter und Tochter, mit Gas – ziemlich rücksichtslos; furchtbar habe in das Läuten der Nachtmesseglocken das Geschrei der Unfallsirene geklungen.

Ja, es lag an der Gegend, an diesen seltsam verbauten Häusern, die noch immer, dreißig Jahre nach dem Krieg, etwas Angeschlagenes und Ruinöses aufwiesen – man hätte alles einstampfen sollen. Schöne neue Eigenheime, sagte Willich, sauber ausgeputzte Fronten ohne Spuren, keine Gärten mit undefinierbaren Hügeln ... der Mann brach ab. Robert sah in den Mulden unter seinen Augen Schweiß, wie Grundwasser aufsteigend aus dem Innern. Sie waren schon in der Straße Straups; unvermittelt hielt Willich an; er gab Robert eine Zigarette. Zwanzig Jahre hätte er hier ausgehalten, zwanzig Jahre wären genug.

Alles weitere lief dann ohne Worte, wie eine vorher einstudierte Übung ab; Willich hielt vor dem Haus, sie rannten

Treppen hinauf, klingelten abwechselnd, klopften, riefen einer nach dem anderen und wußten doch, daß es nutzlos war.

– Hörst du mich, Straup? Sie lauschten, es blieb totenstill. Sie riefen mehrmals, doch nichts, keine Regung; dafür erschienen Leute im Hausflur, verschämt hinter halbgeöffneten Türen. Obgleich die Nächte schon kühler waren, war es im Treppenhaus warm; Robert hatte vergessen, daß es ein Glasdach besaß.

– Hörst du, du hörst mich! Robert schrie laut, in plötzlicher, unverständlicher Wut; dann, obgleich er sich rasch in die Hand bekam, brüllte er mit voller Absicht weiter, verlegte sich aufs Drohen, lauschte, wütete von neuem, wußte nicht weiter, lehnte erschöpft an der Türe, schwieg ... bis er das Wort fand, unvermutet, das verdammte Rumpelstilzchenwort ...

– Du öffnest, oder die Feuerwehr tut es – der Zufall hatte es ihm eingegeben, und fast augenblicklich gab es ein Rutschen und Kratzen im Wohnungsflur, ein sich näherndes Schlurfen, das sie wiederum horchen ließ; als sich endlich die Tür einen Spaltbreit auftat, entdeckten sie Straup, sahen ihn auf allen vieren am Boden mit riesigen Augen; er kroch sogleich wieder rückwärts in die abgedunkelte Wohnung zurück. Er wollte dann aufstehn, schaffte es nicht und blieb, geschwächt wie er war, an einer Türklinke hängen. Der Hausmeister ging schnell – mit dem gelassenen Gang eines Filmkommissars – an Straup vorbei zum Telefon. Robert lief hinterher; um das Gespräch zu unterbinden, zog er den Stecker aus der Dose.

Der Mann schien nichts zu begreifen; und doch fiel ihm das einzig Richtige ein. Milch, sagte er. Die Küche war seltsam aufgeräumt, als sei sie seit Wochen unbenutzt. Da sie nichts darin fanden, lief die im Hintergrund wartende Hausmeisterfrau in die Kellerwohnung zurück. Sie kam mit Kaffee und einer Milchtüte wieder.

Straup ließ alles mit sich geschehen. Einen Augenblick lang, während sie ihm die Milch einflößten, lächelte er, mit einer

Spur von Herablassung, wie es schien, als erwiese er den Leuten eine Gnade. Alles in der Wohnung war geordnet, wie vor einer Reise, nichts Verräterisches lag herum. Robert erinnerte sich an das Chaos, das sonst hier geherrscht hatte. Kein Buch war auf dem Boden zu sehn, aufgeschlagen, die Zeilen vielfach unterstrichen, kein letztes Zeichen für den anonymen Finder. Robert dachte plötzlich an den Diebstahl, dem er beigewohnt hatte; die Befürchtung befiel ihn, daß ein Unbefugter die Briefe Doras finden könnte. Er entfernte sich leise; mit der Findigkeit eines Einbrechers suchte er nicht im Schlafzimmer, nicht zwischen den Büchern – er ging schnurstracks in den kleinen Verschlag, der, wie er wußte, Straups Arbeitszimmer gewesen war. Und hier, kaum daß er sich umgesehen hatte, fand er das Bündel auf einer Verstrebung; es lag dort wie weiland das Hauptbuch des betrügerischen Wirts Prumotte im »Walfisch«; genau wie dieses war es mit einem Ziegelstein beschwert. Obgleich niemand im Raum war, sah sich Robert, bevor er es einsteckte, um.

Irgendwann, vielleicht erst nach Stunden, saßen sie wieder im Auto, zu dritt. Ein Angebot der Hauswartsfrau, den Herrn Straup eine Zeitlang in Pflege zu nehmen, hatte Robert abgelehnt. Statt dessen war man auf dem Weg zu Inez, die schnell verständigt worden war. Während der Fahrt blieb Willich wortkarg, er hatte es sich anders gedacht. Robert jedoch ahnte plötzlich die Gedanken des anderen, nein, er *wußte* sie, als befände er sich in dessen Kopf.

So konnte er sich von außen sehn, als eine wenig vertrauenerweckende Figur; als einen dieser sogenannten Kopfarbeiter, die jedermann scheinbar recht gaben, jedoch beinhart stets ihre Prinzipien durchsetzen wollten. Die allesamt sich ähnlich waren in ihrem Kastendenken, den gleichen Angewohnheiten und Allüren: sie arbeiteten meist bis spät in die Nacht, strichen die Wände ihrer Zimmer kalkweiß, rauchten pechschwarzen Tabak oder drehten ihre Zigaretten selbst; kamen Handwerker an den Vormittagen, öffneten sie nur widerwillig, um sie dann schließlich, anbiederisch gähnend, in belanglose Gespräche zu verwickeln. Niemals, selbst wenn es zu ihrem Besten wäre, nahmen sie Rat an. Und so wie Kellner sich hüten, mit ihren Gästen, denen sie doch an Menschenkenntnis und Erfahrung um Längen voraus sind, zu streiten, so, wußte Robert, würde Willich sich von nun an lieber auf die Zunge beißen, als seine unmaßgebliche Meinung zu sagen. Denn auch die ungekämmte alte Frau, die eben auf ihre Veranda trat, schien ihm eher seltsam vorzukommen, kaum geeignet, diesen schwer Erkrankten zur Ordnung und damit ins Leben zurückzubringen.

Während sie Straup, der sich absichtlich schwer zu machen schien, durch das Treppenhaus schleppten, vorbei an den Gladiatoren aus Gips, an Rossen und Wagen und den beiden Flötenspielerinnen, die Robert von früher her kannte, vorbei an den messingfarbenen Rosen, die das Fahrstuhlgitter bewuchsen, fiel ihm die Geste der Hauswartsfrau ein, wie sie noch eben dem fast besinnungslosen Straup schüchtern übers Haar gestrichen hatte.

Später entging ihm der Blick nicht, mit dem sich der Mann im Zimmer umsah. Es war auf die kärglichste Art möbliert, die Veranda dagegen war überwuchert von Gewächsen; es roch nach Erde wie in einem frisch gesprengten Garten. Auch aus der Küche kam ein Duft, der an eine Backstube am Morgen erinnerte; die alte Frau in ihrer Kittelschürze hatte weißes Haar, das, seidenglänzend, lang über ihre Schultern fiel. Der Hauswart schien erstaunt und verändert; er half, den Kranken oder halb Verhungerten auf das einzige Bett im Raum zu tragen; als er zum Abschied nach Skatbruderart auf den Tisch klopfte und Robert ihm ein »Benzingeld« anbot, nahm er es nicht; er wurde ernst und sagte: Bis dann. Vor Inez, die ihn zur Türe begleitet hatte, machte er fast so etwas wie eine Verbeugung.

Straup fieberte stark. Wortlos lag er da und sah zu, wie jetzt Betten bezogen wurden. Die Wäsche war gewaschen und gestärkt, nur eine Spur vergilbt, als hätte sie lange in Schränken gelegen.

Er zog das Deckbett bis an die Augen. Bald sah er freundlicher herum, die Spannung in seinen Muskeln ließ nach. Nur wenn Inez oder Robert sich dem Telefon näherten, wurde er unruhig und begann, sie mit Argwohn zu beobachten; er wollte einen Arztbesuch um jeden Preis verhindern.
Als es auf Mittag zuging, bat er um Schlafmittel. Das Licht begann ihn zu ängstigen. Er behielt die Tabletten, bevor er sie hinunterschluckte, noch für eine Weile im Mund. Dann legte er den Kopf zurück und schloß die Augen. Doch gleich darauf fuhr er wieder auf und verlangte, jetzt in der Art eines trotzigen Kindes, man solle das Kopfende höher stellen. Dann wollte er das Fenster geöffnet, dann wieder geschlossen, aber das Oberlicht angekippt, dann sollten die Gardinen zugezogen sein, dann war es stickig im Raum, dann konnten die »Leute von drüben« hereinsehn...
– Schreibzeug, sagte Straup plötzlich und griff in die Luft.
Eine Weile hielt er den Briefblock, den sie ihm in die Hand gegeben hatten, strich zärtlich über das glatte Papier und schlief wenige Sekunden später ein.

20
Dora an Ludwig (7)

Noch immer wache ich morgens auf und denke als erstes: was für ein Tag ist es? Ich denke: Heute ist Montag oder Freitag oder Arbeitstag; es ist Zahnarzttag oder Ostertag; doch viel zu selten bin ich bei mir (wirklich bei *mir*) und denke beispielsweise: Es ist heute der Tag ... des gefundenen Wegs oder der Tag kurz vor der Liebe oder auch – möglicherweise – der Tag in der Mitte des Lebens, der Tag genau auf der Hälfte zum Tod. Warum, frage ich mich, können wir nicht das Rechnen abschaffen, das landläufige jedenfalls, warum schiebe ich immer wieder hinaus, eine eigene Rechnung mir zu erfinden?

Ein Traum kommt wieder, ein sehr alter Wunschtraum, der seit Jahren, aber am hellichten Tage erscheint: Eines schönen Morgens auf den Flugplatz gehen, dort die Abflugpläne studieren und ein Ticket lösen für die Stadt mit dem unerklärlichsten Namen; hier, ohne jemandem bekannt zu werden, eine Zeitlang sich herumtreiben; dann weiter, ohne Plan, in die nächste Stadt und in die nächste, immer unterwegs ... bis eines schönen Abends, unter einer Palme, einem Eukalyptusbaum vielleicht, dir das Muster deiner Tasse einfällt, deiner Kaffeekanne zu Hause – dann wird es Zeit sein, denke ich, zurückzufahren.

Und Inez fährt Straup herum! In einem ratternden alten Kleinbus, den sie extra dafür angeschafft hat. Als ob es die einzige Lebensform wäre, in der die beiden jetzt noch existieren können: in ununterbrochener Bewegung, kreuz und quer durch alle Viertel der Stadt. Straup am Boden auf Matratzen liegend; er sieht nichts als die Dachfirste – auf und ab –, die sich vor dem Himmel bewegenden Dächer. Er ist gesund, aber noch geschwächt; in beständiger Furcht vor schlimmen

Botschaften aus der Welt, fühlt er sich nur im Fahren sicher; unauffindbar, doch nicht völlig abgeschnitten, mit einem hauchdünnen Faden zum Draußen. So wollen Kinder, daß sie im Schlafen nicht vergessen werden, daß die Tür einen Spaltbreit geöffnet ist, daß die Nachttischlampe brennen bleibt.
Kommt Straups und Inez' Lebensweise nicht verdächtig dem beschriebenen Flugtraum nahe? Darf ich sie also kritisieren? Sollte ich nicht suchen, mich ihnen anzuschließen? Allerdings sieht es aus, als brauchten sie niemanden; mich nicht, die Straup beschuldigt, ihm Briefe entwendet zu haben, und Emily nicht, die ebenfalls ihre Hilfe anbot. Da es mit dem »Walfisch« zu Ende geht, sähe sie in einem solchen Samariterdasein eine Chance zur Belebung ihrer tödlich langweiligen Existenz.
Nur Alfred Engler – erstaunlicherweise – ist es ab und an gestattet mitzufahren; er kommt dann in gehobener Stimmung zurück, spricht in Metaphern oder redet von »magischem Lebensgefühl«; als wäre es das, wonach er schon immer gesucht hat.

Wenn wir schon von magischen Zuständen reden – die immer seltener zu werden scheinen; kaum kann ich mich erinnern, in letzter Zeit in etwas hineingeraten zu sein, das man mit dem Begriff bezeichnen könnte ... einmal vielleicht am Morgen in der Werkstatt, als ich den Nachbarn, dessen Namen ich nicht kenne, im Fenster gegenüber sah; er machte sich zur Arbeit fertig, mit sorgsamen Bewegungen (wie um den Tag sich früh zurechtzuzimmern), ein andermal, an einem windigen Tag, als Franziska das Wort »Sturmmauer« sagte.

Und heute – wie dem obigen zum Hohn – ein Brief unserer Mutter aus Portugal. Die Reisegesellschaft ist akzeptabel, die Brandung grandios, Europas westlichster Punkt macht sie philosophisch. Sie und der Archi sind der Mittelpunkt der Gruppe. Ich sehe das einverständige Lächeln, wenn sie auf

Leute ihres Standes treffen; Eilfertigkeit vor titelführenden Personen... Man trägt stets die der Wesensart gemäßen Farben: Schilfgrün, Saharagelb, ein moderates Eierschalenweiß. Man macht sich auf angenehmste Weise bekannt.

Ich lese das Geschriebene und schäme mich.
Was für Lügen! Und was für eine Pfuscherei! Vielleicht ist Lüge überhaupt am besten durch diese zwei Begriffe definierbar: Oberflächlichkeit und Pfuscherei. Etwas in der Art sagte Robert, es ist noch nicht lange her, als wir über das Schreiben sprachen, das Schreiben von Büchern oder auch Briefen. »Figuren auf zwei, drei ihrer auffallendsten Charakterzüge festzunageln ist mehr als gewissenlos; überhaupt scheint die Charakterisierung die Un-Kunst. Was man niemals voneinander trennen sollte: die Erscheinung der Person und ihre Utopie. Alles andere ist dumm und pharisäerhaft.« Ich mußte aber an diese andere Art von Lügen denken, von denen ich Dir schon einmal schrieb. Diejenigen, die, statt sie festzulegen, die Person erweitern; gibt es denn zweierlei Arten von Lügen?
Erinnerst Du Dich an die Bilder auf alten Ikonen, in den handgeschriebenen Büchern der Mönche: der Heilige sitzend in der Mitte und die Stationen seines Lebens in kleinen Bildern um ihn herum? Das – so wiederum Robert – müßte es sein, wollten wir der Wahrheit nahekommen, wenn auch nur von weitem...

So will ich noch einmal von vorn anfangen, Dir die Verwandtschaft zu beschreiben, um vielleicht noch anderes herauszufinden. Als ob Du nach Jahren eine Schublade, die Du vergessen hast, öffnest. Ich sehe also die Mutter...
...wie sie am Tisch sitzt, als Witwe, ganz jung in ihrem schwarzen Kleid und wartend, daß wir Kinder mit dem Essen fertig werden. Wie sie nervös vor Einsamkeit und Ausgeschlossensein unaufhörlich mit dem Knauf der Gabel spielt (wie von den Kindern vor die Tür gestellt).

... wie sie am Fenster steht, aber das ist schon später, neben dem Archi, und es ist das Licht des Sonnenuntergangs, von dem sie weiß, daß es ungünstig für die Schönheit ist; wie sie den Kopf einzieht, als er sie anschaut, und ihre Zähne aufeinanderbeißt, damit man die Falten, das Eingefallene unter den Augen nicht sieht...

... wie sie Franziska auf dem Bahnsteig umarmt, wie sie sie schüchtern an sich zieht, auf den Kuß wartend, von dem sie schon weiß, daß er flüchtig sein wird und widerstrebend; ihr entsagungsvolles Lächeln...

... wie sie unvermittelt, schon mit dem Tablett in der Tür, anfängt, einen Witz zu erzählen, weil nämlich der Archi ein Raucherbein hat; weil sie sieht, daß der Archi, aufgrund dieses Beins, Mühe hat sich zu erheben; weil sie das Altmännerhafte des Archi mit ihrem Witz zu vertuschen sucht; ihre Scham plötzlich, ihre Häßlichkeit, ihr krampfhaftes Gelächter...

... wie sie aus dem Tunnel der U-Bahn heraufsteigt, noch immer in ihrem Trauerkleid (da bin ich doch wieder am Anfang, verzeih) ... es ist aber Sommer und Sonne draußen, und um den Ausschnitt trägt sie eine feuerrote Blende, und ein paar Bauarbeiter pfeifen hinter ihr her; ihr Verlangen und ihre Abweisung, ihre Schönheit, ihr plötzlicher Stolz...

... und zum Schluß: wie sie Bilder ansieht bei Inez, alte Fotos, Daguerreotypien von den Ahnen, und auch das Gemälde der Anna Constantia mit ihrem Rosenhut, das über Inez' Sofa hängt; wie sie ein Bild von sich daneben hält und ein Schreck sie ergreift: Einmal wird alles verstreut unter Fremden sein und niemand wird wissen, wer sie waren, und bald sind auch ihre Namen vergessen, und irgendwann sind sie ganz verloren...

»Anstatt der Charakterisierung also die Geschichte« – es ging lange so weiter zwischen Robert und mir, ein endloses Gespräch, das ich versuchen will, Dir aufzuschreiben.

...Das ich Dir aufschriebe, wenn es nicht schon wieder Mitternacht... wenn ich nicht zu müde... wenn es mir nicht schon entfallen wäre.

Nebenbei: Du sagtest kürzlich, es kämen Dir die Briefe mit der Zeit womöglich nicht mehr ganz so sprunghaft oder unzusammenhängend vor; sind sie also geordneter, also folgerichtiger geworden? Manchmal, nach längerem Schreiben, scheint es, als klärte sich etwas wie von allein, zöge die Kette sich von selber auf, bevor sie im nächsten Moment wieder reißt... doch immer wieder entschlüsseln sich Geheimnisse, ergeben sich wie kleine Festungen, allein durch die geduldige Belagerung. Hieße das, Geheimnisse auszuhungern? Oder bin umgekehrt *ich* die Festung, die schließlich die Zugbrücke senkt?

P.S.: Ein Wort geistert, im halben Schlaf schon, noch immer herum; ich laufe wie dem Morgenstern ihm hinterher. Es ist das Wort »Geschichte«, um das es ging zwischen Robert und mir – so will ich noch einmal versuchen, den Kurs zu halten:
»Die Geschichte«, das »Schreiben von Geschichten«, in Büchern, in Briefen – es war Robert, der zuerst darüber lachte; der es endgültig für erledigt erklärte; ich warf mich, ich glaube nur aus Lust am Widerspruch, zum Befürworter auf.
– Wo, fragte er, gibt es das heute noch: ein Schicksal, sich derartig klar auf diesem Schlammboden abzeichnend, daß es dir deutlich würde als Form? Was für ein anachronistischer Witz, die nach kybernetischen Gesetzen funktionierende Welt in Konstruktionen pressen zu wollen wie, sagen wir, diejenigen Balzacs... Ich konnte nichts anderes dagegensetzen, als daß ich mir eben Geschichten wünschte... Er dachte nach. – Und wenn es das schon wäre? fragte er nach einer Weile. So kamen wir ganz allmählich darauf, daß es die Schicksale nicht mehr sind, die heutzutage die Geschichten

machen, viel eher unsere Wünsche, die Träume ... wobei ich allerdings bezweifelte, daß sie – wie fälschlich angenommen – ein Glück oder die Befreiung bedeuten; daß sie im Gegenteil, sagte ich, einengen könnten, eine Zwangsjacke wären, ein hölzernes Kreuz ... Ich erinnere mich, daß Robert fragte: Warum aber Kreuz? Warum sagst du nicht lieber: Ein schönes Kleid? Oder ein großer schützender Mantel?

– Ein Mantel, denke ich, könnte schon sein ... dann aber ein schwerer, mit vielen Falten ... Ein ziemlich schwerer Mantel, Ludwig, wenn ich mich umseh ringsum.

Mehr bringe ich heute nicht mehr zusammen.

21
Das Menetekel

Straup lag in der Veranda; er hielt sich unbeweglich, um die Kälte nicht zu spüren, die durch die bleigefaßten, vielfach gesprungenen Scheiben drang. Zwar war es sonnig und windstill draußen, doch die Nächte begannen schon kühl zu werden. Die Öfen in der Wohnung wurden nicht geheizt.

Er hörte Inez auf dem Flur, dann ging die Haustür; dann auf der Treppe Schritte, solide Geräusche, die ihn zurückholten in den Tag und die Verbände endlich von ihm rissen, diese Binden aus Nacht- und Angstgedanken, die ihn so lange eingeengt hatten. Sie nahmen gottlob auch die Erinnerung weg; war er früher nur auf Distanz ausgewesen, auf ein Sichverbergen vor den anderen, so jetzt auf Verborgenheit vor sich selbst.

Das entfernte Klirren einer Kaffeetasse hielt ihn im Augenblick fest, das Geschrei eines Vogelschwarms im nächsten. Die Treppe knarrt, der Teekessel pfeift, hierhin und dorthin, nur niemals, bei Gott nicht, zurück.

In der ersten Zeit waren sie alle gekommen und hatten, im Glauben ihn aufzurichten, schwere Gewichte auf ihn gewälzt. Sie stießen ihn zurück auf seine ehemaligen, jetzt glücklich vergessenen Hoffnungen; sie klirrten mit den Scherben herum, sie warfen den alten Schutt auf ihn.

Kam Ludwig, so fiel ihm sofort der Tag ein, an dem er das Thema der Arbeit bekommen hatte. Er war schnurstracks zu ihm gelaufen (sein Institut lag unweit von dem der Germanisten), und der Professor hatte Zeit für ihn gehabt, viel länger, als es üblich war.

– Beginne die Arbeit, ohne an einen Zweck zu denken, als sozusagen »unbekannte Operation« ... und wie er ihm den Novalis zitierte, hatte Straup das Gefühl gehabt, als sei er ganz persönlich interessiert gewesen und auf besondere Art mit ihm beschäftigt. Überhaupt war es ein seltener Tag gewesen; ein feiner Regen hatte sehr langsam die Fenster mit Schleiern überzogen; er erschien ihm jetzt im Zurückdenken hell, freundlicher in der Fassung der anderen. Nun tat ihm diese Erinnerung weh, denn sie zog sogleich eine andere nach sich an einen anderen Tag; und selbst wenn er sich ins Gedächtnis rief, daß er in seinem ausweglosen Zustand damals auch Ludwig in einer ziemlich lächerlichen Lage angetroffen hatte, es konnte nichts helfen; ihm wurde alles zur Bedrückung. War Jens bei ihm, so kam alsbald die Rede darauf, daß er wieder mit Frans zusammentraf. Zwei sind ein unumstößlicher Block; so wird die eigene Schwäche doppelt fühlbar.

Einmal kam Robert. Obgleich verwahrlost und am frühen Morgen schon wieder oder noch immer betrunken, verwirrte er den Ziellosen durch die Erwähnung seiner Arbeit; seine Selbstgewißheit beleidigte Straup.

Am besten noch konnte er Dora ertragen. Sie vermied es, in Spekulationen sich zu verlieren; ihre Briefe allerdings (die er verloren hatte und nach denen er noch immer suchte) hatten sich anders angehört. Jetzt sagte sie: »Der Tee ist stark«, oder: »Die Kupferpreise sind gestiegen«, oder »Das Styrol in dem Lösungsmittel ist giftig« ... Er sprach gerne mit ihr und hielt sie über Stunden fest; doch als sie ihm Bücher mitbrachte, wurde er mürrisch; er nahm den Packen und warf ihn hinter den Schrank. Obgleich er selbst die Titel angegeben hatte, waren sie ihm doch zuwider. Bücher sind wie Menschen, sie stören zur unrechten Zeit; sie können anmaßend auftreten, aufmunternd am falschen Platz; sogar die Vollkommenheit kann verärgern.

Eines Abends mit Robert hatten sie sich andere Bücher ausgedacht, in einer anderen Sprache, eine Art »Gullivers Reisen« noch einmal – doch zu vieles hatte sich seitdem geändert, selbst daran wollte Straup nicht mehr denken.

Dora war kaum beleidigt gewesen. Allenfalls eine Spur verlegen, denn sie hatte plötzlich, gegen ihre Gewohnheit, in einer der gängigen Formeln gesprochen:

– Vergiß es, hatte sie gesagt und die Bücher wieder aufgehoben und in ihre Tasche zurückgepackt.
Auf den ersten Blick war nichts zu bemerken, höchstens war sie jetzt sorgfältiger gekämmt, geschminkt; doch irgendwie schien ihr Gang verändert; es sah aus, als träte sie vorsichtiger auf; zuerst leicht mit den Zehenspitzen, tastend, als wäre sie blind und suche etwas mit den Füßen, um erst dann sich selber zögernd nachzufolgen. Eine neue Aufmerksamkeit war an ihr, eine Bedachtsamkeit, die ihn stutzig machte.
Andere Bäume malten sich hier in die Fenster, deren Umrisse er zu begreifen suchte. Es waren die schütteren Kronen von Platanen, die, anders als die sanftgewellte Eichenlandschaft seiner früheren Behausung, härter gegen den Himmel sich absetzten. Sie hatten nichts Verführerisches an sich, hielten wie er auf Distanz; es war ihm angenehm.
– Komm, sagte Inez, es ist soweit. Wir wollen einen Ausflug machen. Straup warf die Decke weg, war schnell dabei. Als er die Dusche über den Kopf hielt, fiel ihm auf, daß er in der immergleichen selbsterfundenen Melodie, die an ein Kinderlied erinnerte, vor sich hin sang. »Blaue Fenster brechen in den Himmel...« Wo hatte er es denn zuvor gehört, gelesen?
Als sie auf die Straße kamen, nahm Straup Gesichter an Fenstern wahr. Sofort zog er den Kopf ein. Frauen mit Putzschwämmen in den Händen hantierten scheinbar selbstvergessen, um einer interessierten Mitwelt (oder sich selbst) das Bild von rücksichtsvollen Nachbarinnen vorzugaukeln.
Straup sah sich und Inez plötzlich von oben: Wieder ging da diese alte Frau mit dem wie immer ungeschnittenen weißen Haar, eine Felldecke mit sich schleppend, zu dem verrotteten Kleinbus hinüber; sie öffnete die Schiebetür, überwand, mühsam wie es schien, die Stufe, um dann den jungen Mann im blauen Hemd – der ihr, ein dressiertes Hündchen, auf dem Fuße folgte – zu sich hereinzuziehen. Wahrscheinlich, dachte Straup, vermißte man ihn auf dem Beifahrersitz. War er noch

sichtbar am Boden des Fahrzeugs, auf dem aus Kissen und Fellen geschichteten Lager? Belachte man ihn, der sich jetzt – wieder in der Art eines Hundes – dort wie auf dem einzigen ihm vertrauten Fetzen niederließ?

In den ersten Wochen hatten sie noch Ziele gehabt. Das waren unverdächtige Orte, wo sie vor plötzlich lächelnden Gesichtern, vor dem Erkanntwerden sicher waren. Jetzt suchten sie Plätze auf, die, ihrer Geräumigkeit wegen, Begegnungen unwahrscheinlich machten, wo es Nebenwege gab, um auszuweichen.

Sie saßen still auf ihren Kunststoffsesseln, vor einem der Ausgänge, durch die die Passagiere der internationalen Flüge kamen, die von Zeit zu Zeit, unnahbar wie Mannequins, in geordneten Trupps an ihnen vorbeidefilierten.

Kaum daß sie das Nötigste sprachen; sie hörten den Ansagen zu, sie stellten sich die Städte nach den Namen vor, die fremd und märchenhaft klangen jetzt – es galt noch immer der Sommerfahrplan –, Pula, Konstanza ... doch vermieden sie, die Orte geographisch einzuordnen. Auch die Fluggäste kamen von nirgendwo, wilde Gestalten, *bevor* sie die Sperre passierten, um diesseits sich in Zwerge zu verwandeln. Ein jüngerer Mann tauchte auf, ein schwarzes Kind auf den Rücken gebunden. Er hatte Flüsse durchwatet, Dschungel durchschritten; hier wurde er erwartet, man nahm ihm das Kind ab, diese kleinste, kostbarste seiner Trophäen; es würde gesäubert, gewickelt, betastet werden, es würde gewöhnlich wie alle sein. Zwei Uralte suchten sich über die Schranke hinweg; grüßten sich mit den Augen wie ein junges Paar; bald aber waren es die Reisetaschen, ein häßlicher Enkel, denen die Aufmerksamkeit galt, ein Mantel, der am Boden schleifte. Die Strafe des Empfangenwerdens, Enttäuschung der Rückkehr. – Wann kommt der Flugplan für das nächste Jahr heraus, hörte Straup einen Mann fragen.

Könnte man auf der Stelle bleiben, dachte Straup weiter, schon wieder am anderen Ende der Stadt, könnte man Frieden im Augenblick finden, wie diese jungen Türken auf der Wiese in ihrem unbekannten Tanz, jedes den Arm um die Schultern des andern, ohne Ungeduld, unaufhörlich wieder beginnend; alles aber liegt übereinander, der kurdische Dorfanger und dieser Platz, dieses baumumstandene Oval mit dem Feuerwehrbrunnen; und wenn sie Gras haben, sind sie zu Hause und bilden ihren lebendigen Kreis.

Noch immer kam es von Zeit zu Zeit vor, daß Straup sich im Fahren plötzlich erhob und zum Fenster hinaussah; es wurde aber seltener – er glaubte, daß er schon alles kannte. Sie waren von Grenze zu Grenze gefahren, von den dörflichen Rändern zum Kern der Stadt, vom nördlichen Urstromtal zu dem im Südwesten; sie kannten die alten und die neuen Straßen, die Plätze, die Brücken, die Monumente; Kirchen, Schleusen, Tore und Schlösser; alle denkwürdigen und berühmten Fassaden; und einmal hatte Straup sogar Rahels Haus gesehen: eine Straßenfront von Mietskasernen, ein ganzer Block war abgerissen worden, und es kam windschief, an eine rückwärtige Hauswand geklebt, heraus, eine winzige, noch lebendige Frucht, aus der gewaltsam zertrümmerten Schale. Natürlich war es nicht Rahels Haus; Straup hatte in den Archiven gesucht und dann auch wirklich eine Abbildung gefunden; das echte war weniger ländlich, im Jahr 1799 erbaut, mit Frontispizen, von ionischen Säulen gerahmt; mit Gauben am Dach und mit Gemmen verziert; doch fand er das andere, einfache, schöner; es schien ihm angemessener in seiner Abgeschiedenheit.

Sie fuhren nun oft bis spät in die Nacht. Manchmal stieg Inez aus, um etwas anzusehen – einen Feuerschlucker, einen Spielzeugverkäufer im bunten Frack, einen bronzenen Feldherrn; sie stand an Schleusen herum, den Frachtkähnen zusehend, während Straup schon bald lieber blieb, wo er war; er versuchte, die Stadt, ihre Ausdehnung, die wechselnden Strukturen ihrer Oberfläche im Fahren mit seinem Körper zu erspüren. Auch konnte er schon nach kurzer Zeit allein aus den Formen der Dächer, der Türme oder Krananlagen die Bezirke der Stadt bestimmen. Zur Dämmerzeit wurden an

Kirch- und Wassertürmen rote Lichter eingeschaltet. Die Brücken der Hochbahnen mit ihren gläsernen Stationen, unpraktisch und schön wie alte Veranden, wurden zu Erkennungszeichen. Antikisierende Rundtempelchen wie Kronen auf alten Kauf- und Geschäftshäusern; im ehemaligen Diplomatenviertel wuchsen Bäume aus Dächern. Einmal bei Sonnenuntergang sah er plötzlich eine Riesenfaust drohend vor dem roten Himmel an einer Brandmauer aufgereckt; erst kürzlich aufgemalt, erschien sie doch wie von selbst entstanden; ein Menetekel für die vergangenen ebenso wie für alle zukünftigen Katastrophen.

Auch die Geräusche konnten Auskunft geben, die Unzahl der Gerüche. Diejenigen von Brauereien deckten über ganze Viertel alles zu; im höhergelegenen Westen war frischere Luft, aus Kanälen kam Modergestank, an den Seen roch es manchmal nach Moor.

Stimmen trafen sein Ohr, Signale, wechselnd von Stadtteil zu Stadtteil; Möwen schrien und Krähen; einmal an einer Ecke hörten sie Flötenmusik. – Es sind zwei Mädchen, sagte Inez, und es ist Vivaldi, was sie spielen.

Als Straup der Gipfellandschaften müde war, des ständigen Horchens und Unterscheidens, nahm er bald nur noch wahr, was ihm paßte. Er öffnete nur ab und an die Augen, und so gelang es ihm, aus der nebelhaften eigenen Zeit heraus in eine andere deutlichere zu dringen. Der Anblick eines Rokokofirstes versetzte ihn in die des zweiten Friedrich, ein Barockmonument in die Gründungsjahre der Stadt. Eine klassische Giebelwand, ein neapolitanischer Pavillon brachten sogleich die Phantasie in Gang; er wanderte durch englische Gartenanlagen, Orangerien, durch die Paradestraßen der Kaiserzeit. Der Vorstellung folgten von selbst die Geräusche: oft meinte er Pferdegetrappel zu hören, Wagenräder auf grobem Pflaster; Droschken fuhren im Schritt, die Kutschen im Trab.

Manchmal fühlte Straup den Boden unter sich verändert, dort, wo es noch steingepflasterte Straßen gab, kleine angerartige Plätze vor den Häusern reichgewordener Bauern aus dem vorigen Jahrhundert. Vor allem im östlichen Teil der Stadt spürte er häufig den Untergrund härter. Was ihn bald störte, waren die Kontrollen an den Grenzen, das Gemustertwerden (er mußte sich aufrichten und hinaussehen), die – wenn auch nur sekundenlange – Vertreibung aus seinem Gehäuse. Manchmal hatte er Glück, und sie ließen ihn – der krank zu sein schien – auf seinem Lager liegen, doch das war selten; häufiger wurde er länger als andere geprüft, so daß er bald überzeugt war, verdächtig zu sein. Er glaubte, daß die jungen Posten ihn durchschauten und daß es zu Recht geschah. An solchen Tagen nahm er sich vor, den Zustand der Kraftlosigkeit zu beenden, ein Ziel (sein Ziel) endlich wieder ins Auge zu fassen; er brauchte lediglich eine Anlaufzeit, nur ein paar Wochen oder Tage, um sich in die Hand zu kriegen, vielleicht nur ein paar Stunden noch ...

– Als ob es nicht gleichgültig wäre, wo ihr fahrt, hatte Emily einmal zu Inez gesagt, Chaussee hin oder her; doch Inez hatte nicht geantwortet.

An diesem Morgen war sie schweigend, ohne sich mit Straup abzusprechen, ans Wasser gefahren. Es war einer dieser Tage, an dem bei bedecktem Himmel alle Farben sich einander anzugleichen scheinen, die festen Stoffe sich auflösen wollen: Sand zu Wasser, Wasser zu Nebel und Rauch. Nah am Ufer ragten Wurzeln über den Spiegel des Sees, die Weidenbäume wuchsen ihm entgegen; ein mannshoher Wiesenbärenklau jedoch stand unanfechtbar, sich gegen das Verfließen behauptend.

Sie beschlossen in ein und demselben Moment, den Ort zu suchen, an den sie beide unwillkürlich dachten.

Man konnte kaum bis zum Wasser sehen, Erlen und Buschwerk verstellten die Aussicht. Inez in ihrer Kittelschürze sah komisch aus, wie sie versuchte, eine der alten Eichen mit den Armen zu umgreifen. Wie lange braucht ein Baum zu diesem Umfang? War er damals schon da? Hans Straup rannte gleich zum See hinunter, zu den Schiffstegen hin, saß, die Füße mitsamt den Sandalen im Wasser, das silbergrau und verführerisch sich bis zum Meer hin zu erstrecken schien. Am liebsten wäre er hineingesprungen, wäre weit hinausgeschwommen, bis an die Küsten fremder Länder. Er wollte auf einmal das Grab nicht mehr sehen, den Stein und die eiserne Kette nicht, er war der Gräber überdrüssig und auch der Fragen nach dem letzten Wort; ob in das Herz, ob in den Mund geschossen worden war; Straup wollte seine Götter nicht mehr tot sich denken.

Erst als sie, entfernt von der dunklen Schlucht, auf sicheren Rädern über festen Boden fuhren, begann er zu sprechen. Über den Morgen, das Frühstück, das Wetter; die heitere Stimmung zuletzt; es war, als übertrüge sie sich. Hier sind sie gegangen zuletzt. Hier irgendwo ist das Gasthaus gewesen. Aber der Wald reichte damals noch weit hinauf. Es muß ein freundlicher Tag gewesen sein, ein helles Wetter.

»Niemals hör ich dergleichen, ohne mich der Tat zu freuen ...«

Straup wußte die Sätze auswendig, die die Zeitgenossin den Flüchtlingen nachgesagt hatte. Unwillkürlich mußte er an Engler denken, der jetzt fast jeden Abend kam, ihn zu besuchen; aber was hatte der dicke, bekümmerte Mann, der neuerdings besorgt sich seiner annahm, mit dieser fremden Stimme zu tun?

»Ich freue mich, daß mein edler Freund das Unwürdige nicht duldete, gelitten hat er genug. Es ist und bleibt ein Mut.«

Sie saßen in der Veranda des Gartenlokals und Straup lachte. Es roch nach abgestandenem Kaffee und verbrauchtem Öl; große Teller wurden hereingetragen, denn schon begann der Mittagsbetrieb. Rentnerpaare, buchhalterisch darauf bedacht, jede Minute ihres Lebensabends auszukosten, trugen zu seiner Erheiterung bei. »KEIN MUT, KEINE TAT«; Genuß und Gier und am Ende Geiz ... doch nirgendwo Verschwendung, sagte er, so weit man sieht.

Obwohl sie beide hungrig waren, hatten sie sich nur Wein bestellt. Straup beschloß im geheimen, für eine Weile überhaupt die Nahrung zu verweigern, obgleich er schon ahnte, daß er nicht durchhalten würde. Daß er es aufgeben und vergessen würde, wie er alles vergaß, ihm alles abhanden kam in letzter Zeit.

– Sie haben sich in den Kopf geschossen.

– In das Herz, sagte Inez.

– Er ihr ins Herz, sagte Straup, aber sich in den Mund.

Er kicherte und wiederholte die Worte: in das Herz, in den Mund ... wobei es geschah, daß er den Namen der Madame Henriette mit dem von Dora verwechselte, worüber nun auch Inez lachen mußte. Der Wein war süß und schlecht und ging schnell ins Gehirn. Ins Herz, ins Hirn, lachte Straup, und Inez, die preußische Inez, winkte dem Ober ab und sagte, daß sie keinen Wein mehr brauchten; sie hielten ohne Rauschmittel stand.

Straup schrieb sogar wieder etwas auf, auf einer weggeworfenen Rechnung, die er im Gras gefunden und geglättet hatte; ein Gedanke war ihm gekommen, eine endlich weiterführende Idee. Er würde auch wieder arbeiten können, war wieder überzeugt von sich, und sogar Inez schöpfte Hoffnung oder doch wenigstens eine Art sich selbst belügender Zuversicht; sie war froh, daß Straup für Augenblicke schmerzlos war und ohne die sonst ihn quälende Furcht. O du Unsterblichkeit, sang Straup und schrieb vor sich hin. Er ließ sie nicht sehen, was da stand, und Inez dachte, daß es wohl gut wäre so.

22
Dora an Ludwig (8)

Warum kommen sie mir immer wieder auf, diese Gespräche mit Emily, die ich längst vergessen glaubte, all die endlosen Diskussionen, nachdem sie aus ihrer sächsischen Provinz zu uns herübergekommen war? Ich erinnere mich an ihre Begeisterungsfähigkeit, an ihre Unersättlichkeit. Es war aber nicht der gewöhnliche Hunger, sie rührte kaum Eßbares an; bei Einladungen ging sie verächtlich an unseren schön arrangierten Tischen vorbei. Was sie wirklich berauschte, worauf sie aus war, das war das Riesenangebot an Meinungen, die Philosophien, Spekulationen, Entwürfe, die Unzahl der gestellten Fragen, die Hunderte von möglichen Antworten, all der in unseren Köpfen produzierte Überfluß.
Es war aber diese Art Erhellungssucht – von der wir zu der Zeit alle nicht frei waren –, die uns zunehmend alles verdunkelte. Das Objekt waren häufig Engler und ich. Man wollte helfen, den »Dingen auf den Grund« zu gehn, mir »die Augen über Alfred zu öffnen«, die »Konflikte durchsichtig zu machen«. Je mehr wir aber sprachen, desto verwirrter wurde ich. Engler war mir schließlich vollends undurchschaubar. Aus Trotz begann ich, ihn zu verteidigen. Wir bewegten uns vermeintlich aufwärts, einem erhofften Aussichtspunkt zu. Langsam nur kam ich dahinter, daß wir rückwärts gingen, daß wir zwar kommende Ereignisse ins Auge faßten, uns selber aber als Personen von gestern, nie als solche, die zu erhoffen standen. Nicht daß ich es damals wirklich durchschaute, aber ich scherte aus, versuchte, mich und Franziska zu retten. Natürlich fühlte sich mancher – und nicht zu Unrecht – brüskiert. – Immer schwankst du zwischen den Fronten, sagte Emily einmal, gibst höflich dem einen *und* anderen recht; »Ich weiß nicht«, das ist dein Lieblingswort... Ah, du und deine Inez, sagte sie...

Stell Dir vor, ein Mensch würde endgültig stumm. Würde man nicht, enttäuscht, sich alsbald von ihm zurückziehn? Selbst Du – trotz Deiner Weitherzigkeit – würdest nichts mehr von Dir hören lassen, um ja nicht aufdringlich zu erscheinen. Dabei hieße Stummsein ja keinesfalls Allein-sein-Wollen; es kann im Gegenteil Sehnsucht nach Nähe bedeuten, ohne die Bekleidung durch Worte, nach einer sozusagen unverstellten Nähe.

Robert allerdings behauptet – und beinahe fürchte ich, er hat recht –, daß das vollendete Stummsein doch niemand schafft. Daß es allenfalls in Büchern vorkommt als die billigste, gedankenschwächste aller Metaphern, daß sein Grundzug aber Verachtung sei. Inez würde sagen »Unhöflichkeit«. Wobei sie das Wort noch wie früher, in seinem ursprünglichsten Sinn verstünde.

Und wo zum Beispiel wäre einer zu suchen, der weder sprechen kann noch richtig stumm sein, weder höflich noch verächtlich? Zu wem gehört er? Woran kann er sich halten?

Einmal, Ludwig, gehörte ich ja dazu, konnte ich ganze Nächte durch reden, als wir noch alle zusammenwohnten, Emily, Jens, Sophie, die zwei Drucker und ich; ich war damals gerade zum ersten Mal von Engler weg, und Du gabst auch einmal eine Gastrolle, wenn auch nur eine flüchtige. Auch wenn immer wieder einer ging und ein anderer kam, es war – wie nie zu Hause – eine »Wahlfamilie«. Eine Familie, deren Zusammenhalt – wie es sich gehört – darin besteht, daß sie ein und dasselbe Ziel verfolgt. Oder sich ein und demselben Problem verschreibt. – Nein, es waren viele kleine Ziele (Probleme), die wir verfolgten und die wir immer heimlich ein bißchen verschoben, damit der Zusammenhalt andauern konnte. Ich fühlte mich in dieser Zeit wie für die Ewigkeit geschützt und sicher. Straup übrigens erzählt Ähnliches von seinem Clan mit Brocksiepe damals und den beiden Sinologen.

Und doch haben wir es nicht festhalten können. Sind wir uns zu schnell zu deutlich geworden? Ich überlege, warum es nicht ein einziges Tagebuch, nicht eine Briefsammlung in der Welt gibt, deren Verfasser sich so ohne Umschweife (also so erbarmungslos) sähe, wie wir uns damals zu sehen versuchten. Ist es darum, weil es unmenschlich scheint, seine Möglichkeitsgestalt nicht mitzudenken? Wir sind dann ziemlich wortlos auseinandergegangen.

Folgeschäden? Nachwirkungen? Mehr als genug: doch nicht dingfest zu machen. Denn fühlen wir uns nicht noch immer verbunden, erkennen wir uns nicht wie Fremdenlegionäre an unauffälligen, nur uns bekannten Zeichen? Ich fahre im Bus und sehe: Der da ist einer von den Unverdrossenen, der wird weiterkämpfen um jeden Preis; der, der dort auf dem Bildschirm erscheint, ist *trotz allem* Optimist geblieben; der sieht die Saat von damals zwar nicht auf einem einzigen Acker aufgegangen, dafür aber weit verstreut allenthalben auf den Nachbarfeldern keimend; der dritte ist einer wie Straup vielleicht, der sitzt am Feldrand und starrt auf die Mißernte; so leben wir weiter, in dieser geheimen Gemeinschaft...

Abends, um nicht allein zu sein, gehe ich manchmal in eins der Lokale von damals. Obgleich sie anders aussehen als früher – hell, kalt, entrümpelt –, sehe ich mich um und sehe in den Spiegel und sehe unsere noch immer unentrümpelten Gesichter; ich sitze allein, ich stelle mich ein auf Klarheit, Kälte, Helligkeit, und jemand geht vorbei und klopft auf meinen Tisch; jemand, der mich nicht kennt, den ich nicht kenne, dem ich jedoch bekannt vorkomme, und er fragt, ohne daß er die Lippen bewegt: Wo bist du jetzt? und ich zucke, unsichtbar, die Schultern und kann ihm keine Antwort

geben. Und wir wissen beide, ohne daß ein Wort gefallen wäre, daß Wiedererkennen allein nicht weiterhilft.
Von den Freunden ist es Robert, der auf die gleiche Weise unsicher daherkommt, mit dem ich mich noch verständigen kann. Straup hat längst die Flinte ins Korn geworfen. Das Gelächter der anderen macht ihm angst. So hält er sich die Ohren zu, verhängt die Fenster...

All die skurrilen Formen des Stolperns, vergeblichen Suchens, ist es nicht auch das, wenn Engler ein Haus nach dem anderen kauft und denkt jedesmal, er findet *das Haus*, und kauft und verkauft und ist enttäuscht, weil es nicht das war, das er geträumt hat?

Und mein Entwurf? Als ich jung war, habe ich immer nur Liebe entworfen, aber eine »vollkommene« natürlich, so wie ein Künstler etwa sich ein Lebenswerk entwirft; und wie ein solcher war ich davon besessen. Doch ist es mir schnell aus dem Kopf gekommen. Denn wo sind die »vollkommenen« Objekte geblieben, die Helden, die ausziehen, den Gral zu suchen, den vergrabenen Schatz, die nachjagen ihrer verlorenen Ehre, die ihres Mutes wegen geliebt werden könnten?
Also sind wir außerstande zu lieben. ABER DAS IST NICHT WAHR! DAS SOLL NICHT WAHR SEIN! Müßten wir die nicht um so mehr lieben, die *trotzdem* und fast ohne Hoffnung sich aufmachen ... die schon von Anfang an das Scheitern, das Lächerlichsein ins Auge fassen? – Der Farce sich ausliefern und doch versuchen, sie zu überwinden, warst Du es nicht, der das einmal sagte?

Ein Traum, als ich für Augenblicke (Stunden?) eben eingeschlafen war; ich möchte ihn Emily erzählen: Eine Reise ins Erdinnere war geplant, von Chomentowski organisiert. Es wurde von Städten dort berichtet, von wunderbaren Palästen. Halb wollte ich mit, halb zögerte ich. Dann gab es, wie in Träumen üblich, hundert Dinge, die mich an der Abfahrt hinderten; ein vergessener Koffer, ein Mantel, der zerrissen war ... im geheimen fürchtete ich wohl, nicht wieder zurückzufinden. Jetzt, nach dem Erwachen, denke ich aber: Was würde ich alles erfahren haben, hätte ich nicht den Mut verloren.

Der Baum im Hof ist schon ohne Blätter, die Krähen darauf wie verdorrte Früchte – es wird Herbst.

23
Dora an Ludwig (9)

Inez hat man nun doch ins Krankenhaus gebracht.
Aber sie will, was allein Rettung für sie bedeuten würde, sich nicht operieren lassen. Wer soll mich später pflegen, fragt sie, und das womöglich jahrelang? Seit kurzem verweigert sie alle Nahrung. Die Verwandtschaft, gegen die sie sich in ihrem Zustand jetzt nicht wehren kann, kommt angereist und ringt die Hände. Inez hört nicht mehr hin und dreht das Gesicht zur Wand. Manchmal trinkt sie noch Wasser, ein paar Schlucke am Tag. Und sie verteilt schon, was sie besitzt. Das Bild der Anna Constantia, schrieb sie, soll für Franziska sein. Alles wartet, daß sie »zur Vernunft kommt« – zu der der anderen.

Zu allem Überfluß verlor ich den Ring, den kleinen russischen Diamantring, der von der sagenhaften Ahnfrau auf Inez kam und den sie mir vor ein paar Jahren ohne besonderen Grund, ich glaube nur des schönen Wetters wegen, schenkte. So, als sie gestern meine Hand nehmen wollte, ging ich zur anderen Seite des Bettes und gab ihr die rechte, an der ich niemals Ringe trage (was sie weiß).

Und doch geht irgend etwas zielgerichtet seinen Gang. Denn während Inez sich leise aus ihrem Leben entfernt, scheint es, als drängen wir weit in das unsere ein, wie Kinder, die eine Höhle entdeckten. Wir haben eine neue Arbeit, die uns ruhig und geduldig macht.
Eigentlich begann es nach einem Streit. Wir hatten eines Morgens in der Werkstatt alle auf Ferri herumgehackt, der wieder zu spät gekommen war und uns seit längerem auf die Nerven ging. Er hatte einen neuen Trick entwickelt, sich an wildfremde Leute heranzumachen. Ganze Abende hockte er vor dem Telefon, auf gut Glück irgendwelche unbekannten

Nummern wählend. Fast immer schaffte er es dann, eine einsame Person zu finden, meist eine Frau, die er in ein Gespräch verwickeln konnte. Alles weitere ergab sich von selbst. Es verging kaum eine Nacht, in der er nicht pfeifend und mit frisch gewaschenem Haar das Haus (die Fabrik, in der er jetzt mit den anderen wohnt) verließ, um irgendwann gegen Morgen, müde, doch heiterster Laune zurückzukommen. Um sich, wenn die anderen aufstanden, schlafen zu legen.

– Bleib, wo du bist, Nutte, wir brauchen dich nicht, schrie Jens ihn an. Ferri zerschlug ihm die Gipsform, an der er arbeitete.

– Ich kann euch alle nicht mehr ertragen, brüllte Amy und fluchte auf Inez, deren Zustand sie über die Maßen verschreckt; es fielen Worte wie »Egozentrik« und »epikureischer Leidensgenuß«. Wir trennten uns, ohne uns anzusehn. Zwei taube Wochen folgten. Emily, die ohnehin nur ausgeholfen hatte, verkroch sich zu Freunden nach Dänemark, Amy in den Windschatten von Englers Rücken. Franziska und ich verschlossen die Türen (es waren Herbstferien); wir verschlossen sie zweimal und fingen zu lesen an, und Franziska sagte wieder wie so oft: Es ist schön, denn niemand kann uns finden.

Wir lasen von Lord Jim und von Bartleby, vom traurigen Café, vom schmutzigen Schnee, vom langen Abschied, und wenn es zuzeiten wahr erscheint, daß das Lesen (wie das Briefeschreiben!) nur ein Ersatz für Leben ist, so ist es zu anderen Zeiten umgekehrt; wir hätten keine Minute tauschen wollen, wir waren drauf und dran, uns in den fremden Häusern, Wäldern, Meeren zu verirren.

Dann, eines Tages, war die Idee da. Als sei ganz ohne uns oder hinter unserem Rücken etwas verabredet worden, erschienen wir wieder in der Werkstatt. Jens kam mit dem Vorschlag heraus, ein anderes Material zu versuchen, das Acryl-Glas

hatten wir alle gründlich satt. Amy dachte an Rahmen für Spiegel; Ferri, der den Gedanken begeistert aufnahm, wurde gleich ein bißchen großspurig und redete von riesigen Objekten, die womöglich elektrifiziert sein sollten.
Wir einigten uns dann auf Uhrgehäuse; auf einen glasfaserverstärkten Kunststoff. Sofort hatte jeder *sein* Bild. Während wir Skizzen für die Formen anfertigten, dachten wir kaum an Gebrauchsgegenstände, außer daß wir den Innenraum freiließen. Seit Jahren schon sind wir mit dem Gedanken umgegangen: als ob Uhren – nicht wie Lampen allein zum Gebrauch bestimmt – noch einen anderen Wert aufwiesen; einen seltsamen Wert, der wünschbar und zweifelhaft gleichzeitig ist, wie der eines jeden Liebesobjekts; es kann fordern, erinnern, antreiben und zur Verzweiflung bringen, es kann dem Besitzer die Hölle heiß machen. Als hätten alle Uhrenhersteller aller Zeiten das gewußt!

Die Gehäuse sollten leichter als leicht sein, sagte Jens, und Farben haben, die man gar nicht wahrnimmt, so wie du die Zeit, die vergeht, nicht wahrnimmst.

Meine Uhren sollen grau sein, sagte Ferri, wieder verdüstert; nichts bewegte sich, nichts ging weiter. Der »Walfisch«, wo er in seinem Element gewesen war, war pleite; mit der Kaufmannslehre war es nichts geworden; seine Zeit war aus Blei.

Es gäbe Gewißheiten, sagte Inez im Krankenhaus – als hätte sie unser Gespräch geahnt –, ein angeborenes Zeitgefühl, das über lange Strecken verdeckt, doch niemals ausgelöscht werden könne. Das klarste innere Wissen aber, das Menschen haben könnten, sei das von der Kurve, oder besser: dem Standort, den sie auf der Lebenskurve innehätten... Man müsse ihn ins Auge fassen, sagte Inez, und nicht den Ausblick verstellen... Sie hatte tatsächlich »Ausblick« gesagt, was bewirkte, daß ich sogleich eine Ebene sah, eine menschenleere, schön und unheimlich gleichzeitig, in die hineinzugehen es Fassung brauchte...

Und so hat jeder *seine* Zeit, mit ihrer jeweils eigenen Farbe und Geschwindigkeit. Noch immer arbeiten wir an den Modellen herum, jeder in einem anderen Material. Jens und ich benutzen Ton, Amy nimmt Styropor, Ferri versucht es mit Lindenholz. Natürlich hat er sich ein Sortiment der teuersten Werkzeuge zugelegt; er wird sie ein paar Wochen lang gebrauchen, um sie dann einer anderen Idee, einer »ganz und gar einmaligen« Technik zuliebe wieder auf den Müll zu werfen. Immerhin ist er jetzt mit seiner Schnitzerei im Vorteil: Er kann langsam arbeiten, ohne Rücksicht auf die Konsistenz des Materials, während wir davon abhängig sind; der Ton bestimmt das Arbeitstempo, wir müssen ihn beobachten, behandeln fast wie ein lebendes Wesen; wie ich meinen Hibiskus zum Beispiel behandeln muß und ihn besprechen, damit er sich zum Blühen entschließt.
Fast immer, wenn das Modell beginnt, aus sich herauszutreten, oder – wie soll ich sagen – wenn es sozusagen selbstbewußt wird, denken wir es uns schon wieder anders. Niemals entspricht es ganz der Vorstellung. Selbst wenn wir das Mißlingen schon ahnen, geschieht es doch nie, daß wir die Arbeit halbfertig wegwerfen. Wir verbeißen uns, wir brechen uns die Zähne daran aus, wir zerschlagen die mißlungene Form und – wir fangen wieder von vorne an. Ich frage mich, ob wir auf die Art, selbst wenn wir schon auf die Serie verzichten und nur an Einzelstücke denken, so je zu etwas Brauchbarem kommen. Möglicherweise wollen wir es auch nicht, jedenfalls vorläufig nicht. Es werden teure Uhren werden.
Sind wir einmal mit einem Entwurf zufrieden, was sich selten genug ereignet, wird die Negativform hergestellt. Zuständig ist Jens, der noch am besten mit Gips umgehen kann. Alles Weitere, das Feilen der Form, die Behandlung mit Trennwachs, das Mischen der Farben etc. ist dann wieder Sache

von allen zusammen; es geht – erstaunlicherweise – ohne Streit.

Wir blocken jetzt alle Einflüsse ab. Die schlechtesten Sendungen am Abend, die dümmsten Filme sind gerade recht; es soll uns das Gehirn nicht über den Moment hinaus besetzt sein. Manchmal wünschen wir uns weit weg, irgendwohin hinaus aufs Land, an einen kreisrunden See, in einen ungehüteten Wald, und wissen dabei doch genau, wie tödlich uns alles Erbauliche, ja selbst das Ursprüngliche oder Grandiose langweilen würde. Bloß keine Naturereignisse jetzt.

Nur einmal erschien Natur erträglich oder beinah helfend. Es war mit Robert eines Abends auf den stillgelegten Stadtbahngleisen; die einzig unberührten Stellen in der Stadt erinnerten an etwas von früher, an die Abseiten märkischer Dörfer, an fast vergessene Ferien kurz nach dem Krieg. Das in alle Richtungen Wuchernde war etwas, das unserem Zustand entsprach. Selbst die Naturschutzgebiete im Norden sind weniger unschuldig, haben schon etwas Beobachtetes; das Leben darin scheint arrangiert wie für eine Aufnahme, gefilmte Natur.

Du brauchst Fingerspitzengefühl und Erfahrung, das Kunststoffgemisch zustande zu kriegen, das richtige Verhältnis von Harz, Beschleuniger und Härter auszutüfteln, die optimalen Temperaturen, die Feuchtigkeit, die Zeit, in der es formbar ist.

Ich fand draußen die Kinder- und Spielkräuter wieder, sogar plötzlich die Namen: Hirtentäschel, Goldraute, Pfennigkraut, Wolfstrapp und Eisenhut. Odermennig heißt Hexenkraut. Es macht, sagte Robert, daß Frauen in Liebe fallen. Das Kraut hat winzige gelbe Blüten wie Sterne und scharfgestochene Blätter, die in kleinen Nestern wachsen. Wir fanden Königskerzen, Disteln, Weidenröschen auf der stillgelegten

Strecke. Hier sind die Wanderwege der Wildtiere, der Hasen, Igel und Füchse; die Brutstätten selten gewordener Vögel. Bedrohte Arten von Läusen und Spinnen sind vor der Ausrottung sicher. Und flüchtige Menschen; überall in verlassenen Stellwerken und Gebüschen fanden wir Lager und Unterschlüpfe. Robert lief einem Schmetterling nach, einem Trauermantel, der schon für ausgestorben erklärt ist. Selbst zu Hause, in seinem niedersächsischen Dorf, habe er ihn nicht mehr finden können.

Jens macht Versuche, das Harz schon beim Schmelzen einzufärben. Ich male mit Eitempera auf dem erhärteten Material. Amy mit Ölfarben.

Wir sind an dem erwähnten Abend auf dem verbotenen Gelände wie durch eine andere Zeit gegangen.

– Es könnte aber sein, sagte Inez im Krankenhaus, daß Menschen oder auch Generationen alles Zeitgefühl verloren haben. Manche wollen ihre Uhren überholen, andere bummeln ihnen hinterher; die Geschwindigkeit aushalten, sagte sie dann. Sie sagte es zweimal. Schön ist der Anblick eines alten Baumes ... aber wenn er beginnt zu verfallen, zu modern, so soll er nicht gehalten werden, nicht zementiert im Innern ... und sie dreht sich weg und will allein sein, ihrer »Unzumutbarkeit« wegen ... Zum Alter gehört die Einsamkeit, wieviel man heute auch das Gegenteil behauptet ... aber das Leben ist ... Sie war dann das Adjektiv schuldig geblieben; doch Inez, diese säkularisierte Preußin, hatte nicht gesagt: »das Leben *war* ...«

Hier blieb der Brief liegen. Inzwischen ist einiges passiert. Es war uns schließlich etwas gelungen, das uns gut erschien, ein Modell, endlich geeignet zum Vervielfältigen. Wir hatten Wochen daran gesessen, hatten geändert, verbessert und wieder verworfen, uns mit dem Material herumgeschlagen, das klebt und stinkt und Kopfschmerzen verursacht, hatten hundertmal von neuem angefangen. Neu anfangen, das ist wie zu lieben anfangen. Du denkst Tag und Nacht daran herum. Jeder Anfang, und sei es der abertausendste nach Tausenden von Niederlagen, ist wieder angefüllt mit Lebensmut, mit dieser vollkommen unberechtigten Hoffnung, mit hochstaplerischer Träumerei ...

– Ihr seid guter Dinge, scheints, sagte Robert, als er uns in der Werkstatt besuchte.

– Ja, sagte Jens, und warst du nicht der, der behauptet hat, daß alles Leben nachträglich, in der Erinnerung passiert? Ich sage dir aber, es kann auch passieren, *bevor* es passiert, jedenfalls hier, im Moment ...

– Dann also passiert es euch vor-träglich?

– Vor-denklich oder nach-denklich? fragte Amy.

– Jedenfalls nie und nimmer im Augenblick, in dem es sich wirklich ereignet, sagte Robert.

Wir stellten also die Gehäuse her, Ferri sogar mit kleinen Glühbirnen darin, in schönen Pastellfarben. Als wir die zwanzig Uhren fertig hatten, als wir aufatmeten und unser Werk betrachteten, bemerkte Jens einen Fehler im Material, bemerkte Ferri eine Ausbuchtung, bemerkten wir alle zusammen, wie sich Minute für Minute der Kunststoff veränderte; nach ein paar Stunden der Beobachtung war dann alles schon schief, an manchen Stellen zusammengesintert, »mangelnde Formstabilität«, würde der Fachmann sagen, etwas stimmte nicht am Mischungsverhältnis, und wir wußten: Es war alles für die Katz gewesen.

Wir beschlossen dann, die Sache aufzugeben; in eine Tiefzieherei zu gehen, wo sie dir sechzig Stück pro Stunde fabrizieren, aus einem warmverformbaren Material; sechzig häßliche, stabile, praktische Gehäuse.

Und was ist heute? Heute sitzen wir schon wieder, sitzen tatsächlich wieder zusammen: Amy, Emily, Ferri, Jens, manchmal sogar Frans; wir haben die Gehäuse aufgegeben und denken dafür an schönere Lampen, an »die Lampe« schlechthin, wir laborieren wieder mit dem gleichen Material herum, an dem wir vorher gescheitert sind; wir wollen es mit diesem Stoff zustande kriegen, der, ohne eigene Struktur, doch zart und federleicht wirken kann. Und Amy, nach ein paar exzessiven Tagen, trinkt höchstens drei Flaschen Bier am Tag!

Inez, nach dem Tod ihres Couturiers, hat nur das Notwendigste um sich geduldet. Du kennst die Wohnung, in der sie wie in großer Armut lebte. In einem Zustand, den sie, ähnlich wie denjenigen nach ihrer Ausbombung, als einen »herrlichen« beschrieb. Ich möchte einen Gegenstand zustande bringen, der so vollkommen wäre, daß sie ihn sich als einzigen kaufte, für ihr Zimmer, in das sie nie mehr zurückkommen wird.

24
Die Dachwanderer

Er hatte die Gewohnheit angenommen, lange und ziellos unter der Erde herumzufahren. Immer stieg er in einen bestimmten Wagen am Ende des Zuges ein, so als fühle er sich dort im Fall eines Unglücks geschützter. Auch war es hier leerer, da kaum jemand sich die Mühe machte, so weit den Bahnsteig hinunterzulaufen. Bald hatte er auf jedem Bahnhof den Platz markiert, wo *sein* Wagen hielt. Sowie er eins der kleinen Zeichen an einer Tafel, einem Pfeiler wiederfand, fühlte er sich heimisch, wie in einer Wohnung, in die man nach längerer Zeit zurückkehrt.

Robert stand, an die Litfaßsäule gelehnt, und sah die Leute näher kommen, sah sie auf sich zuströmen, als kämen sie ihn zu begrüßen. Plötzlich jedoch, an einer Stelle, die ebenfalls bezeichnet schien, hielten sie wie auf Kommando an; er blieb allein, ohne daß die Brandung ihn erreichte.

Die Bewegung im Wagen war schneller als sonst, ungewohnt; es war wohl zwei Stunden nach Feierabend – er hatte irgendwo seine Uhr verloren, überhaupt sich abgewöhnt, nach der Zeit zu sehn –, und nach und nach wich alle Starrheit aus den Menschen. Die Arbeit hallte nicht mehr nach, der Takt, der weiterpocht, der unbarmherzig manchmal noch als Melodie bis in die Nacht, bis in den Schlaf hinein den Menschen nachsetzt. Oder war es ein anderes Publikum? Alle schienen ihm heute jünger als sonst. Immer wieder stand einer auf, ging zur Türe und sah hinaus; es wurden Plätze getauscht, Blicke wanderten hin und her, die Visiere waren nicht geschlossen. Ein großes Mädchen in Türkenhosen mit asymmetrisch geschnittenem Haar und einem perlengestickten Kopfband saß ihm gegenüber; sie lächelte und hielt standhaft den Blick auf eine Stelle knapp unterhalb seiner Augen gerichtet; hielt lange so aus, ohne sich feige abzuwenden. Ein Hund wurde gefoppt, ein Kind gestreichelt, der Raum war elektrisch, es wurde kreuz und quer gesendet.

Als der Zug unvermittelt ans Tageslicht stieg oder ins Zwielicht des nun schon vorgeschrittenen Abends, kamen plötzlich die Farben heraus. Das Mädchen war so jung, daß Schminke und Henna noch auf ihrer Haut, auf ihrem Haar zum Leuchten kamen. Auf dem Bahnhof ging sie vor ihm her, nun schon gehalten von anderen Blicken, unausgesprochenen Lockworten von gleicher Unverbindlichkeit und Unverbrüchlichkeit; sie sah sich zweimal nach ihm um, was er sogleich als gutes Omen nahm.

Irgend etwas wird geschehen, dachte Robert, und wie immer, wenn er so ohne Vorsatz durch die Stadt strich, war ihm, als ginge er in »seiner leichteren Gestalt«. Allmählich dann sogar bereit, nicht mehr nach Schornsteinfegern oder schwarzen Katzen auszuspähen, suchte er die Zeichen in sich selbst zu finden. War er an diesem Abend imstande gewesen, die flüchtigste Schönheit wahrzunehmen, den leisesten Anruf fremden Interesses, so würde es ihm überall und immer wieder gelingen, sofern er nur aufmerksam wäre, sofern er nichts eigen-sinnig verleugnete; die neue Fähigkeit würde ihm helfen, das wenige, das ihm noch Gedanken machte, zu vergessen: den kranken Straup, der zu Hause auf ihn wartete, und auch den seltsamen Besuch von Engler eben, den er sich nicht erklären konnte.

Am Kanal draußen war es endgültig, unwiderruflich Nacht. Flammenbänder liefen über das Wasser, das jetzt schwer und zähflüssig erschien. Sie schossen direkt auf ihn zu; das Licht der Peitschenlampen wurde vom Nebel, der aufstieg, verändert; es färbte die Mauer (DIE MAUER) auf der anderen Seite rötlich, bevor es, weiterwandernd, auf dem Spiegel zitternd sich zu Feuerstreifen teilte.

Im Westen war der Horizont noch hell. Robert sah Angler, schmale Gestalten unter Weidenbäumen vor dem Himmel. Eine Treppe führte zu ihnen hinab; er wollte sie aber von ferne betrachten, von der Steinbrüstung her, die, hier und da

von Gitterwerk durchbrochen, wie für den Abend entworfen schien.
Auch die scharf ins Helle geschnittenen Schornsteine, die Lagerhäuser und Fabrikgebäude drüben paßten ins Bild, wie auch die Brücke zu seiner Rechten; feierlich und plump vor Alter wankte sie schwerfüßig übers Wasser.
Nur die Frau, eine Türkin in einem hellen Kleid, durchbrach die zusammenhängende Linie; sie leuchtete wie aus sich selbst heraus. Als wären Häuser, Bäume, Brücken, Wasser allein für sie als Hintergrund gedacht. Ein Mann, jünger als sie und Ausländer ebenfalls, lehnte neben ihr; sie rauchten und sahen nach Osten hinüber. Wo hatte er diese Bewegung schon gesehn, genau diese Neigung des Kopfes, der Schulter – Frau an der Brücke –, war es im Prado gewesen, im Louvre?
Eine Braut, dachte er; sie hat schon unsere Sitten angenommen, sie ist nicht im Haus, steht nachts mit einem Mann, der nicht der ihre ist, und raucht; sie ist vielleicht zu alt, um eine Braut zu sein, und es kann sein, daß das Wort gar nicht paßt – es ist nur eben das allerschönste, jetzt, hier an der Brücke, an diesem Abend.
Er war plötzlich an Akazien erinnert, wie sie im Frühsommer blühen mit ihren gekräuselten Schleiern auf allen Zweigen, bräutliche Bäume, weiß geschmückt.
Es sind die Fremden, die wieder Bilder in die Städte bringen; doch in keine so viele wie in diese; als er den Satz überdachte, fiel ihm auf, daß er gesagt hatte: wie in *unsere* Stadt.
Es waren immer belebte Bilder, nie sah er ein Bauwerk, einen Park, ein Monument für sich; alles erschien ihm gespiegelt in einem Auge, auf einer Stirn, in einer Bewegung fortgesetzt, mit einer Geste verbunden. Das Verhältnis war es, das ihn interessierte.
Er saß auf dem kleinen grünen Rondell, einer Ausbuchtung der vielbefahrenen Straße; er saß lange, unbeweglich und tat nichts anderes als alle ringsum, er sah dem Verkehr zu.
Ein Schnorrer bettelte um Zigaretten, er gab ihm die noch

volle Packung. Noch konnte er teilen, noch hatte er, was er brauchte, sich durch die Tage und Nächte zu schlagen. Er war an den Job durch Ferri gekommen, der den Tip wiederum vom Griechen hatte. Die Baugesellschaft, die den Auftrag vergab, machte kein Hehl daraus, daß es ein vorübergehender war. Robert zählte Pferdeställe. Es mochten etwa zwei- bis dreihundert der alten Gebäude noch in der Stadt zu finden sein; je nachdem, ob sie einst Ackergäule, Reit- oder Droschkenpferde beherbergt hatten oder nur das Gespann einer Privatequipage, waren sie von verschiedenster Art, mit Sattelkammer, mit Remisen oder Wagenschauer; sie hatten gepflasterten oder sogar gebohlten Boden und manche kunstvoll geschwungenes Balkenwerk. Robert war ein paar Wochen lang die Hinterhöfe abgelaufen, hatte Skizzen und Gutachten angefertigt, was ihm leicht von der Hand ging, und hatte endlich wieder Geld in der Hand. Da er kaum noch trank, höchstens so viel, daß er die Nächte durchstehen konnte, mußte es noch eine Weile zu strecken sein. Danach dann – stellte er sich manchmal vor – würde er wie der Schnorrer herumgehn; um Zigaretten oder ein Butterbrot bettelnd; er würde Quartier in einem Hinterzimmer nehmen, um eines Tages zu verschwinden; seinen Koffer als Pfand (doch mit Steinen gefüllt) bei seinen Wirtsleuten stehenlassend.

Noch ging es ihm gut. Noch war er geborgen in seinem Verschlag, in einem Winkel dieser Fabriketage, in der er jetzt hauste und die an kalten Tagen sogar schon geheizt wurde. Sie hatten plötzlich umziehen müssen, denn Frans hatte Pleite gemacht.

Robert war über die Veränderung froh. So waren sie alle wieder beisammen wie in der ersten Walfischzeit und hatten wieder ein ZUHAUSE; und selbst die verlorengeglaubten Söhne hatten schließlich heimgefunden.

Sie bewohnten das Dachgeschoß des Gebäudes, das, nur durch Stützpfeiler unterteilt, ein großer Wohnraum für alle war. Außer Emily war Sophie mit ihrem Malzeug eingezogen; daneben Jens, der das Theater aufgegeben hatte und nur von Zeit zu Zeit für ein paar Tage in die Schweiz verschwand, um seinen Rahmenhandel dort in Schwung zu halten. Er kaufte im Ausland günstiger ein, eine bestimmte Sorte Biedermeierleisten, die er hier zu überhöhten Preisen losschlug. Ferri war selbstverständlich dabei, Ludwig und Dora brachten die Abende bei ihnen zu, Amy blieb über Nacht, wenn sie von Engler genug hatte. Sie hatten auch Straup zu sich genommen, den sie umschichtig durch die Straßen fuhren. Inez, hieß es, war bei einem solchen Ausflug gestürzt und mit einem schweren Bruch ins Krankenhaus gekommen.

Frans, die Haare neuerdings kurzgeschoren, spielte in dem Sechs-Etagen-Haus den Hausmeister. Da sich nur kleinere Fabrikations- und Gewerbebetriebe darin befanden, hatte er wenig Scherereien. Zudem beschäftigte er Ferri, der gegen Gehalt (einen Hungerlohn!) für ihn die Treppe putzen mußte.

Robert dachte an Straup, der jetzt wahrscheinlich wach auf seinem Bett lag. Straup war der einzige, dem sie ein richtiges Bett aus Brettern zusammengebaut hatten, den anderen war es nicht der Mühe wert gewesen; sie schliefen auf dem Boden auf Matratzen.

Robert wußte, daß Straup auf ihn wartete, daß er in Unruhe geriet, wenn er, wie heute, die Nacht über wegblieb. Er wurde die Sorge um ihn nicht los, trotz der Ablenkung, die die Straße schaffte; und der Verdacht stieg in ihm auf, daß er sie womöglich gar nicht los sein *wollte*. Nicht ohne Spott sah er sich in der Rolle des Hausvaters, der sich um die Daheimgebliebenen Gedanken macht. Er sah die Sachen der Freunde, wie sie herumlagen, überall auf dem Boden, zwischen den Pfeilern aus Beton verstreut, als ihre abgestoßenen Larven, Panzer, Puppen, verlorenen Flügel, während ringsum die Häuser wie ebenfalls verwitterte Relikte standen, verlassene Gehäuse von unbekannten Riesentieren.

Als er – noch nicht ganz erwachsen – zum ersten Mal das Meer gesehen hatte, mit seinem Saum aus Kieseln, aus zermahlenen Steinen und Muschelresten, hatte er die Phantasie gehabt von einer Schöpfung, die sich rückwärts ereignet; als ob die Schale der Erde, die gewaltige Masse von Sand und Gestein nichts als Konkremente abgestorbener Lebewesen wären, aus empfindlichem, schnell verweslichem Eiweiß entstanden, aus der Substanz, aus der Menschen und Tiere bestehen. Von allen diesen, die, in ungezählter Reihenfolge, eine Nanosekunde der Weltzeit lebten und wieder sich verflüchtigten. Wie lange würde das von ihnen Nachgelassene sich halten, die Gemäuer dieses Viertels oder die eisernen Brücken oder sogar der Zement, von dem es zu seinem Erstaunen hieß, daß auch er sich schnell, zu schnell zersetzte. Wie viele Generationen von zarten Organismen mochten hier verdorben sein, seit die ersten Fischer hier gesiedelt hatten, die ersten Fuhrleute und Gastwirte, seit Zisterzienser Wälder gerodet hatten, oder auch nur, dachte er, in den sechseinhalb Jahrhunderten, seit die zwei ersten Städte gegründet, die ersten Brücken und Festungen angelegt worden waren. Er stellte sich seine eigene Habe vor, die paar Gegenstände, die er von Wohnung zu Wohnung mit sich herumschleppte, an denen er hing, und die paar hundert Blätter, die er bis jetzt beschrieben hatte in der allen zugehörigen Menschensprache und doch zum ersten Mal in seiner eigenen, und er überlegte, wohin alles einmal zerstreut werden würde, was wo wieder auftauchen, wie lange man es noch als das seinige ansehen oder ihm zuschreiben würde.

Ein anderer Kindheitstraum war gewesen, ein Architekt, ein Baumeister zu sein; Häuser, Brücken, Flughäfen zu bauen aus unzerstörbarem Material, als gewaltiges Zeugnis seiner selbst, für eine Zukunft, die er sich endlos dachte. Doch wie er jetzt ganz deutlich Straup, durch zwei offene Türen hindurch, im Raum herumgehen sah, die Hände tastend vorgestreckt wie blind, dachte er wieder, wie schon einmal, daß es allein nur das war, was ihn interessierte, nur das, was der Überlieferung wert schien: diese Denkbewegungen der Menschen, ihre Pläne, Phantasiegebilde, alle inneren Konstruktionen.

Was ging in Straup vor? Was in Alfred Engler? Wieder war er dagewesen, mit einem Merkheft neuerdings, in das er sich dauernd etwas notierte; vornehmlich gewisse Sprüche von Straup; er schien ihn für den Messias zu halten.
Robert hatte, bevor er fortgegangen war, noch eine Weile bei Straup gesessen. Dann hatte Engler hereingesehen und sich, als er »seinen Platz« besetzt fand, unwirsch vor Eifersucht, zurückgezogen. Als er zum zweiten Mal kam und Robert noch immer am Bett sitzen sah, hatte er die Türe lautstark zugeschlagen, war aber dennoch nicht gegangen; man hatte ihn noch rumoren gehört. Robert zerbrach sich den Kopf, was er getrieben haben mochte.
– Hungern ... ja, meinetwegen, wenn wieder Krieg kommt, aber frieren nicht noch einmal, das ohne mich ...
Robert saß noch immer auf seiner Bank und ihm wurde bewußt, daß er während der ganzen Zeit das Gerede mit den beiden Alten, Mann und Frau, nahezu ohne zu denken fortgeführt hatte. Oder: Gedanken, Gespräche waren zweigleisig gelaufen; diejenigen des Nachmittags wurden ergänzt, verändert, und im Wiederholen erst zu ihrer vollen Ausformung gebracht. Doch auch, was mit den Banknachbarn gesprochen wurde, schien ihm keineswegs nur Geschwätz zu sein, viel eher ein Deich, der eine schwerere Strömung zurückhielt. Und als ob sie ahnten, daß er versuchte, Argwohn nicht mehr in sich zuzulassen, hörten sie nicht auf zu sprechen, sie hielten ihn des Gespräches wert; er war kein Fremder für sie. In Nächten wie dieser schmeichelte sich Robert, Zugang zu allen zu haben, zu dem verschlungenen Liebespaar am Hydranten drüben ebenso wie zu den Dealern, den Junkies, den Kindern, den Fremden.
Robert fand sich in einem Hauseingang wieder; die beiden Alten waren abgeschwenkt; sie hatten sich, wie ihm nachträglich einfiel, die ganze Zeit bei den Händen gehalten.
Zwei Halbwüchsige auf einem Motorrad durchschossen den Lichtkreis der Laterne, endlos immer den gleichen Block umrundend, der Neigungswinkel an der Kurve nahm ab von

Mal zu Mal; die Bewegung, wenn sie sich aneinanderschmiegten, machte, daß er den Atem anhielt. Er stand so lange, bis eine Uralte ihm mit ihrem Krückstock auf den Fuß schlug, daß er schrie.

Dies war das Viertel, in dem er zu Hause war. Es kam ihm wärmer vor als anderswo, als erzeugte der Verfall des Mauerwerks, das ihn an Urgestein erinnerte, die Hitze aus sich selbst heraus. Die »weiße Frau« ging wieder vor ihm her, die er fast jeden Abend traf. Niemals sah man sie mit irgend jemand sprechen, höchstens daß sie lautlos für sich die Lippen bewegte; doch wie immer lächelte sie, als er vorbeiging, die Augen in die Ferne gerichtet, als hörte sie geflüsterten Beteuerungen zu, Treueschwüren, Prophezeiungen eines künftigen Glücks. Irgendwann in einem Stummfilm ihrer Jugendzeit mußte ein Star in einem weißen Kleid, mit weißem Hut, mit weißen Strümpfen, weißen Schuhen ihr blendend schön erschienen sein, und jemand, der ihr lieb gewesen war, hatte sie vielleicht ihm verglichen; doch Robert hielt es ebenso für denkbar, daß sie sich Kleid und Hut und Lächeln in langen Jahren selbst erfunden hatte, oder es sich zusammengesammelt: hier einen Schal, einen Gürtel, seidene Schuhe mit Pailletten, dort ein Lächeln, eine Wendung des Kopfes, und zu einer neuen Figur geordnet hatte. Als er sah, daß auf dem Hut der weißen Frau ein Schleier wehte, war er drauf und dran, ihr im Vorbeigehen, wie es die Südländer tun, etwas zuzumurmeln; ein Kompliment, einen Antrag, eine lächelnde Unverschämtheit.

»Stonewalls do not a prison make«, pflegte Ludwig zu zitieren, »nor iron bars a cage.« Als er sie heute gehört hatte, hatte Robert gelacht. Englers allerneueste Geschichte! Noch einer, der sich Luftschlösser baute! Schon wieder einer, der den Ausbruch plante und ihn doch nicht schaffte! Fast jeder, der hier in der Stadt zu Kapital kam, begann mit dem Gedanken zu spielen. Mit der Idee von dem »Haus auf dem Land«. Fast jeder mietete oder erwarb irgendwo »drüben« einen Stall, eine vor sich hin bröckelnde Waschküche, oft

in unwirtlichsten Landstrichen, die aber in der Phantasie zu Paradiesen wurden.
Inez' Mann hatte, ähnlich wie Engler, in den verschiedensten Gegenden sich angesiedelt, alle möglichen Häuser erworben, die Inez sofort nach seinem Tode abgestoßen hatte, manche sagten: »verschleudert«. Frans und Jens waren lange vor dem Kneipenabenteuer einmal Besitzer einer Zwergschule gewesen, der sie noch heute nachtrauerten. Sie hatten niemals Zeit gehabt, dorthin zu fahren, allein der Gedanke, *daß* sie es könnten, hatte ihrem Leben Halt gegeben. Sie hatten Möbel für das Haus gekauft, repariert und verschönt wie für ein zu erwartendes Kind. Die Sachen standen dann aber herum, wurden von Keller zu Keller geschleppt, kosteten Miete für Leerzimmer, erreichten jedoch niemals den Bestimmungsort.
Ach, es war nicht die Luft, die hier von Winter zu Winter schlechter wurde, so daß man beinah nicht mehr atmen konnte, nicht der Smog, dem man doch in anderen Städten, in London beispielsweise, beigekommen war, es waren allein die Träumereien, die Geschichten, die von Hügelbeeten handelten und von Kaninchenställen, von wilden unbeschnittenen Bäumen, von moorigen Teichen mit Mummeln und Seerosen, die alle es schon längst nicht mehr gab ... Nein, im Grunde gab es auch die Orte und die Häuser gar nicht wirklich, sie existierten nur zu dem einzigen Zweck, daß die Gedanken ausholen konnten, so weit wie sie wollten, und ... daß man sie wieder einfangen konnte; in einem der östlichen Staaten, hieß es, würden Bären ausgesetzt, damit unruhige Menschen sie hetzen und erlegen konnten.
Nein, es war nicht verwunderlich, daß der Dr. Dr. h.c. Engler seine Vorstellungen pflegte, nur daß er neuerdings sein Geld für andere herausschmiß, von einem »Asyl« für die Freunde sprach, kam Robert absonderlich vor. Er hielt ihn für eine Art Tartuffe. Möglicherweise, argwöhnte er, hatte Engler nicht die Gruppe bei seinem Angebot im Auge, sondern dachte an sich und Straup. Wußte er nicht, was jeder wußte – daß

nämlich Straup das Land nicht interessierte, daß es ihm sogar unheimlich war? Oder war es um Dora gegangen? Um sie als sein Besitztum, das ihm erst nachträglich, erst im Verlieren teuer wurde? Robert glaubte bemerkt zu haben, daß Engler, selbst wenn er kaum oder nur mürrisch mit Dora sprach, sie doch dauernd im Auge hatte. Ein Verdacht ergriff – langsam – von ihm Besitz. Was hatte Engler heute bei ihnen gesucht? Was konnte ihm in die Hände fallen? Welche Geheimnisse, welche Verdächtigkeiten...

Ein Ketchupfleck auf der Seidenschärpe, Silberstaub auf Augenlidern und Perücke. Er war im Berufsdreß: kleines Abendkleid mit Petticoat, die schwammige Brust, Ergebnis hormonaler, schwer gesundheitsschädigender Behandlung, zur Hälfte entblößt. Ödeme rings um die Augen, Ausschlag in den Armbeugen; Karlfriedrich, vierschrötig, vergrübelt, pries Robert die Vergangenheit, als er noch Schlosser und glücklich gewesen war; er starrte in den Schaum des Biers. Der neue Walfisch war fast leer. Aufs Spiel gesetzt alles, Gesundheit und Kraft, die Jahre der Jugend, die herrliche Zeit, als die Arbeit noch Arbeit war und Müdigkeit Müdigkeit, der Schlaf noch ein zweites besseres Leben, tempi passati, saubere, klare, unschuldige Tage, am Abend ein gesunder Durst, ohne das Zittern der Glieder, keine Stauung des Bluts, keine plötzliche Leere im Gehirn. Frei war er einmal gewesen, als es noch keine Vampire gab, keine Ausbeuter und Sadisten...

– Gesetzt den Fall, ich mache mein Testament...

– Du wirst alt wie Methusalem.

– Gesetzt den Fall, ich setze dich zu meinem Erben ein...

– Ich wette, du überlebst mich um Jahrzehnte.

– Aber dieser Latrinengeruch, sagte Karlfriedrich, bemerkst du nicht den Gestank überall, wie er sich ausbreitet, alles zerfrißt... Öliger Schweiß brach ihm aus der Stirn, er spuckte etwas in sein Taschentuch; was er nicht mehr, keine Stunde länger ertrug, das war die Zeit *nach* der Nacht, das einfache Über-die-Straße-Gehn, Brotkaufen (die Leute spotten über

den Normalen, den Enthüllten), das sich unverkleidet dem Licht Aussetzen.
Und Engler war durch die Etage gestrichen, und niemand hatte sich etwas gedacht. Er hatte nicht die Türen hinter sich geschlossen und wie absichtlich Dinge umgestoßen; Robert erinnerte sich jetzt, wie er laut mit Papier geraschelt hatte. Und da, in diesem Augenblick, kam die Erkenntnis. Robert stürzte zur Garderobe, zu seinem alten Trenchcoat, der ihn, wo immer er sich aufhielt, wie ein Nomadenzelt begleitete. Doch als er in die linke Tasche griff und durch das verschlissene Futter weiter, als er hastig den Saum ringsum abtastete, griff er ins Leere. Es war nichts zu finden. Das einzige, das ihm jemals des Versteckens wert gewesen war, war verschwunden. So war dem Dieb, der nun erkannt war, das Bündel Briefe in die Hand gefallen, sechs Briefe Doras an Ludwig gerichtet, sowie ein Absagebrief an Straup, sowie zu allem Unglück noch der Entwurf eines Briefes von ihm selbst an Dora. Obgleich er sich einzureden versuchte, daß dieser Entwurf in seiner Unverfänglichkeit keinerlei Verdacht erregen konnte, brach er in ein Geheul aus, das zwischen Wut und Gelächter schwankte. Aber da war Karlfriedrich schon verschwunden, und Robert lief hinaus auf die Straße, rannte kopflos straßauf, straßab und wurde erst wieder gelassener, als er, zwischen vielen wandernd, in dunklere Gegenden kam; als Händler ihn ansprachen, die er nicht kannte, denen er jedoch vertrauenswürdig schien. Es erfüllte ihn mit einem gewissen Stolz. Selbst wenn er noch immer der Provinzler für sie war, selbst wenn man ihm noch den Hühnerstall ansah, so war jetzt wohl zu merken, daß es ihm gleichgültig war. Und es schien eben diese Gleichgültigkeit jedweder Rolle gegenüber zu sein, in einer Stadt, in der sich jeder darstellt, die ihm Anerkennung verschaffte, ihm sozusagen Heimatrecht im Kiez einräumte. Allmählich wich das Unbehagen.
Ein ungeheurer Hunger überkam ihn. Doch war es nicht der ihm bekannte, der lediglich auf Verschlingen aus war, auf Reißen, Zerstückeln, Hinunterwürgen, sondern ein neuer,

aufmerksamer; ein langsamer und einfühlsamer Hunger, der nach der ersten Stillung nur immer empfindsamer, immer anspruchsvoller werden würde.
Er sah die Nahrungsreservoirs der Stadt, stellte sich alle Vorräte vor, wollte sie sich einverleiben; wollte es schmecken und in sich fühlen: das Heiße, das Kalte, das Scharfe, das Sanfte, das Gesottene, die eingeweideätzenden Gewürze, das brennende Eis, den süßen Senf; überpfeffertes Kraut und hitzige Soßen und pappige Chips; sanftblutende Steaks und zartes Geflügel, auf der Zunge sich ringelnde Schnecken; Schwarzsauer mit Majoran, saure Kutteln; gebackenes Herz und Tafelspitz; Ingwerfrüchte, Mango und Artischocken; Bouillabaisse und polnische Karpfen mit Soße aus Pfefferkuchen, Zaziki und Krupuk; »Imam fällt in Ohnmacht«, Paella, in Teig gebackene Kürbisblüten; und die gekochten, ein bißchen dummen und ein bißchen langweiligen Kastanien, die erst im letzten Moment sich erschließen. Und Heilsberger Keilchen, Hechtklöße, Linsenmus; Suppen von Kerbel, von Gurken, von Lauch; von Sauerampfer mit Korinthen; und polnischen Bigos, Labskaus, flambierte Nieren; Kalbsbries, schwarze Muscheln und Kaviar, welche alle Kraft verleihen sollen; feinschimmelige Käse und Ananas; und alle Weine, die ihm im Gedächtnis waren, und die Brände, die Trester, die Obstler, die Cognacs, die feinen Champagner, die uralten Whiskys, die Sherrys, die Ports ... In Zeiten von Pest lebten Menschen so, prassend und sich ins Delirium trinkend, die Keller leerend und über die Zukunft spottend, und welche Zeit, dachte er, ist jetzt?
– Hier lang, sagte Ferri, der lautlos neben ihm aufgetaucht war, unvermutet, wie Tiere im Wald auftauchen. – Ich zeig dir was. So lief er wieder die Straße hinunter, die er eben gekommen war, und folgte dem anderen gedankenlos, hoffend, den Hunger, die Gier zu vergessen. Und auch als Ferri einen anderen Weg einschlug und in die dritte Dimension ging, als er begann, von einem Hof aus einen Schuppen zu ersteigen, blieb er ihm auf der Spur; folgte dem Jungen, der

jetzt auf dem Flachdach balancierte, auf einem Schornsteinabsatz, auf der Feuerleiter, jetzt auf einer Schräge. Robert sah, daß er übergroße Stiefel trug, mit aufgesetzten Lederflekken an den Sohlen, als wären sie für diese Art von Wanderung gemacht.
Ferri schien auch in der Höhe zu Hause; er lief leicht über alle Dächer hinweg, er wußte die Namen der Dachpfannen, Biberschwänze und Wellenreiter, er kannte die gefährlichen Stellen, die Steilhänge, Abbrüche und die Verstecke. Einmal blieb er stehen und atmete tief, es roch nach Erde und sie sahen einen Garten mit den letzten Sommerfrüchten; Tomaten, die vor dem Frost noch reifen sollten, durch Wandschirme gegen den Wind geschützt, daneben Kohl und Kräuterbeete. An der Nachbarwand wurde Wein gezogen. Ein andermal saß er in einem Ruderboot, das sorgsam gepflegt auf dem Trockenen lag; er zog die Ruder mehrmals durch die dunkle weiche Luft.
Bald gingen sie freier, den angestrahlten Himmel über sich; zwar jeden Schritt noch ertastend, vorfühlend, doch immer wieder in die Runde und nach dem Mond sehend, nach Art von Wanderern die Landschaft überschauend. Sie balancierten über eine Hängebrücke, die von einem Haus zum anderen reichte.
– Hier ist es, sagte Ferri plötzlich und hielt Robert auf einem Flachdach an. Ein kleiner Schuppen stand darauf, verrottet; ein Stück geteerte Pappe flatterte im Zugwind.
– Hier ist es, sagte er noch einmal, als müßte jeder wissen, wovon er sprach, jedermann die Bedeutung des Ortes vertraut sein. Doch Robert wußte nichts und kannte nichts und begriff auch in den folgenden Minuten nichts, als Ferri schon begann, das Holzbrett, das die Tür ersetzte, abzureißen, etwas im Schuppen Eingelagertes herauszuzerren und in die Dunkelheit hinauszuschleudern.
Tief unten, in einem Hof vielleicht, war dann ein Krachen und Geklirr zu hören, doch kaum ein Fenster erhellte sich. Hier stürzt niemand beim ersten Hilfeschrei aus dem Bett.

Die Martinshörner in den Nächten würde man, wenn sie fehlten, vermissen.
Als Robert erkannte, daß es Waffen waren, die durch die Luft flogen, Schrotflinten, sogar eine Maschinenpistole, als er kleine, blanke Revolver sah, die im Fallen unter dem Mondhimmel aufblitzten, als es ihm zum Bewußtsein kam und er fragen wollte, was zum Teufel alles zu bedeuten hätte, war das Arsenal schon leer, und er sah Ferri, eine einsame Figur, gefährlich nah an der Dachkante stehen, an der ungeschützten Stelle, wo man die Brüstung nicht geschlossen hatte. Er stand dort in der selbstbezogenen und verschlossenen Haltung eines, der sich hinunterstürzen will. Zum ersten Mal schien er vollkommen glaubwürdig, so daß Robert nicht wagte sich zu rühren, nicht die Hand zu heben, nicht einmal, einen Gedanken zu fassen.
– Zu spät, sagte Ferri und ... war gesprungen; als Robert aber zu der Stelle stürzte, sah er ihn auf einem tieferen Dach, an einem Schornstein kauernd, so als hätte er seit Stunden da gesessen.
– Zu spät jetzt für alles und alle, für alle diese, die nicht kamen, sagte Ferri, oder die *einmal* gekommen waren und niemals wieder, die, sagte Ferri, in ihrer kindischen Furcht nicht begriffen, daß da einer war, der sie im Fall des Falles schützen würde; zu spät für alle diese Beschränkten, die nicht gerettet werden wollten, zu feige, der Zukunft ins Auge zu sehen, Verantwortung für sich selber zu tragen, zu träge, sich in einem Handwerk zu üben, das eins der wichtigsten werden würde, bei dem Zustand der Welt, der mit jeder Sekunde sich verschlimmerte, der blutrünstiger, krimineller würde ...
So also sollten sie selber zusehen, wie sie durch die Zeiten kämen, die bald schon sein würden, wie Freund Straup, wenn auch reichlich abgehoben, es prophezeite ... Sollten sie kampflos untergehen, so wie er, Ferri, sich selber nicht mehr verteidigen, nicht als einziger dem allgemeinen Untergang entgehen wollte ... Während Robert den Worten noch nachgrübelte, war Ferri wirklich verschwunden, durch

irgendeinen Mauerspalt entkommen. Entwichen, dachte Robert, sich der Bezweiflung entzogen, wieder einmal.
Als Robert vom Dach heruntersah, ergriff ihn Angst. Er war allein und betrunken. Und ihm fehlte, was ihm Gleichgewicht verleihen könnte; ihm fehlten die Briefe, die Alfred Engler entwendet hatte. Er sah nirgendwo Leitern, nur die Fenstergesimse der alten Fabrik; mit ihren blanken, lasierten Ziegeln schienen sie von trügischer Glätte. Auch den eingefügten Steinornamenten traute er nicht; sie hätten möglicherweise Ferri gehalten, nicht aber ihn; um sie zu erreichen, hätte er springen müssen.
Ein falscher Mut kam über ihn, er lief drauflos; als ob die Wirkung des Alkohols erst jetzt im Augenblick der Schwäche sich entfaltete. Er rutschte, er hielt sich irgendwo; er bemerkte sein Gewicht noch in den Fingerspitzen, dann eine Kälte, dann einen Schmerz; als er ihn nicht mehr aushalten konnte, ließ er sich fallen, fiel, sekundenlang erleichtert, bis der Schrecken spürbar wurde, das Schürfen vergeblich greifender Hände und der Aufprall beinah im selben Moment.
Er lag betäubt in einem Hinterhof, verwundert, daß er noch lebendig war. Erst nach einer Weile bemerkte er, daß etwas unter ihm lag; eine abgerissene Markise, die irgendein Spinner sich aufgespannt hatte; sie schien ihm das Leben gerettet zu haben. Robert spürte fast nichts mehr, nur eine leichte Steifheit des Rückens, eine Leere im Magen; er fand seine Lage im ganzen passabel. Er saß nur noch da, an die Hauswand gedrückt, in eine Hauswand hineingewachsen als ein Baustein, ein Ding, an dem die Passanten achtlos vorbeitrieben, was ihn beinah glücklich machte, wenngleich er nebelhaft einen Menschen wahrnahm, der, vor ihm hockend, ihn auf einem Zeichenblock zu porträtieren begann, ein Kunststudent wahrscheinlich, mit geschorenem Kopf und einem kleinen Tatarenbart; und er freute sich in dem Gedanken, daß er nun als Mauerstein unsterblich würde, gerahmt in einem Wohnzimmer vielleicht, in einem Lesebuch abgedruckt, oder in einem Kunstlexikon. Er lachte kichernd in

sich hinein, denn er wußte, daß er die Stadt jetzt liebte, diese verschlagene, schöne, windige Braut, und daß er alles von ihr erfahren würde, wenn auch erst spät, wenn auch vielleicht erst zuallerletzt, im Augenblick des Hinübergehens, aber da war schon wieder die Sonne heraus und schon wieder Morgen oder Mittag oder Nachmittag, und ein Betrunkener gleich neben ihm erbrach sich, daß es auf ihn spritzte, und kam auf ihn zugetorkelt, um ihn gewissenhaft zu säubern, bevor er sich stockbeinig wieder entfernte; und Leute gingen über die Höfe, gingen zur Arbeit oder kamen schon von der ersten Schicht, und Kinder sangen und klatschten mit den Händen im Takt, und er wollte aufstehen, aber sein Kreuz war steif, die Beine knickten ihm ab, doch endlich, nach ungezählten Versuchen, gelang es ihm, daß er aufrecht blieb, daß er stolpernd, an den Häuserwänden tastend, sich nach vorn bewegen konnte. Aber er wollte nicht weiter und ins Helle, er wollte nach unten, woher er gekommen war; wollte ins Dunkle, unter die Erde wieder, mit dem Instinkt eines Erdtiers, das den Winter nahen fühlt.

Derart mit seinen Gedanken beschäftigt, merkte er kaum, daß er fuhr. Er achtete nicht mehr auf die Stationen, wechselte irgendwo den Zug, stieg auf der anderen Seite der Erdkugel aus. Fast wäre er an ihr vorbeigegangen, hätte die Frau übersehen, die nach einer Schrecksekunde sich als Dora darstellte, als Dora ihm abhanden kommen wollte, er riß sie im letzten Moment aus dem schon abfahrbereiten Zug heraus.

Sie standen auf dem Bahnsteig, der sich leerte, und lachten. Sie gingen weiter und lachten wieder. Dora hielt noch einen Strauß von Astern, von Ludwig für Inez – für die langsam aus dem Leben Gehende, die nun überhaupt nicht mehr sprach –; seltsam klangen über der Erde die Unfallsirenen, wie von weit her, aus einer anderen Welt.

Sie blieben länger so, an die Reklamewand gelehnt. Viele Züge fuhren an ihnen vorbei; sie schickten ihren kalten Atemstoß voraus, schienen im Näherkommen sich noch

immer zu beschleunigen, und hielten widerwillig mit einem wie enttäuschten Zischlaut an.
Als Dora und Robert zu sich kamen, sahen sie den Bahnsteig für Sekunden ohne Menschen. Sie saßen dann, einer den Arm um die Schultern des anderen, wieder in einem anderen Zug und stiegen so, ohne sich loszulassen, aus. Einmal gelang es Robert momentlang, Dora und sich vollkommen unbewegt, wie zwei Fremde von ferne zu betrachten.
Noch immer umarmt, liefen sie durch irgendwelche Straßen, fanden sich plötzlich vor Doras Haus, gingen durch das erste Tor, durch das zweite Tor, überquerten den Hof, dann suchte Dora länger nach dem Schlüssel. Ihr war entfallen, zu welcher Zeit, in welchem Zustand sie das Haus verlassen hatte.
Danach hörte keiner der Freunde mehr von ihnen. Das Mädchen Franziska fehlte – entschuldigt, daher unauffällig – in der Schule. Niemand wußte, wo sie sich herumtrieben. Als sie wieder auftauchten, waren fünf Wochen vergangen, war Inez gestorben, und in den Straßen der Stadt lag Schnee.

25
Die Predigt vor dem Filmpalast

Es sind die ersten Stunden des Wochenendes, in denen dieses ziehende Gefühl auftritt, wie beim plötzlichen Halten des Zugs; es ist das gewaltsame Retardieren, das menschliche Organismen verwirrt; zurückgestoßen auf sich selbst, empfinden sie sich in der Langsamkeit des Tagesablaufs schwerer, als hätten sie auf einmal zugenommen an Gewicht.
Straup, neben Engler in dessen Riesenschlitten auf dem Beifahrersitz, spürte ringsum dieses Anhalten, und seine eigene Unruhe wuchs. Niemand hatte sich an diesem Tag um ihn gekümmert. Ein Fremder war bei Robert zu Besuch, saß da herum und nahm seinen Platz ein, den er sofort mit Mißtrauen beobachtet hatte.
Robert hatte sich an diesem Abend lange nicht entschließen können fortzugehen. Er wußte, daß er durch sein wochenlanges Fernsein zu Straups Unrast beigetragen hatte. Aber sein Redakteur war gekommen, dieser sagenhafte Wolffberg, und er saß in der Zwickmühle. Er wollte Straup nicht allein lassen, doch auch nicht mit Wolffberg zu Hause bleiben. So als wäre dieses »Zuhause« zu schützen vor jeglicher Beurteilung, vor Beschuldigungen ebenso wie vor Romantisierung; so wie überhaupt jede Ansicht von »drüben«, der Erfahrung nach, ihrer Voreingenommenheit oder auch Rivalitätssucht wegen, an der Sache vorbeiging.
Auch mit Dora war nicht zu rechnen gewesen, sie war seit Tagen nicht mehr gekommen. Straup, dem niemand etwas gesagt hatte, schien aber zu ahnen, daß etwas mit Inez war; er hütete sich daher zu fragen. War in den letzten Wochen irgendwo einmal der Name gefallen, hatte er das Zimmer verlassen.
Endlich, zu Roberts Erleichterung, war Engler erschienen. »Der arme Engler«, wie Amy neuerdings zu sagen pflegte, der immer dem Leben nachjagte und es doch nie zu fassen

kriegte; er hatte sogleich seine Chance genutzt. Zwiefache Unrast hatte sich vereinigt. Straup, seit Inez' Unfall kaum noch aus dem Haus gekommen, war förmlich die Treppe hinuntergestürzt. Durch das lange Alleinsein der letzten Wochen war er in eine Beschleunigung der Empfindung geraten, in einen Zustand aufgehaltener Raserei. Sonderbarerweise hatte er arbeiten können. In einer Art selbstverordneter Sturheit hatte er Worte und Sätze angehäuft, Tag für Tag, ohne auf Eingebungen zu warten, sozusagen als Schutzwall gegen seine höhersteigende Erregung. Es war ihm dann immer leichter von der Hand gegangen, als sei sein Kopf auf einmal selbsttätig geworden oder Quantität in Qualität umgeschlagen; Begriffe, nach denen er lange gesucht hatte, erschienen, kaum gerufen; sie vereinigten sich mit anderen, marschierten, wie er glaubte, geordnet auf, ohne daß er Befehl dazu gab; er meinte endlich, »das System« gefunden zu haben, um das er so lange vergeblich gekämpft hatte. Oder doch wenigstens den Tunnel, den Durchbruch, der von den Früheren zu uns her führte. Vielleicht war diese Entwicklung der Grund, daß er sich bei aller Getriebenheit dennoch freier bewegte jetzt, auch sich nicht sofort im Auto versteckte; daß selbst das Gesehenwerden ihm heute nichts auszumachen schien. Zudem herrschte draußen schon Abendlicht; keine Dunkelheit, sondern eine Art Nebelhelle, von Straßenlampen und Geschäftsreklamen ausgeströmt. Es war einer der Nordostwindabende, an denen die Erwachsenen schnell und mit gesenkten Köpfen laufen, während die Kinder, gegen die schneidende Kälte anrennend, sich stundenlang in den Straßen herumtreiben und nicht nach Hause finden können; wo jeder Schatten zur Verheißung wird, zur Ankündigung großer Ereignisse.

Hans Straup schien wie die Kinder die Kälte nicht zu spüren. Sie parkten auf dem Mittelstreifen vor dem Filmpalast; Straup wollte den Eingang im Auge halten. Alfred Engler, obgleich er nicht wußte, was er beabsichtigte, hatte sich seinen Wünschen gefügt. Er hatte einmal, vor langer Zeit, auf

Straup gesetzt, so wie er auf Immobilien, Schönheitschirurgie oder das Landleben gesetzt hatte, und wollte seine Wahl bestätigt sehen. Was immer Straup tat oder ihm geschah, für Dr. Engler war es ein Zeichen von Genie, die Äußerung eines besonderen Geistes, die jeweils zu bemerken (und zu registrieren) er sich vorgenommen hatte. Auch heute hielt er das Notizbuch auf den Knien, schreibbereit. Straup fühlte das als einen Anspruch, der ihm unangenehm war; er fühlte aber auch die Einsamkeit des anderen, das heftige Greifen nach einem Halt. Im Hinblick auf seine Mission beschloß er, sowohl Unmut wie Mitleid in sich zu ersticken. Seine »Mission« – immerhin gab er sich Mühe, diesen Ausdruck zu vermeiden – beschäftigte ihn seit geraumer Zeit. In den letzten Wochen jedoch war der Zwang, daran zu denken, übermächtig in ihm geworden, sowie der Wille, das nur Gedachte endlich in Tätigkeit umzusetzen.

Die Vorstellung schien jetzt zu Ende, denn eine Menschenmenge quoll aus dem Portal, ein schwarzes Gefälle in Zeitlupe, während in eine zweite, die unterhalb im Dunkel sich befand, plötzlich Leben kam; sie teilte sich in Einzelfiguren, die nun den anderen entgegenstrebten.

Straup spürte ein Ziehen in der Magengegend. Etwas Unabwendbares, für das er aber verantwortlich war, das er selbst heraufbeschworen hatte, kam auf ihn zu und wollte bestanden werden. Er atmete tief; in Momenten eindeutiger Gefahr versammeln sich die Sinne auf ein einziges Ziel. Ganz langsam wich die Erregung aus ihm. Nach einer Zeit der äußersten Anspannung schien sich alles zu lösen. Heitere Erinnerungen stiegen auf, Klänge, Bilder, Gerüche, die ihn beruhigten und stärkten. Der wandernde Himmel am Tag seiner Ankunft in der Stadt. Die Möwenschreie über dem Kanal. Rahels kleines bloßgelegtes Haus; ihr Gesicht eines Sommerabends am Fenster.

Straup sah, wie alles immer existierte und unaufhörlich existieren würde, er sah die Stadt, wie sie noch nach ihm, ohne ihn dasein würde, in der ewig gleichen Betriebsamkeit,

dem ununterbrochenen Wechsel von Aufbau und Zertrümmerung, und – zum ersten Mal ohne Bedauern – empfand er die Weiterbewegung beruhigend, das Tempo, das selbst durch seinen Tod in nichts verändert oder gestört sein würde. Das war *ein* Moment: der nächste scherte schon wieder aus, warf ihn in die Unsicherheit zurück.
Straup, der plötzlich ans Fenster griff, die Hände flach an die Scheibe gepreßt, sah die Bäume in den Straßen wachsen, hörte Laufen darunter, sich steigerndes Getrappel wie von einer Herde; er hörte Stimmen, alle Stimmen aller Leute auf einmal, und ein Betrunkener schrie, übertönte alles mit seinem Gebrüll – das war das Fanal, und ehe Engler eingreifen konnte, ehe er ihn zurückhalten konnte, hatte Straup die Autotür geöffnet und war hinausgesprungen.
Er mußte hinüber in die Mitte, es halten, zusammenhalten, was auseinanderstrebte, das sich Zerstreuende sammeln ... zwischen die Blöcke mußte er, sie wieder zurückzwingen, als der magnetische Kern der Masse, die anfing, sich kreisförmig um ihn zu scharen oder elliptisch oder spiralförmig, aber doch stetig, wie er zu bemerken glaubte, und vollzählig, so daß er kein Stäubchen verlor, was ihn mit Stolz erfüllte und mit Vertrauen, mit einer Kraft wie niemals zuvor, wozu er sich beglückwünschte, murmelnd und mit sich selber sprechend, doch auch zugleich zu den vielen, den wie Eisenstaub sich Polarisierenden ... er wurde dann deutlicher, sicherer; all diesen Versprengten, Vereinzelten sagte er, nein, verkündete er, daß keine Zeit mehr sei oder aber die allerletzte, es zu erkennen ... Auf den Stufen des Filmpalastes, dieser letzten Bastion vor dem Wochenende, stand er und rief und redete, da sah Straup einen stehen, der eine Rede hielt ... einen Redner sah er, der holpernd begann, dann jedoch schneller, lautstärker wurde, wieder und wieder das Wort »anhalten« rufend: Halt, hier, jetzt nicht weiter! ... Der hielt tatsächlich die Leute an mit ausgebreiteten Armen, was einige zum Kichern brachte, doch andere wirklich anhalten ließ, während Engler (warum bloß Engler? dachte Straup) mit der

Miene eines entschlossenen Leibwächters Platz zu schaffen sich mühte, zur Ruhe mahnend oder Kommentare gebend, freien Raum für den Redner erzwingend, der endlich den Faden gefunden zu haben schien, der ihn jetzt mit dem Anfang verband, mit der Wurzel, die vergraben lag ... Hier unter dem Pflaster, rief er aus, rief dieser Schwarzhaarige neben ihm laut, vergraben, sagte er, und wiederzufinden, ja, daß alles wiederzufinden sei, wenn man nur suche, oder wieder zu erringen, so wie eine Freiheit, die sich ein Volk, eine Gesellschaft einmal erkämpft habe, nie und nimmer verloren sein könne, so wenig wie ein Elektron im Weltraum, also daß auch eine Leistung, rief er, von einem Kind zum ersten Mal erbracht, mit Leichtigkeit wiederholbar sei, und selbstverständlich überbietbar, was aber voraussetze, daß man zurückschaue, daß im Rückblick diese Leistung wie im Vergrößerungsspiegel erschiene ... »Seid rückwärts gekehrte Propheten«, rief er, das kam Straup bekannt vor, das mußte er in einem Buch gelesen haben, wie viele Sätze, die der andere sprach, die in einer Kette sich folgten jetzt, so daß eine Stille eintrat und die Leute Respekt bekamen vor diesem Mut, so daß sie ihn anstarrten und ihm zuhörten, als er von »der Welt der Gesichte« sprach, die »eine unendlich offene« sei, und sie schienen den Atem anzuhalten, alle die Hausmütter, Rentner, Popper, Punks und gingen nicht weiter und vorbei wie an den anderen Eckenpredigern, sie blieben stehn und hörten diesem zu, der in einer Sprache redete jetzt, die weit zurückgriff, die an Konfirmandenunterricht erinnerte, doch auch an diesen sagenhaften Frühling in Paris, was man sich kaum zusammenreimen konnte ... »Schafft Bilder unabhängig von der Wirklichkeit« ... »Und lasset euch ja nicht lässig machen durch die unverständige Weisheit der Zeit, daß die Zeitalter sich selbst machen.« ... »Seid endlich wieder Erfinder«, schrie er, was nun den Jüngsten zu gefallen schien, denn sie klatschten lange und laut und hörten erst damit auf, als sie das Wort »erdulden« vernahmen, »Erduldet mutig den Schweiß des Säens ohne Aussicht auf Ernte«, was weniger ankam, und als der Redner es noch einmal rief, begannen schon ein paar, sich an die Stirn zu tippen, und ein Mann im Overall pfiff dazwischen, doch der Redner machte weiter und hielt stand und wiederholte den Satz: »... ohne Aussicht auf Ernte«, was aber zur Bedingung habe, daß die Leute von der Straße müßten, daß sie die Türen schlössen und für sich selber dächten, ja, daß noch einmal anders gedacht werden müsse, ganz neu und ganz langsam und nicht in den »Spuren der Modedenker«, nicht mit den Gedanken »der neuesten Zeitung« ... Hört nicht auf die Zeitung, rief plötzlich Hans Straup, um den anderen zu stützen, oder *wollte* es rufen, doch seine Stimme, sein Gedächtnis wurden schwächer, was nun auch der andere zu spüren schien, denn er suchte nach Worten, die Kraft zur Befeuerung hätten, doch fielen dem jetzt nur die falschen ein, unsägliche Worte, dachte Straup ... »Wahrlich, ich sage euch«, rief er aus, was Straup vor Ärger und Scham erröten ließ, was hier und da in Gesichtern schon Spott entfachte, doch noch blieb es still, noch hielten die Lacher sich zurück in Erwartung dessen, was kommen sollte... Und noch einmal fand der andere aus der Verwirrung heraus, fand die Klammer, den Zusammenhang wieder mit dem, was er *noch* hatte sagen wollen ... Hier, hier laßt die Orden des Geistes entstehen, des langsamen Denkens, hier eine Zuflucht für die, die »von den Umständen nicht sich wollen gestalten lassen ...« Es sind schon viele und werden täglich mehr; kommen von überall her, werden zu Hunderttausenden kommen, wie sie schon einmal gekommen sind, vor bald zweihundert Jahren, als eine andere Ordnung in Trümmer ging, als sie begannen, eine neue zu erfinden, in den Hörsälen, in den Salons, und nie, sage ich euch, nie ist Freiheit größer gewesen und Brüderlichkeit ... der Geist und die Selbständigkeit der Geschlechter ... nie so ... in der äußersten Ausbildung, sagte er, schaut euch um, schrie er zweimal, nach denen von damals ... so wie sie sich umgesehen haben in der Zeit der Erniedrigung, sich umgeschaut haben nach früheren ... nach einem vor wiederum zweihundert Jahren

... einem Schuster aus Görlitz, und haben seine Weisheit zu ihrer gemacht, seine Gesichte zu den ihren ... Schaut euch um ... schaut euch nicht um ... Hier sah es aus, als sei des Redners Kraft zu Ende ... »Dreht euch nicht um«, sang er plötzlich laut und Straup sang mit, hörte mit Entsetzen seine Stimme ... und das Volk, das sich um jeden Clown versammelt, das Spielvolk kam näher heran, doch es nützte nichts, daß Dr. Engler die Fäuste ballte, das Volk war angesteckt; Straup sah es gerüttelt von Gelächter. Die Verbannten, rief einer, das war wieder er, das wollte er sein und bunte Blitze ringsum und Schwefel vom Himmel ... Zu spät, schrie er, zu spät wird es sein, »wenn eure Seelen nicht zur Vernunft kommen« ... Macht die Tore auf und die Schlagbäume, alle; und laßt die Aussätzigen in die Stadt, die Verseuchten, Vertriebenen, die, die man lebendig in Salzstöcke wirft, laßt die Stadt ein Asyl sein ... Da sah er auch Robert unter den Zuhörern, Robert, der ihn gesucht haben mußte, was ihn für Augenblicke noch stützte ... Das letzte Asyl, rief er, die neue Stadt, sie wird kommen endlich, als »eine geschmückte Braut ihrem Mann« ...

An dieser Stelle schwand ihm die Stimme, verlor er die Kraft, sank in sich zusammen, während der Gegner schon wieder erstarkte, Gelächter erscholl, jemand sang einen Spottvers, um Straups Kopf gellten Pfiffe, fast wurde er umgerannt, bis Engler herankam und Ordnung schaffte, bis endlich der Lärm in Wellen abfloß und das Gelächter und das Geflüster ...

Doch wollte sich Straup nicht aufrichten lassen und blieb am Boden auf dem Pflaster sitzen und wartete, daß Robert kam, wollte niemanden als Robert zu sich lassen, Robert, der auch tatsächlich kam, der ihn hochzog und stützte, beim Gehen, im Auto und noch auf der Treppe, daß er nicht hinfiel; Robert, der ihn bis zu Hause festhielt.

Es war das erste Mal gewesen, daß Straup die Leute angeredet hatte, und er würde es niemals wieder tun. Wenn er später daran dachte, was er zu vermeiden suchte, verkürzte sich das

Geschehene; er sah dann immer nur die Stufen vor dem Kino, die Menge aus dem Dunkel stürzend, eine Flutwelle auf sich zu; er glaubte auch, nur einen einzigen Satz gesagt zu haben oder aber geschrien, der ihm jedoch, ähnlich wie die Schreie in Träumen, im nachhinein vollkommen lautlos erschien.

26
Dora an Ludwig (10)

Noch immer durch die Straßen, stundenlang. So läuft Amy in ihren schlimmsten Zeiten. Im Kaufhaus ging ich einem Liebespaar nach. Ich sah sie sich über Rolltreppen jagen, Perücken aufprobieren – alle beide –, sie ließen sich Puppen vorführen, Aufziehvögel, die hüpften und pickten, alle Sorten von Tabakspfeifen. Sie schnüffelten überall herum und gingen nach Stunden mit leeren Taschen wie ich. Ganz langsam kam mir wieder Inez ins Gedächtnis, oder ich ließ sie wieder herein und neben mir gehen und sah ihr schönes unbekümmertes Gesicht. (Einmal, fast zuletzt, sah ich es auf dem Kissen, eine Sekunde lang furchtbar, drohend – nein, als drohte etwas aus ihr heraus, etwas, wogegen sie machtlos war.) Jetzt kann ich wieder »richtig« an sie denken.

Überdies habe ich etwas erlebt, tatsächlich in der Wirklichkeit erlebt, das alle Träume, von denen ich Dir je geschrieben habe, in den Schatten stellt. Nicht, daß es etwas Okkultes wäre, mir schien nur, als sei ich in etwas geraten, das außerhalb meiner Zuständigkeit lag, etwas, das zufällig schien und doch wie von irgendwoher dirigiert; ein gelenkter Zufall sozusagen. Gleichzeitig meinte ich, die Sache in der Hand zu haben. Es war ein seltsames Gefühl, ähnlich demjenigen, das dich bei den unwiderruflichen Ereignissen befällt, bei Geburt oder Tod: Du gibst allen Widerstand auf, verlierst absichtlich die Orientierung, bist dennoch im Einverständnis mit allem, auf unbegreifliche Art verantwortungslos. Ich glaube, du wirst dir selbst zur Figur. Erinnerst Du Dich an einen meiner ersten Briefe? Ich wollte Dir mein Leben so beschreiben: ein bißchen von ferne gesehen, als eine Landschaft vielleicht, die unabhängig von mir existiert, als eine fremde, lange und zusammenhängende Geschichte? Und obgleich ich weiß, daß auch dies wahrscheinlich wieder nur

Stückwerk werden wird, nur die Scherben von einer Geschichte, will ich es wenigstens versuchen...

Ich sitze in Inez' fast leerer Wohnung. Die Bücher, die Bilder, das wenige, das sie besaß, ist schon verschenkt und weggeräumt. Ich suche das erste Wort.

Die Tassen, die Kannen, die Messer, die Löffel, verstreut und niemals mehr zurückzusammeln. Nie mehr in der alten Ordnung beisammen. Die Schere, die Vase, die Uhr, die Bücher. Das Bild der Anna Constantia. Ich suche das Wort.

Es war einmal an einem Winternachmittag schon gegen Abend...

Es war, als ich zum letzten Mal im Krankenhaus...

Es war der letzte Tag, an dem ich Inez sah. Sie schien sehr schwach schon zu dieser Zeit und mochte nicht sprechen. So saßen wir nur eine Weile stumm zusammen, dann schlich ich leise zur Tür, um zu gehn. Sie wurde aber trotzdem wach – oder war es die ganze Zeit gewesen – und bedeutete mir, die Blumen wieder mitzunehmen, die ich ihr in Deinem Namen gebracht hatte. Es waren Astern mit buntem Laub gemischt, ein runder, kräftiger Strauß; sie werden lange leben, dachte ich. Um nicht mit der U-Bahn fahren zu müssen, das heißt: um nicht angesehen zu werden, lief ich zu Fuß. Es ist ja ein weites Stück bis zu mir, doch ich wollte es schaffen. Die fremde Gegend lenkte mich ab. Ich hielt mich immer in der Nähe von Geschäften. Als ich durch eine Straße mit Möbelkellern und Second-hand-Shops kam, begann ich, nach etwas zu suchen, nach etwas vielleicht völlig Unbrauchbarem, das mich an diesen Tag erinnern sollte. Ich glaube, ich ahnte schon, daß es der letzte mit Inez gewesen war. Doch was, glaubst Du, war es, was ich plötzlich fand? Im Fenster eines der billigsten Läden lag neben Straßschmuck und gläsernen

Ketten genau der Ring, den ich verloren hatte! Natürlich war es dann doch nicht derselbe, beim zweiten Hinsehn bemerkte ich schon, daß er kleiner war und dünner im Reif, auch daß die Ornamente an der Fassung eine andere Ziselierung trugen. Ich war aber über die Entdeckung erschrocken, als hätte man mich unerwartet angesprochen. Ich betrat den Laden, ohne nachzudenken. Da ich dachte, daß der Ring sehr teuer wäre (er lag verschlossen in einem Glasschrank), teurer, als ich mir bei unserer augenblicklichen Misere würde leisten können, suchte ich erst eine Weile herum, fragte nach diesem und jenem und schließlich wie nebenbei nach dem Preis. Statt einer Antwort ging der Verkäufer, ein junger, in sich versunkener Mensch, der mich entfernt an Straup erinnerte, und schloß das Schränkchen auf. Da er vorher kaum gesprochen, höchstens widerwillig Zahlen vor sich hin gemurmelt hatte, kam mir das plötzliche Entgegenkommen seltsam vor. Er hatte etwas Mönchsartiges an sich, und ich überlegte, ob er wohl Gedanken lesen könne. Der Ring war zum Verwechseln ähnlich. Der gleiche alte Diamant, in einem Schliff, der heute nicht mehr üblich ist, mit kleinen, selbständig gefaßten Splittern ringsum; die Fassung in schwarzgewordenem Silber gleichfalls von Hand um den Stein geschmiedet; auch die ihn an den Seiten umgreifenden Blätter von täuschender Ähnlichkeit. Selbst die Unterseite, die man beim Tragen nicht sieht, war genau wie die des verlorenen Ringes verziert und mit Sorgfalt gearbeitet; nur zeigte sie anstatt eines Sterns deutlich die Form eines Skarabäus. Ich nahm es sofort für ein glückliches Zeichen. Als ich den Ring auf den Finger schob, war er wie für mich gemacht. Trotzdem wagte ich nicht, noch einmal nach dem Preis zu fragen, und gab ihn zurück. Der Wandermönch legte ihn jedoch nicht, nach Art beleidigter Verkäufer, verächtlich wieder an seinen Platz, sondern ließ ihn, indem er mich ansah, vor mir auf einem Tischchen liegen. Plötzlich griff er den Ring mit beiden Händen und hielt ihn mir hin – so als ob er ihn mir vermachen wollte. Der Ring sollte dreihundert Mark kosten. Ich hielt es zunächst für einen Scherz; doch der Verkäufer schwieg und sah mich an; es blieb dabei. Ich zahlte sofort. Das war die Geschichte. Und wie alle richtigen Geschichten hat sie noch ein Nachspiel oder einen Schluß oder womöglich auch zwei Schlüsse – je nachdem, wie Du es ansehen willst. Auf einem kleinen grünen Platz vor einer Backsteinkirche fand ich eine Bank. Ich saß da lange und sah den Ring an. Franziska würde ohnehin noch nicht zu Hause sein. Sie würde noch durch die Stadt streichen; ich dachte wie immer mit Dankbarkeit an dieses Kind, das wie ein Tier schon sein Revier kennt, das niemals abends voller Vorwurf, gräßlich verlassen an der Haustür wartet und das den Schlüssel stolz an einem kleinen Kettchen um den Hals trägt. (Rabenmütter in aller Welt, seid gegrüßt, Rabenkinder!) Ich war allein. Während ich noch überlegte, ob es mir gelingen würde, Inez bei meinem nächsten Besuch mit diesem Ring (oder besser: diesem Surrogat von Ring) zu täuschen, als ich ihn unter die Laterne hielt, die eben hell wurde, machte ich eine Entdeckung. Ich sah, daß der Diamant einen Sprung hatte. Obwohl mit bloßem Auge kaum bemerkbar, spürte man ihn, wenn man langsam mit dem Fingernagel darüberfuhr. Durch den tropfenförmig geschliffenen Stein ging an der unteren Spitze ein Riß querdurch. Ich fand nun alles erklärt: die Existenz eines solchen Stücks in dem billigsten aller Trödelläden, die Bereitwilligkeit des Händlers, es zu verkaufen, und vor allem den Preis. Doch während ich noch überlegte, ob ich das wertlose Ding zurückbringen sollte, war es mir schon, fast wie ein behindertes Kind, ans Herz gewachsen. Warum das Angeschlagene geringschätzen, dachte ich, warum es nicht für wert crachten, vielleicht sogar für angemessen – das Ruinöse als Talisman? Der Ring mochte einiges hinter sich haben. So wie der andere verlorene auch, dem er schon immer ähnlicher wurde. Und wenn ich mir mehr als einmal gewünscht hatte, von den bekannten Räumen und Gesichtern, den gewohnten Ausblikken loszukommen, so war es jetzt tatsächlich, als gingen mir auf einmal Türen auf, als erschiene eine Flucht von Zimmern mit immer neuen, wechselnden Interieurs. Ich sah eine lange Reihe von Personen, von denen ich ein paar Fotos kannte oder steife Porträts in Öl gemalt oder manchmal auch nichts anderes als den Namen und ein paar Gerüchte. Doch während sie mir bis dahin nur immer in der einen einzigen Haltung im Gedächtnis waren, mit einem Satz, einem Schriftzug aus einem Brief, einem ungewöhnlichen Ausspruch vielleicht, von den stillen ehelosen Tanten auf Familienfesten überliefert, waren sie jetzt wie aufgeweckt, durch den Ring, den ich nun schon als den meinen ansah, in Bewegung geraten. Da ich viel von Inez wußte, auch zuletzt noch das mögliche aus ihr herausgefragt hatte, konnte ich sie mir lebendig vorstellen. Ich glaube, es sind immer die Alleingebliebenen oder die Allein-sein-Wollenden, die nur durch die Geschichten Zusammenhänge finden und bewahren. Der Wertgegenstand also wandert durch die Familiensage. Geht buchstäblich von Hand zu Hand. Ist einmal als Pfand der Liebe zu sehn an einem Finger, der auf einem Kleid aus Musselin... Wird ein andermal bei Nacht (bei Kerzenlicht) an eine Wand geworfen... Was verbürgt ist: Inez bekam ihn heimlich vom Vater, dessen Lieblingstocher sie war, der ihn von der Urgroßmutter hatte, unserer gemeinsamen Verwandten, die ihn wiederum von ihrer Mutter bekam, einer Analphabetin, die von der Familie verschwiegen wird... Und so geht es weiter und weiter zurück bis zu der berühmten Anna Constantia, die sich jedoch ganz und gar nicht im Dunkel verliert, sondern sehr eindeutig mit ihrem Rosenhut auf einem winzigen grünen Fauteuil sitzt, energisch, die rechte Hand zu einer kleinen Faust geballt. Sie trägt übrigens am Mittelfinger einen anderen Ring, wie auch ihr Mann auf dem zweiten Bild, ein etwas schlafmütziger preußischer Brauherr, über den wir als Kinder lachten. Der Preuße, der unter irgendeinem Friedrich Wilhelm (dem Ersten wahrscheinlich) nach Osten gewandert sein soll, hat seine Chance bei der Polin gesehen. Er hat sich an sie herangemacht und bald ins gemachte Nest gesetzt. Doch hört man die Geschichten der

Tanten, sieht man die Bilder an, ist klar: Sie ist mit ihm umgesprungen. Sie hat die Rechnungen geprüft, den Pachtzins eingetrieben, die Löhne und Erbteile festgesetzt. Zwei ihrer Kinder hat sie kurzerhand – das ist verbrieft – enterbt. Was nirgendwo vermerkt, jedoch als sicher angenommen wird, der alte Diamantring stammt von ihr. Obwohl er russischer Herkunft sein soll – wie er an sie geriet, weiß niemand mehr. Mir aber, Ludwig, auf meiner Bank in Betrachtung des Ringes, mir ging plötzlich ein Licht auf. Sie hatte ihn von einem Liebhaber bekommen. Wie oft ist Polen geteilt gewesen, überlegte ich, zu welchen Zeiten haben russische Soldaten ihre Panjepferdchen an Viktorowos Zäune angebunden? Sie hatte ihn von einem Liebhaber. So jedenfalls, dachte ich auf meiner Bank noch immer, wird es Franziska erfahren. Und so wird sie es einmal weitergeben. Es war mir nun vollkommen gleichgültig, inwieweit sich der neue Ring von dem verlorenen unterschied. Er war schon jetzt mein altererbter Ring. Und paßte nicht auch alles zusammen: die östliche Herkunft, die Beschädigung, die Tauschbarkeit? Wertlos, jedoch noch von einigem Nutzen, war er mir ähnlich und, wie Straup es ausdrücken würde, jedenfalls »deutlich auf mich gemünzt«. Ich liebte ihn nicht *trotz* des Makels, sondern eben *weil* er gesprungen war. Der Sprung aber, auch das war mir plötzlich klar, mußte daher gekommen sein, daß der Ring in einer Bombennacht in Inez' brennender Wohnung blieb, daß sie, nachlässig wie sie mit all ihren Wertstücken war – ihn dort vergessen hatte. So war er unter dem Feuer zersprungen... Verzeih, wie kann ein Diamant vor Hitze springen, ohne daß vorher die Fassung schmilzt... Natürlich kann nur ein Ziegelstein darauf gefallen sein, und Inez holte ihn (im letzten Augenblick natürlich) aus dem schon stürzenden Haus heraus...

Ich bin an dem erwähnten Abend doch nicht zu Fuß nach Hause gegangen. Zufällig, während des Umsteigens, habe ich Robert auf dem Bahnsteig getroffen. Ich erinnere mich, daß

wir noch lange dort gestanden haben. Wir sind dann zusammen nach Hause gegangen. Wir haben die Haustüre zugeschlossen. Eines Abends holte ich den Ring hervor.
– Du hast ihn wiedergefunden, sagte Franziska.
– Ich erinnere mich, sagte Robert, daß ich ihn schon am ersten Tag, als ich dich traf, an dir gesehen habe.
Ich probierte den Ring an allen Fingern aus. Zum Spaß steckte ich ihn Franziska an, der er nur auf den rechten Daumen paßte. Die gab ihn ganz ernsthaft und selbstverständlich, ein bißchen feierlich sogar, an Robert weiter, der ihn ohne zu zögern an sich nahm und seitdem nicht mehr zurückgegeben hat. Und er wird ihn – ganz ebenso ernsthaft, mit unverschämter Selbstverständlichkeit – behalten, auch wenn er demnächst wegfahren wird; und wenn er drüben wegen seines Manuskripts verhandelt, wird er ihn am kleinen Finger tragen, und er wird ihn – wie ich ihn kenne – behalten, gleichgültig, wie es mit uns einmal enden wird.

Eine Geschichte? Noch hänge ich mit ihr und mit mir selbst zusammen. Ganz ohne zu zweifeln, endlich wieder, ohne Angst. Denn sie ist ja wirklich. Und vielleicht wird es auch noch morgen so sein, wenn ich sie mir – allein geblieben – in Gedanken immer noch einmal erzählen werde, mit allen Verschlingungen und Verstrickungen, mit anderen möglichen und vermutlichen Enden.

Schon übermorgen kann ich herausgestürzt sein, abgetrieben in das übliche Geschwätz; Satzgewirr ohne Anfang und Ende. Kann wieder herumpaddeln irgendwo, wie Ahasver durch die Kaufhäuser streichen oder – weniger klassisch – nur so wie die anderen: Amy, Emily, Ferri, Jens, in dem üblichen Trott ... (aber ... etwas ist aufgeschrieben worden).

Und ich war einmal ganz sicher. Fraglos, ein winziges Glied in der Mitte der Kette.

Einmal konnte ich nach zwei Seiten sehen. Zurück den langen Weg, den ich herkomme (den ich gekommen worden bin), vorwärts, nach dort, wo ich hinwill.

Von den STILLEN EINFLÜSSEN DER ERINNERUNG hat Straup einmal gesprochen. Aber das ist schon zuviel. Kein Brief war je zur Erklärung gedacht. Zum Begreifen vielleicht, nie zum Erklären.

Diesen – meinen – Augenblick Dir begreiflich zu machen, der nur der Bruchteil einer Sekunde ist, gerechnet auf ein ganzes Leben.
Grüße Carlotta. Ich freue mich, Euch zu treffen. Auf bald.

27
Im Treibeis

Straup saß auf der Treppe wie ein vergessenes Kind. Durch das tiefergelegene Fenster im Flur sah er eine gelbrote Wintersonne unendlich langsam über den gefrorenen Himmel rollen. Auf die Dächer gegenüber fiel feiner Eisstaub, der Putz der Häuser riß in der Kälte auf; die Scheiben begannen erst leise, dann immer lauter zu klirren.

Noch konnte sich Straup am Geländer halten; das Auf und Ab von Schritten auf der Treppe, an ihm vorbei, die gedämpften Stimmen beruhigten ihn. Manchmal wurde etwas heraufgeschleppt, einmal etwas hinausgetragen. Die Vereisung nahm zu. Es waren die Mauern zuerst, die immer schwerer und kälter wurden, dann die Zwischenwände; dann sah er die Decke über sich wie blaues Eis, es brach in spinnenwebförmigen Mustern auf, blitzartig in alle Richtungen springend.

Als er das Krachen hörte, dieses nie zu ortende Geräusch, das bei Tauwetter über die Gewässer wandert, hielt er es nicht mehr aus und lief hinaus. Doch auch in der Stadt war etwas im Gange. Dabei war es ganz windstill. Der Abend kam nicht wie sonst, Schritt um Schritt, sondern lauerte schon überall versteckt; als sei er schon seit Mittag in der Stadt.

Straup wagte nun nicht mehr, unter Brücken und Unterführungen hindurchzugehen, aus Angst, sie könnten auf ihn fallen. Er suchte die weiten, durch den Krieg entstandenen Plätze auf. Aber er fror dort. Auch spürte er Strahlen, kalt und schneidend von überall her, die auf ihn zuschossen, in einem Punkt seines Innern sich kreuzend. So lief er in die Straßen zurück. Am liebsten hielt er sich an die Bäume, die aber nicht zu alt sein durften, keine Veteranen aus dem letzten Krieg; er glaubte, daß sie im Prozeß des Wachsens Wärme produzierten; wie Mütter würden sie ihn an sich ziehen und schützen. Er hütete sich später auch, eiserne Gegenstände zu

berühren, denn nachdem es zu dämmern begonnen hatte, war selbst den Metallen nicht mehr zu trauen.
Bald griff die Stille auf alles über; die Welt wurde taub. Nicht einmal das Springen des Eises war mehr zu vernehmen. Das Rot am Himmel verstärkte sich.
Straup saß, an die Wand eines Hauses gelehnt, seine kleinen roten Socken nun als Handschuhe über die Hände gezogen, er hielt sie wie zum Schutz vor die Brust. Er stellte sich Erfrieren in allen seinen Phasen vor. Eine Rothaarige in einem zerrissenen Schafspelz setzte sich zu ihm und fragte nach Feuer. Straup sah die Haut an ihrem Hals wie erkaltetes Wachs. Als sie gehen wollte, hielt er sie fest. Doch anscheinend hatte sie schon etwas anderes für die Nacht. Es gab einen Kampf. Vielleicht brechen ihre Beine, dachte Straup, als er die Absätze ihrer Stiefel auf den gefrorenen Steinen klappen hörte. Kann sein, sie wird die Nacht nicht überleben. Während er noch überlegte, ob er ihr nachrennen sollte, sah er in seinem roten Handschuh, in seiner Hand das Bündel Fell, das er aus ihrem Pelz gerissen hatte.
Das Rot am Himmel war fahl geworden. Wie vor einem Angriff; man wußte nicht, woher der Feind kam. Straup fühlte etwas oberhalb des Herzens, das ihm den Brustkorb eindrücken wollte. Schlimmer als Schmerz ist Erinnerung. Auf Robert war am Vormittag geschossen worden. Straup hatte Englers Jacke gesehen, die über einer Stuhllehne hing. Er hatte in der Tasche nachgeschaut, ob sich die kleine Mauser noch darin befand. Sie hatte sich gut angefühlt. Da war Robert nach Hause gekommen, übernächtigt, verwahrlost – schlimmer denn je. An seinem kleinen Finger war ein Ring gewesen. Der Ring von Dora, hatte Straup gedacht. Dann plötzlich war ein Schuß gefallen. Jemand hatte auf den Ring geschossen. Hatte direkt auf den Diamanten gezielt. Auf diese Ungehörigkeit an Roberts Hand. Die hatte weggemußt. Danach war es rauchig und heiß im Zimmer, ein Täter war nicht zu sehen gewesen. Robert, wie er dagelegen hatte, einen Arm im Ärmel des Regenmantels, hatte noch immer den Ring

am Finger; der Stein war unversehrt geblieben. Viel Gerenne danach. Straup war gleich hinaus auf die Treppe gegangen, wo es ihm luftiger erschienen war. Er sehnte sich nun dorthin zurück, doch die Strecke bis dahin war unüberwindbar.
Es kam auf einen Schlag. Der Verkehr war ohne Vorwarnung in Gang gesetzt. Nichts mehr fuhr langsam an. Menschen rannten, fielen übereinander. Ein Sportwagen raste in einen O-Bus. Eine Mutter schlug ihr Kind halbtot. Alle Bürgersteige wurden überfahren. Die Stadt war nichts Geschaffenes mehr, nichts Überschaubares, Haltbares; alle Mauern, Glasfassaden, Eisenstreben, die Maschinen und Motoren waren plötzlich imstande zu wachsen, sie konnten explodieren, konnten ausbrechen und aus der Bahn geraten; zwischen Mikrokosmos und Makrokosmos entstand ein dritter, der, von seinem Ursprung abgetrennt, den Gesetzen seiner Schöpfer nicht gehorchte.
Straup trieb eine Weile willenlos mit, ließ sich dann fallen irgendwo, blieb liegen. Er bemerkte später, daß ihn jemand aufhob, daß man seine Taschen untersuchte, daß man ihn in einen Wagen warf. Wie in der Zeit der großen Seuchen, dachte er (als Hegel an der Cholera starb); doch war er schon ohne Gefühl und angenehm leblos; beiläufig wunderte er sich noch, daß nicht andere, ebenso Leblose über ihn geworfen wurden. Irgendwo wurde er abgeladen. Irgendwann lag er in einem Amtsraum, die roten Fäuste fest vor die Augen gepreßt, dann wieder in einem anderen Auto, wurde Treppen hinunter und wieder hinauf geschleppt.
Zu Hause herrschte eine ungeheure Unordnung. Sie kam ihm aber wie arrangiert vor. Leute, die ihm bekannt erschienen, bewegten sich flüsternd in der Ferne. Eine Frau – Dora? – gab ihm zu trinken. Doch keiner hatte wirklich Zeit für ihn. Fremde hatten ihn heimgebracht.

28
Das letzte Fest, ein letzter Brief

Ludwig hatte den Abend absagen wollen. Doch soviel Carlotta auch herumtelefonierte, keiner mochte die Ausladung annehmen. Oder man hatte sie angenommen und sich sogleich wieder eingeladen. Jeder einzelne aus dem alten Kreis hatte einen Trick gefunden, Carlottas Intention zu unterlaufen. Was für eine Herzlosigkeit, wenn nicht Zumutung, sie in dem Zustand, in dem sie sich alle befanden, ihrem Schicksal zu überlassen, ihnen den Stuhl vor die Türe zu stellen; mochte Carlotta nach Ausflüchten suchen, soviel sie wollte, sie mußte sich schließlich geschlagen geben. Was wollte man denn weiter als einen Stuhl oder ein einziges Glas von Ludwigs Wein oder ein Wort, eine Geste des Gleichmuts, oder auch einfach nur so herumsitzen, schweigen und trinken, ganz zwanglos, und bloß keine Umstände... Vor allen Dingen aber wollte man um keinen Preis allein sein, der Abend war nicht aus der Welt zu schaffen.

Als Ludwig nach Hause kam, waren die ersten, die alte Garde, schon da: Frans und Jens, Amy und Emily, Sophie, die jetzt bei Amy wohnte, der Steuerberater, der Zahnarzt, der falsche Jimmy Hendrix und so weiter und – selbstverständlich – Ferri noch immer; sie hockten eng zusammengedrängt auf dem Sofa oder am Boden davor; Ludwig, momentlang, haßte die Stimmen hinter seinem Rücken, das Zur-Tagesordnung-Übergehen; auch die Gewandtheit, mit der sich die Neuen dazuschlugen, der Engländer oder die Philosophen. Ferri hatte eine neue Freundin mitgebracht, der Zahnarzt einen Kompagnon, der gebeten hatte, mit Sophie bekannt zu werden. Er hatte Bilder von ihr in einer Zeitschrift (wenn er nur wüßte, in welcher) gesehen, und wie er jetzt lobend darüber sprach, kam es Ludwig zu dieser Zeit und in ihrer Situation unpassend, beinahe taktlos vor.

Ludwig war, obgleich er es nicht wahrhaben wollte, nervös,

fast unwirsch in der letzten Zeit. Seine Ungeduld grenzte an Unhöflichkeit. Er hatte Verwaltungsaufgaben übernommen, deren Ausmaß nicht vorauszusehen gewesen war. Man konferierte endlos über Bagatellen, über Reisekosten, Exkursionszuschüsse, er mußte Stundenpläne ändern, um gestrichene Stellen kämpfen, was alles ihm einerseits zupaß kam, da es ihn ablenkte, andererseits über seine Kräfte ging. Er beschuldigte sich insgeheim des falschen Ehrgeizes, doch gab es noch einen anderen Grund, den er vermied, sich einzugestehen. Er vermied auch, dabei an Chomentowski zu denken. Man hatte ihm ein Angebot gemacht. Nie war er geneigter gewesen, die Stadt zu verlassen als jetzt. Nie bereiter, einen sicheren Hafen anzusteuern wie eine mittelgroße schöngelegene Stadt im Österreichischen es für ihn wäre, eine unversehrte Stadt, die schönen Künste pflegend und sie stutzend wie die Hecken und Rabatten ihrer schönen und berühmten Parks ... alles in schöner, angemessener Höhe haltend. Er hatte aber abgesagt, sofort, bevor ihn Zweifel überfallen konnten.

Während er, im Bestreben unbemerkt zu bleiben, durch die Wohnung ging, kam es ihm vor, als bemühte sich jeder, heute lebhafter, schneller, heiterer als sonst zu sprechen. Doch war es nicht lange aufrechtzuhalten, die Stimmen verloren an Kontur, Worte und Blicke wurden wieder angenehm verwischt; trotzdem floh Ludwig in den Keller, als wäre die Kälte dort gerade recht, Selbstvorwürfe und unerwünschte Zukunftsträumereien abzuwehren. Er machte sich länger dort zu schaffen und kam erst spät, als in der Wohnung schon Gedränge herrschte, mit den Flaschen und seinem Glas herauf.

Niemand schien ihn vermißt zu haben; es lief schon nach dem altbekannten Muster ab. Oder vielmehr, dachte er, *ohne* Muster, in mühsam behaupteter Zwanglosigkeit, die selbst längst zum Muster geworden war. Allein Carlotta fiel aus dem gewohnten Bild. Sie hielt sich fast ununterbrochen in der Nähe des Eßtischs, allein zum Zweck, die Gäste zu bedienen.

Selbst wenn niemand kam, blieb sie – wie es manchmal im Süden noch Sitte ist – wartend dort stehen. Ludwig war ihr dankbar dafür. Obwohl er ahnte, daß irgend jemand ihn demnächst deshalb beschimpfen würde, dachte er nicht daran, ihr auch nur im geringsten beizustehen. Leise Zerstreutheit vorschützend gelang es ihm, unbehelligt zu bleiben. Welche Beruhigung, beinahe Tröstung kann von gewissen Konventionen ausgehen, im Falle man sie mit Überzeugung »wählt«. Carlotta war – wie alle Polinnen, die er kannte – im allgemeinen unabhängig von den Meinungen der Leute. Er glaubte zu wissen, daß es ihre »Wahl« war, die ihr eingab, in eben dieser Art zu reagieren, der Verstörung der Leute Rechnung zu tragen – die richtigste, die sie treffen konnte. Als es einmal heftig klingelte, fuhr Ludwig auf. Er dachte plötzlich, Engler müsse kommen. Doch Engler war seit dem Unglück verschollen. Es war nun schon sechzehn Tage her. Einmal hatte der streunende Ferri ihn an einer Imbißbude getroffen; verwahrlost, von Selbstvorwürfen gepeinigt bezichtigte er sich der Fahrlässigkeit, des unerlaubten Waffenbesitzes; doch habe er die ganze Zeit vermieden, sagte Ferri, sich nach Robert oder Straup zu erkundigen. Die Polizei, im dunkeln tappend und verärgert über die Verschwiegenheit der Leute, erlahmte schon in ihrer Suche nach dem Täter. Ludwig sah Amy schräg von den anderen weg durchs Zimmer schlingern. Amy, die »trauernde Halbwitwe«, wie es ihm plötzlich durch den Kopf fuhr, war noch abenteuerlicher als sonst geschminkt und hatte ihr Haar in einem leuchtend hellen, brandigen Rot gefärbt. Wie lange wohl hatte sie vor dem Spiegel gestanden, nach der Farbe gesucht, mit dem Frisör verhandelt? Oder hatte sie die Färbung selbst gemacht, einen halben Tag lang mit Flaschen, Tiegeln, Pinseln hantiert, die Flecken aus der Wanne gescheuert, die Gedanken streng auf diese eine einzige Tätigkeit gerichtet? Sie hatte sich ganz fremd gemacht, vielleicht nur, dachte Ludwig, um all die heiteren Leute, die Schrecken des Geschwätzes zu überstehen.

Er wurde nicht gebraucht. Er schlich in sein Arbeitszimmer und las. Hielt sich ein Buch vors Gesicht. Es würde das letzte Fest sein, unwiderruflich. Mußte er ihnen seine Türe öffnen? Wer zwang ihn dazu, wenn nicht er selber? Sollte er nicht diesen Ehrgeiz aufgeben, die nicht uneitle Vorstellung, der Fels für alle diese Schiffbrüchigen zu sein? Er kam sich eher unterhöhlt vor.

Ludwig vermißte die Abwesenden, Dora und Straup; Chomentowski vor allem, mit dem er sich, je länger er fehlte, desto häufiger in simulierten Gesprächen beschäftigte. Gibt es nicht Personen, Wesen, Dinge, die sich im Fernsein erst verdeutlichen? Was kannte man mehr von Chomentowski als ein schmales Werk, über das noch immer viel geredet und gestritten wurde. (Seine Studenten, hieß es, hätten, vom Moment an, da man ihn vermißte, Tage und Nächte nach ihm gesucht.) Auch Robert war in seinen Gedanken noch nah, näher als in der Zeit ihrer häufigen Begegnungen; auch er kam in Ludwigs stummen, oft kaum ins Bewußtsein gerückten Dialogen vor.

Doch warum vermißte er Alfred Engler? Den lautesten, taktlosesten seiner Gäste, den provinziellsten und lächerlichsten? In der Erinnerung sah er – was ihm sonst selten gelang – den Abwesenden in allen seinen Einzelheiten vor sich, wie er – das linke Auge eingekniffen – den Gesprächspartner angespannt musterte, als vermute er etwas in dessen Gesicht, als wäre ein Schatz darin verborgen, den es gälte auszugraben. Diesen Zug an Engler sich vergegenwärtigend, wußte Ludwig, daß er auch ein Ungeschützter gewesen war und ein – befremdlicher Ausdruck für den dicken Mann – ein Bedürftiger, vor allen anderen.

Seine vorschnelle Phantasie, die stets zu unbedacht sich preisgab, seine Aufschneiderei hatten dem Unglück Vorschub geleistet. Parvenu, hatte Robert einmal gesagt, doch wie er das Wort ausgesprochen hatte, war es frei von Abwertung gewesen; und Ludwig war sich nicht einmal sicher, ob es sich damals auf Engler oder eher auf die Stadt bezogen hatte; auf

den Doktor insofern, als Robert wohl nur ihren echtesten Vertreter in ihm sah.
Es wurde schnell und viel getrunken. Ferri trank Klaren aus Wassergläsern. Die Lehrerin, das Haar kurz über den Ohren geschoren, lächelnd in nie ermüdender Energie, befeuerte ihn, daß er weitertrank. Als Ludwig zu seinen Gästen zurückging, als er sich wieder einmischen wollte, bemerkte er etwas Seltsames. Er sah, halbverdeckt von einem Kreis von Leuten, Hans Straup, schmal, bleich, mit diesen fliegenden Bewegungen der Hände; er sah ihn reden, im Reden sein Thema verfolgend, ihm nachhetzend, mit dem gleichen abwesenden Ausdruck der Augen, der gleichen flackernden Begeisterung wie eh und je. Aber es war nicht Hans Straup. Es war ein junger Schriftsteller aus Ostdeutschland, ein Ausgereister, der hier sprach. Frans war ihm im Theater begegnet. Er hatte ihn angestarrt und dann sofort zu Ludwig eingeladen. Straups Doppelgänger hatte angenommen, neugierig selbstverständlich, doch ohne Verwunderung. Seine Götter waren nicht Fichte, nicht Novalis; er zitierte Schelling, wußte lange Passagen auswendig. Ludwig sah die Anwesenden sich dichter um ihn scharen, von Zeit zu Zeit sich Blicke zuwerfend; Emily hielt sich an seiner Seite, es sah aus, als wäre sie ihm zugeteilt.
Die Ähnlichkeit mit Straup rief Befremden hervor, das fast bis zur Ablehnung ging. Doch blieb man nur so lange auf Distanz, bis die Verschiedenheiten deutlich wurden und das Urbild sich zu verflüchtigen begann. Erst da kam Wärme auf. Oder sogar eine Art von Rührung, wie wenn man jemanden, den man als Kind gekannt hat, nach Jahren erwachsen wiedertrifft. So war es allenfalls der Straup aus einer früheren Epoche, der hier und da noch hindurchschimmerte, um dann für immer zu verschwinden.
– »Es gibt keine Idee vom Staat, weil der Staat etwas Mechanisches ist, so wenig als es eine Idee von einer Maschine gibt. Nur was Gegenstand der Freiheit ist, heißt Idee...«, sagte der Schriftsteller, und jemand (Ferris Freun-

din?) lachte und fragte: Sind wir soweit, schon wieder? und zuckte die Achseln, wie auch Sophie, die ihr sogleich sekundierte und »von den Farcen in der Geschichte« sprach, was ihr Lieblingszitat war, doch niemand wollte den Faden aufnehmen, so daß beide sich bald unter Lachen entfernten. Niedergeschwiegen, dachte Ludwig, der ihnen nachsah. Sie haben hier wenig Chancen, seltsam ... Doch während er ihnen noch nachgrübelte, gerade da kam Franziska, Doras Tochter, mit einem verschlossenen Brief in der Hand. Ludwig, der die Schweigsamkeit des Mädchens kannte, versuchte gar nicht erst, sie ins Gespräch zu ziehen. Er gab ihr ein Glas Wein, das sie schnell und ohne sich zu zieren trank. Einige Gäste wunderten sich, daß Dora sie um diese Zeit allein gehen ließ, worüber sie jedoch nur lachte. Als Ludwig ihr anbot, sie zurückzubringen, lachte sie ebenfalls und ging. Ludwig kannte die Prinzipien, nach denen Dora – und wohl auch Amy – das Mädchen aufgezogen hatten. Danach war sie keineswegs frei von Pflichten, was Rücksichtnahme gegen andere oder auch gewisse Arbeiten betraf; sie war nur frei von jeglicher Beobachtung, mit welcher oft gerade die Fortschrittlichsten ihre Kinder zu verfolgen pflegen. Nicht mit Blicken berühren – war es Dora, die das einmal gesagt hatte? – Nicht zu nahe kommen mit diesem aufdringlichen Wohlwollen, das immer nur aufpaßt, daß Freiheit herrscht, daß nirgendwo ein Recht beschnitten wird ...?
Das Kind würde jetzt noch durch die Straßen bummeln, an Kreuzungen aufmerksam um sich sehen, die Hauseingänge und die dunklen Ecken meiden ... es würde bald zu Hause sein. Es war schon kurz nach Mitternacht, und das Licht im Zimmer wurde fahler, und fast ohne Übergang war es still.
Und wie fast jedesmal fiel Ludwig auf, wie jeder Abend sein festes Maß hat; daß seine Energie, das Quantum, das ihm zur Verfügung steht, berechenbar ist wie in der Physik; wie dort ist sie von seiner Masse abhängig, von der Beschleunigung, in die man sie versetzt.

Es war von Anfang an zu schnell gelaufen heute. Er fühlte nun die Verlangsamung, das sich verbreiternde Schweigen; die Verlegenheit später über das Schweigen. Er wollte es auffangen. Er wollte den Brief lesen. Doch tat er keins von beidem. Es ging alles plötzlich über ihn hinweg. Die ersten rüsteten sich schon zum Gehen. Dann hörte er jemand den Vorschlag machen, noch irgendwo ein Bier zu trinken. Schnelle, eifrige Zustimmung; der Aufbruch wurde allgemein.
Nur Ferri, versprengt wie stets, schien noch nicht fertig mit dem Abend. Er ärgerte sich. Er sollte nun gehen wie alle, doch wie es aussah, würde er wohl niemals wiederkommen. Zu seinem Unglück war er an die Lehrerin geraten, an eine, die lächelnd zugegriffen, das Heft gleich in die Hand genommen hatte. Sie würde ihm Arbeit verschaffen. Sie hatte ihn abgenabelt von seinen Freunden, von seinen Geschichten. Sie würde ihn »diesen Leuten« entreißen. Natürlich müßten sie hier raus, so schnell es nur ging, nach drüben, in eine andere Stadt.
Drüben kann zweierlei sein. Doch welches Drüben du dir auch vorstellst, dachte Ludwig, das östliche oder das westliche – es ist immer ein geordnetes, ein durch und durch organisiertes Lebensfeld, im Gegensatz zu dem wilden Wachstum, von dem du hier umgeben bist. Ferri, so hieß es, würde dort eine Buchhandelslehre beginnen. Zusammen würde man sich ein Häuschen ausbauen. Eine Wiese gehörte dazu, die war zu bestellen. So hatte es die Lehrerin beschlossen.
Ferri sah aber bleich und unglücklich aus. Hatte man ihn zu schnell der neuen Fremden überlassen? Jetzt, zum ersten Mal, machte sich Ludwig Vorwürfe. Was konnte Ferri ihnen bedeutet haben, wenn niemand – nicht einmal Emily – sich noch die Mühe machte, ihn zurückzuhalten. Sie, die doch seinerzeit das einzig Richtige ihm zugebilligt hatte, die Ehre nämlich, ihn *falsch* zu sehen. Und war, dachte Ludwig, nicht noch immer, noch diesen Abend Zeit genug, ihn anzunehmen, um langsam und behutsam über diese Ehre hinauszu-

gehn? War es nicht seine Pflicht, die damals aus Bequemlichkeit verschwiegenen Bedenken auszusprechen, ihm doch noch wie ein guter Lehrer zu begegnen?
Es war zu spät.
– Ladies and gentlemen, schrie Ferri plötzlich, und rannte im Kreis und riß die Kanne, die berühmte, aus der die Königin getrunken hatte, aus dem Spiegelschrank. Das teure, unersetzliche Stück, das Ludwig einst aus Menschenfreundlichkeit erworben hatte. Das er wie seinen Augapfel hüten sollte. Das Frans und Jens – zu besserer Zeit – auf jeden Fall zurückerwerben würden. Ferri hielt die Kanne hoch vor sein Gesicht.
– Ehrenwerte Gesellschaft, ehrenwerte Gesellschaft ... ich bedanke mich ... ich verabschiede mich ... Er war wirklich volltrunken.
– Wir verabschieden uns, eurer Zuneigung sicher ... Ihr, die ihr alles für mich getan habt ... getan hättet, tun würdet ...
– Bye-bye, schrie er mehrmals und alle erstarrten, aus Angst, er könnte die Kostbarkeit fallen lassen ...
– Machen wirs lustig, zum Ende ... das ist das Zeichen, das ist das Zeichen ...
Er ließ die Kanne tatsächlich fallen. Die Lehrerin grinste und postierte sich an seiner Seite. Sie gingen erhobenen Hauptes, zwei kleine Racheengel, aus der Türe. Bevor sie sie hinter sich zuschlugen, kam Ferri noch einmal zurückgelaufen; er küßte Carlotta, die sinnlos Scherben vom Boden aufklaubte und zu einem Muster zusammenlegte, die Hand, dann verließ er das Haus – auf Nimmerwiedersehn.
Emilys Stimme klang lauter als beabsichtigt: Na dann, Freunde ... Frans und Jens entfernten sich wortlos, Ludwig versuchte, Gelassenheit zu demonstrieren. Natürlich gab es einen Aufschub: Bedauern, nutzlose Tröstungen.
Wenn sie nur gingen ...
Ludwig hätte brüllen mögen. Er wollte allein sein. Er wollte den Brief lesen. Noch immer lamentierte irgendeiner nebenan herum, wollte Carlotta zu Hilfe kommen. Er sah, wie sie, am

Boden kniend, ihm zulächelte. Zum zweiten Mal an diesem Abend ergriff ihn ein Gefühl der Zärtlichkeit. Er ging in sein Zimmer und schloß die Türe. Carlotta würde ihn schützen. Er konnte endlich den Umschlag öffnen.
Es waren eigentlich zwei Briefe. Dora, mit ein paar flüchtigen Zeilen, bedauerte, daß sie nicht kommen könne, und bat im voraus um Verständnis für eine vermutlich längere Abwesenheit. Sie würde Straup für eine Zeit zu seinem Vater bringen. Aber, schrieb sie, sie kämen zurück, so wie man immer hierher zurückkäme. Robert sei außer Lebensgefahr, endlich. Er würde wohl wieder drüben leben, dort wo er seine Arbeit habe. Sie selbst wolle umziehn, in einem anderen Stadtteil neu anfangen. Sie würde sich mit Straup zusammen eine Wohnung suchen. Was die Briefe beträfe, die durch Amy zu ihm zurückgelangt seien, so wäre es gut, sie zu verbrennen. Die Zeit des Briefeschreibens sei für sie vorbei; und wozu das alte Papier noch sammeln und die ebenfalls alten Gedanken? Sie danke ihm, Ludwig, jedenfalls für alle Geduld, Aufmerksamkeit etc. etc.
Auf der anderen Seite des Blattes, was Ludwig beinah übersehen hätte, fand er noch einen Nachsatz von Dora. »Straup, in den Nächten, schreit noch immer plötzlich auf; scheint immer den gleichen Traum zu träumen: irgend etwas von einem Schiff, das entzweibricht; er, auf dem kleineren Teil, treibt rasend schnell ab; drüben auf den Decks ist keiner, der ihn hören könnte. – Das ist, was von ihm zu berichten wäre. (Und so auch von mir.)«
Der zweite Brief in einem Extraumschlag war schon frankiert und mit Adresse und Absender versehen. Er war das letzte Zeichen von Robert – wahrscheinlich unmittelbar vor dem Unglück geschrieben –, und Ludwig fühlte seine Hände zittern, als er ihn entfaltete.

Lieber Ludwig,
Verzeih die Flüchtigkeit und Unpersönlichkeit des Briefs. Gern wäre ich vor meiner Reise noch zu Euch gekommen. Da ich sehr bedaure, auch am 22., wenn Ihr Euch alle trefft, nicht dabeisein zu können, will ich wenigstens schreiben und einen kurzen Abriß meiner augenblicklichen Verfassung geben, wie auch der sonstigen Lebensumstände.
Meine äußere Situation, nehme ich an, ist bekannt: daß Wolffberg die Arbeit meines letzten Jahres hier, ein ziemlich umfangreiches Manuskript, an einen Verlag gegeben hat; daß ich von dem Verlag ein Angebot bekommen habe; daß ich hinüberfahre, um die Sache zu verhandeln. So unangenehm es für mich ist, auf einen Zweck, ein Ziel hin arbeiten zu müssen, so sehr muß ich es inzwischen doch anstreben. Ein Vertrag könnte mich von vielem befreien, von der Hilfsarbeiterexistenz, wie auch von den Schulden; er könnte mich »kreditfähig« machen. Tatsächlich habe ich das ganze letzte Jahr hindurch ohne Auftrag geschrieben; doch auch ohne Eile und, zum ersten Mal im Leben, ohne Furcht vor Versäumnis. Trotzdem schien mir, ich hätte gelebt dabei; ja ich glaube, stärker als je.
Über meine innere Situation, die man einmal die »sentimentale« nannte und die ich Dir ebenfalls nicht verheimlichen will, wären ein paar Sätze mehr zu schreiben. Wie Du vielleicht weißt, hatten Dora und ich uns (mitsamt Franziska) für mehrere Wochen aus der Gemeinschaft der Lebenden zurückgezogen. Es gab weder Ablenkung noch Zerstreuung, keine einzige vergeudete Minute. Schwer ist zu erkennen, geschweige denn in Worte zu fassen, was es bedeutet hat. Auch was daraus werden wird, ist schwierig auszudenken. Vielleicht werden wir nicht zusammenleben. Wahrscheinlich können wir es gar nicht mehr, selbständig, wie wir geworden sind, leider. Was mir sicher scheint, ist, daß jede andere Verbindung, die einer von uns später eingehen sollte, verkleinert erscheinen wird, verglichen mit dieser: glanzloser. Du weißt, wie selten, wie bruchstückhaft sich erfüllt, was man

hofft. Doch hätten wir es nicht gehofft, sagte Dora einmal, hätte es sich überhaupt je eingestellt? Alles scheint sich allenthalben zu berühren. Hätte ich nicht diese Stadt so lange mit Hoffnung belagert, würde ich sie dann schon jetzt, schon vor der Abfahrt vermissen? In der Liebe also, und nur allein hier, scheint mir nichts dem Zufall unterworfen.
Ich bin in Aufbruch, sortiere und packe alles zusammen, die Schuhe, die Socken sowie die Gedanken. Es ist wahr, ich habe Eure Stadt verabscheut, und doch war etwas an ihr, das mich faszinierte... Ich glaube, es war diese andere Stadt, wie Ihr sie in Euren Köpfen mitschleppt. Wie sie beginnt, in meinem Kopf sich darzustellen. Immer war Unruhe in meinem Haß. Eines Tages, als wir übers Lügen sprachen, kamen wir darauf, daß es das Schlimmste noch nicht ist, daß im *Nicht-Gesagten* Betrug liegen kann, im Verhehlen von Erkenntnissen. Waren einmal diese Geschichten verlogen, die dir die Schönheit unserer Welt als ungebrochene vor Augen führen wollten, so sind es die anderen ebenso, die bestrebt sind, sie ganz zu unterschlagen. Mehr als alles andere hasse ich die Betrüger.
Ich selbst habe lange dazugehört, habe spät erst aufgehört zu unterschlagen. Erst als ich anfing freizulegen, was mir lange nicht des Interesses wert schien: Straups »neues Zeitalter« zum Beispiel, Ferris »arme Jugend«, Doras Liebschaften, Englers »Imperium«, alles, was so mit Unrast gedacht wird... Die Unrast ist das Beste an der Stadt. Man kommt wegen der Unrast, man denkt, sie hier zu stillen, man scheitert; man sieht die Werke derer in Trümmern, die einmal aus Unrast gekommen sind. Was mir erst jetzt, im Schreiben, klar wird: Die Unrast ist, zum ersten Mal in der Geschichte, ohne Hoffnung. Kein Stadtschloß wird mehr errichtet werden, keine Paradestraßen wird man bauen, sternförmig, auf eine Mitte hin, kein Salon wird mehr entstehen und keine »neue Sittlichkeit«.
Man ahnt die Ironie der Geschichte. Man benennt sie nicht. Nirgendwo ist man so ahnungsvoll wie hier. Und doch: Wo

immer Eure Engel von den Monumenten stürzen, in Gewässer versenkt werden, Ihr holt sie heraus, setzt sie geduldig wieder zusammen, klebt ihnen die Flügel an. Und hofft Ihr nicht doch wieder? So kehren sich manchmal Passionen nach innen.
Ich fliege morgen am frühen Nachmittag und freue mich auf das Wiedersehen. Grüße – Dir und Carlotta! Wir werden viel Zeit haben

Robert

Nachdem er den Brief gelesen hatte, blieb Ludwig länger still in seinem Sessel sitzen. Draußen schrien Wintervögel; dann wurde der Himmel im Fenster schon hell. Obgleich er wußte, daß niemand im Haus war, schlich er auf Zehenspitzen, die Türe leise hinter sich schließend, hinaus. Daß nur keiner zurückkäme und ihn fände. Es war ein glasharter Morgen, wie nach einer Naturkatastrophe; als wäre alles eben erst gewesen, dachte Ludwig.
Als er die Straße hinunterging, rauchend, die erste Zigarette des Tages (oder die vierzigste der Nacht), war ihm die Stille in den Gärten unheimlich. So lief er bis zur großen Autostraße vor. Er ging, was er sonst zu vermeiden suchte, dicht neben dem Fahrdamm her, den Strom der Laster an sich vorbeirattern lassend.
Die Bürgersteige waren noch menschenleer. Nur eine einzelne Gestalt lief auf der anderen Seite – sie änderte plötzlich ihre Richtung und kam quer über den Fahrdamm, zwischen zwei Fahrzeugen durchschlüpfend, auf Ludwig zu. Es war ein noch sehr junger Mann, ein Bäckergeselle, dachte Ludwig, oder ein Busschaffner, der wohl auf dem Weg zur Arbeit war.
Nie wirst du dir ausdenken können, hatte Robert einmal zu ihm gesagt, wie ein Mensch im Augenblick des Aufruhrs, der Angst, der Leidenschaft spricht ... und niemals wirst du es behalten können. – Da war so ein Hulper, hatte einmal ein Lastwagenfahrer gesagt, als er ein Kind überfahren hatte ...

Was Ludwig wahrnahm, waren die dem Mann auf den Schultern liegenden Kopfhörer, aus denen noch immer leise Musik drang, die Telefonzelle, auf die er immer wieder zeigte, und sein überlanger buntgestrickter Kinderschal. Erst nach Minuten konnte er etwas verstehen, kam etwas wie Zusammenhang in das Gestammel. Er habe, so der Junge, vor etwa fünf Minuten dort drüben telefonieren wollen. Wie er jedoch an die Zelle gekommen sei, habe ein Mann darin gesessen, zusammengesackt, ein Betrunkener vielleicht. Auf einem großen blauen Bündel habe er gesessen wie ein Sträfling. Da er den Hörer so am Ohr gehalten habe, eingeklemmt zwischen Schulter und Kopf, ihm im übrigen aber den Rücken gekehrt, sei der Eindruck des Telefonierens entstanden.
Er selber habe ebenfalls telefonieren müssen, dringend. Das sei so ein Leiden in seinem Beruf – er sei Elektriker auf Frühschicht –, in diesem halben Nachtberuf, in dem die Zeit wie Gummi sich dehnte, und die Frau allein die halbe Nacht, nicht daß da jemals ein Verdacht gewesen wäre, es sei eben so eine Angewohnheit, eine vergiftende allerdings, insofern als das Bedürfnis zu sprechen die Eigenschaft habe, sich zu steigern, ob Ludwig verstünde, daß es zur Sucht würde, nicht anders als das Trinken vielleicht.
Der Mann in der Zelle, der Dicke aber, sei ihm rücksichtslos, ja beinah heimtückisch erschienen. Als wollte er sich an der Ungeduld weiden. Allmählich, sagte der Elektriker, habe er eine Wut bekommen auf diesen Kerl, der ihn da draußen erfrieren ließ, während er – unfaßlich – beim näheren Hinsehen in einer *geheizten* Zelle saß, in einer mit einem Öfchen versehenen Zelle, dickfellig vor sich hin telefonierend.
Er habe schließlich mit den Füßen an die Tür getreten. Erst da aber sei ihm aufgegangen, daß der andere in Wahrheit gar nicht sprach, daß das Gespräch nur vorgetäuscht gewesen sei; daß dieser Berber in der Zelle übernachtet habe! Er also hinein – es sei da mit ihm durchgegangen –, dem dicken Penner den Hörer aus der Hand gerissen und zu Hause

angeklingelt. Die Frau habe sich dann wie immer gemeldet, mit einem Schimpfwort, das er hier nicht wiederholen wolle, woraus er aber sicher habe schließen können, daß sie nicht in Gesellschaft gewesen sei. Er sei erleichtert gewesen, doch dann, im Weggehen, sei ihm plötzlich aufgefallen, daß der Ofen, den der andere bei sich hatte, kalt war, daß das Kerosin darin nicht brannte; daß also da einer bei mindestens dreißig Grad minus die Nacht auf dem kalten Boden verbrachte. Daß der Erwähnte, wie er ihn angefaßt habe, zwar anscheinend noch bei Bewußtsein gewesen, aber »beinhart« schon gefroren war ... Er habe ihm dann aufhelfen wollen, jedoch der andere habe abgewinkt, der sei einfach nicht zu retten gewesen. Ihm sei jetzt leichter zumute, sagte der Mann, jetzt, da er es jemand habe sagen können; andererseits sei ihm die Idee gekommen, daß der Dicke eventuell einer war, der irgendwie ... womöglich nicht gerettet werden *wollte*. Dennoch sei er froh, ihn, Ludwig, getroffen zu haben.
– Ich achte Gründe, wissen Sie, sagte der Junge, als sie sich trennten.
Während er in seine Straße einbog, hatte Ludwig deutlich ein Bild vor Augen: Engler in der Zelle, halb erfroren auf dem blauen Bündel sitzend. Er hatte weißes Haar bekommen und seine Kleider waren zerrissen.
Natürlich hatte er sofort gedacht, daß es nicht Engler gewesen sein konnte. Daß nur ein weitaus gröberer Schlag den Doktor in eine solche Lage hätte bringen können. So ging er weiter, seinem Hause zu. Es war unnötig nachzusehen, höchstwahrscheinlich. Es war einer *wie* Engler, sagte er sich.
Eine Bemerkung Roberts fiel ihm ein; er blieb stehen, um darüber nachzudenken.
Wenn ich ein Buch schriebe, hatte Robert gesagt, wenn ich uns alle in einem Roman beschriebe, ich glaube, das letzte Wort würde Ludwig haben.
Noch bis vor kurzem, dachte der Professor, war er davon geschmeichelt gewesen. Jetzt hier, entfernt von den anderen,

an den eisernen Zaun gelehnt, ergriff ihn sekundenlang Unsicherheit.
Der letzte Satz hätte heißen sollen: »Ludwig, still in seiner Ecke, rauchend, übersah die sich zerstreuende Gesellschaft mit historischem Gleichmut.«
Nicht, daß er seine Möglichkeiten schon bezweifelte; doch er dachte, daß es ihm immer schwerer werden würde mit den Jahren.

Inhalt

Deutsche Literatur
in den suhrkamp taschenbüchern:
Essays, Reden, Briefe, Tagebücher

Ruth Andreas-Friedrich: Der Schattenmann. Tagebuchaufzeichnungen 1938-1945. Mit einem Nachwort von Jörg Drews. st 1267
– Schauplatz Berlin. Tagebuchaufzeichnungen 1945-1948. st 1294
Hannah Arendt: Die verborgene Tradition. Acht Essays. st 303
Hugo Ball: Der Künstler und die Zeitkrankheit. Ausgewählte Schriften. Herausgegeben und mit einem Nachwort versehen von Hans Burkhard Schlichting. st 1522
Emmy Ball-Hennings: Briefe an Hermann Hesse. Herausgegeben und eingeleitet von Annemarie Schütt-Hennings. st 1142
Walter Benjamin: Angelus Novus. Ausgewählte Schriften 2. st 1512
– Deutsche Menschen. Eine Folge von Briefen. Auswahl und Einleitungen von Walter Benjamin. Mit einem Nachwort von Theodor W. Adorno. st 970
– Illuminationen. Ausgewählte Schriften. Ausgewählt von Siegfried Unseld. st 345
– Über Haschisch. Novellistisches. Berichte. Materialien. Herausgegeben von Tillman Rexroth. Einleitung von Hermann Schweppenhäuser. st 21
Walter Benjamin/Gershom Scholem: Briefwechsel 1933-1940. Herausgegeben von Gershom Scholem. st 1211
Franz Böni: Die Fronfastenkinder. Aufsätze 1966-1985. Mit einem Nachwort von Ulrich Horn. st 1219
Bertolt Brecht: Schriften zur Politik und Gesellschaft 1919-1956. st 199
Hermann Broch: Briefe 1 (1913-1938). Dokumente und Kommentare zu Leben und Werk. st 710
– Briefe 2 (1938-1945). Dokumente und Kommentare zu Leben und Werk. st 711
– Briefe 3 (1945-1951). Dokumente und Kommentare zu Leben und Werk. st 712
– Massenwahntheorie. Beiträge zu einer Psychologie der Politik. st 502
– Philosophische Schriften. 2 Bde. st 375
– Politische Schriften. st 445
– Schriften zur Literatur 1. Kritik. st 246
– Schriften zur Literatur 2. Theorie. st 247
Hermann Broch/Volkmar von Zühlsdorff von Briefe über Deutschland. Die Korrespondenz mit Volkmar von Zühlsdorff. Herausgegeben und eingeleitet von Paul Michael Lützeler. st 1369
Hans Magnus Enzensberger: Politik und Verbrechen. Neun Beiträge. st 442
– Politische Brosamen. st 1132

256/1/10.88

Deutsche Literatur
in den suhrkamp taschenbüchern:
Essays, Reden, Briefe, Tagebücher

Herbert W. Franke: Leonardo 2000. Kunst im Zeitalter des Computers. st 1351

Max Frisch: Forderungen des Tages. Porträts, Skizzen, Reden 1943-1982. Herausgegeben von Walter Schmitz. st 957

– Tagebuch. 1946-1949. st 1148

– Tagebuch 1966-1971. st 256

Mein Goethe. Günter Kunert, Siegfried Lenz, Peter Rühmkorf, Wolfdietrich Schnurre, Martin Walser, Gabriele Wohmann. st 781

Peter Handke: Als das Wünschen noch geholfen hat. Fotos von Peter Handke. st 208

– Das Ende des Flanierens. st 679

– Ich bin ein Bewohner des Elfenbeinturms. st 56

Dieter Hasselblatt: Marija und das Tier. Science-fiction-Texte. PhB 209. st 1511

Hermann Hesse: Ausgewählte Briefe. Erweiterte Ausgabe. Zusammengestellt von Hermann Hesse und Ninon Hesse. st 211

– Briefe an Freunde. Rundbriefe 1946-1962. Zusammengestellt von Volker Michels. st 380

– Eine Literaturgeschichte in Rezensionen und Aufsätzen. Herausgegeben von Volker Michels. st 252

– Politik des Gewissens. Die politischen Schriften. 1. Band: 1914-1932. 2. Band: 1933-1962. Vorwort von Robert Jungk. Herausgegeben von Volker Michels. st 656

– Die Welt der Bücher. Betrachtungen und Aufsätze zur Literatur. Zusammengestellt von Volker Michels. st 415

Wolfgang Hildesheimer: Das Ende der Fiktionen. Reden aus fünfundzwanzig Jahren. st 1539

Uwe Johnson: Berliner Sachen. Aufsätze. st 249

Marie Luise Kaschnitz: Zwischen Immer und Nie. Gestalten und Themen der Dichtung. st 425

Wolfgang Koeppen: Die elenden Skribenten. Aufsätze. Herausgegeben von Marcel Reich-Ranicki. st 1008

Siegfried Kracauer: Das Ornament der Masse. Essays. Mit einem Nachwort von Karsten Witte. st 371

Karl Kraus: Die chinesische Mauer. Herausgegeben von Christian Wagenknecht. st 1312

– Dritte Walpurgisnacht. Herausgegeben von Christian Wagenknecht. st 1322

– Literatur und Lüge. st 1313

256/2/10.88

Deutsche Literatur in den suhrkamp taschenbüchern: Essays, Reden, Briefe, Tagebücher

Karl Kraus: Magie der Sprache. Ein Lesebuch. Herausgegeben und mit einem Nachwort von Heinrich Fischer. st 204
– Sittlichkeit und Kriminalität. Herausgegeben von Christian Wagenknecht. st 1311
– Die Sprache. st 1317
– Untergang der Welt durch schwarze Magie. Herausgegeben von Christian Wagenknecht. st 1314
– Weltgericht I. Herausgegeben von Christian Wagenknecht. st 1315
– Weltgericht II. Herausgegeben von Christian Wagenknecht. st 1316

Karl Krolow: Ein Gedicht entsteht. Selbstdeutungen, Interpretationen, Aufsätze. st 95

Dieter Kühn: Auf der Zeitachse. Biographische Skizzen, kritische Konzepte. st 1619

Oskar Loerke: Tagebücher 1903-1939. Herausgegeben von Hermann Kasack. st 1242

Alexander Mitscherlich: Toleranz – Überprüfung eines Begriffs. Ermittlungen. st 213

Adolf Muschg: Empörung durch Landschaften. Vernünftige Droh reden. st 1482
– Goethe als Emigrant. Auf der Suche nach dem Grünen bei einem alten Dichter. st 1287

Ernst Penzoldt: Die Kunst, das Leben zu lieben und andere Betrachtungen. Ausgewählt von Volker Michels mit einem Nachwort von Peter Suhrkamp. st 267

Reinhold Schneider: Dem lebendigen Geist. st 1419
– Schwert und Friede. Essays. Auswahl und Nachwort des Bandes von Rita Meile. st 1421

Michael Schwarze: Weihnachten ohne Fernsehen. Kulturpolitische Essays, Glossen, Portraits. Herausgegeben von Volker Hage. Mit einem Nachruf von Joachim Fest. st 1143

Martin Walser: Heilige Brocken. Aufsätze, Prosa, Gedichte. st 1528
– Liebeserklärungen. st 1259

Robert Walser: Briefe. Herausgegeben von Jörg Schäfer unter Mitarbeit von Robert Mächler. st 488

Ernst Weiß: Die Kunst des Erzählens. Essays, Aufsätze, Schriften zur Literatur. Zusammengestellt von Volker Michels. st 799

256/3/10.88